我是體育老師

幫助你打通社會科學的「任督二脈」

熊秉元——著

【專文推薦】

教頭腦體操的經濟學家

孫震

熊秉元教授的大著《我是體育老師》於二〇〇二年問世，十多年後再版重印，商周出版主編發給我一封電郵，問我願否爲本書寫序。我在多年前由於公忙，失去了一次爲熊教授的一本舊著作序的機會，一直耿耿於心，因此欣然同意。

熊教授是我台大經濟系的同事。我自一九八四年出任校長，從此未再在經濟系授課，少了和系上老師聚談的機會。不過熊教授除了學術論文外，經濟散文寫得好，見報率高，我雖未蓄意蒐求，仍時有閱讀。我很欣賞熊教授流暢的文字，和運用經濟學思維分析發生在我們身邊一些社會現象的功力。「熊氏散文」讓我們更能了解自己的行爲和我們這個社會。

台大經濟系被稱爲台灣經濟學界的少林寺。畢業系友在事功上和學術上有很大的成就。系上的老師早期參與實務活動比較多，對台灣的經濟發展有很多貢獻。近年重視研究與發表，在學術上有很好的表現，提高了台大經濟系在國際學術界的知名度。台大社會科學院林惠玲院長在二〇一三年一月《台大校友雙月刊》的一篇訪問報導中指出，台大社科院的全球排名從二〇一〇年的七十二名進步到二〇一一年的五十三名和二〇一二年的五十四名；社科院四系所發表的 SSCI 論文，約有百分之六十出於經濟系老師之手。我知道有一篇論文發表於國際學術界頂尖的期刊 *Science*，這是台灣首篇刊登於 *Science* 的經濟論文。不過，經濟學家關起門寫一般人看不懂的學術論文，少理實務，失去了傳統經濟學者關切現實經濟問題的熱忱，以致從台灣全民追求經濟成長、民生樂利的努力中缺席，讓人感到經濟學家不食人間煙火。熊教授膾炙人口的經濟散文，將經濟學抽象艱難的思維，具體化為通曉易解的語言，進入庶民生活，也進入社會學、政治學和法律學的領域，讓人對經濟學刮目相看。

這本再版的《我是體育老師》共分十六章，另加兩篇附錄。第一章至第五章建立經濟分析或者說經濟思考的架構。人的基本動機是自利，但自利要作理性的思考和選擇才會實現。理性就是將所有相關者的選擇、反應和行動通盤加以考慮的判斷，而不是單靠直覺、只看表面的觀察。所以我常說經濟問題應以聯立方程式求解，不可以單一方程式求解。制度可使行為或反應形成規則，有簡化思考、降低成本的作用。不過我要趕緊補充，過分信賴規則，有時候要付出昂貴的代價，不可不慎。第六章至第十四章以前面五章所建立的理論架構，依次分析社會學、政治學與法律領域中若干相關的問題，各有三章的篇幅。這就展現了熊教授廣泛的涉獵和淵博的學識。熊教授為他的這本大作取名為《我是體育老師》，是指他是一位教頭腦體操的老師。

我於除夕前一天，也就是二月八日收到商周寄來的文稿，告知截稿日期為二月二十日，讓我深悔不該未經談妥條件即不自量力，有所承諾。年節雖然有長達九天的假期，但是我甫自美國返台，疲勞未解，並還有別的文債待償，因此匆忙拜讀熊教授的大作。我只能就他的社會經濟學、政治經濟學和法律經濟學各提出一個重要的題目，表達一些簡單的看法，作爲他的這本大作的腳註。

首先我想談一下社會資本。社會資本是指一國的文化和制度在獎善懲惡、引導人心向善的社會功能方面表現出來的健全性和有效性。我在一本舊作中將其具體化爲六個項目，分成四個層次。最上層是人的行爲（behavior）和人際關係（networks）。這兩個項目直接、間接影響我們的經濟活動和人生福祉。誠信的行爲、和諧的關係使經濟活動的成本降低，效率提高，也使人生活愉悅。第二層是價值（values）和規範（norms），人在社會上並非眞的獨立自主，而是受價值的引導和規範的約束，採取符合社會期待的行爲，以增進社會的安定與和諧。第三層是使價值和規範發揮作用的實施機制（enforcement mechanism），例如家庭和學校的教育、宗教的感召、政府的法令、司法的懲戒等。而實施機制則依附於最基層的各種社會組織（organizations）之上，如家庭、學校、教會、企業、政府和司法機構等。

社會資本的概念於一九八〇年代末期才由芝加哥大學的社會學家提出，一九九〇年代以來引起社會學家和經濟學家廣泛的討論。不過類似的思想早就存在。亞當・史密斯（Adam Smith）在其《道德情操論》（*The Theory of Moral Sentiments*, 1759）中說，傳統農業社會，法規制度不健全，不足以保障每個人的利益，同一家族的人傾向聚居於一處，主張彼此之間有不同於一般的特殊關係與情感。到了現代工商社會，法規制度健全，足以保障甚至最卑微之人的利益，人們便隨了利之所在，散居各方，親情趨於淡薄，漸至忘記原屬同一祖先。他說文明愈發達，親情愈疏遠。蘇格蘭的文明已經很發達，但親情在英格蘭比在蘇格蘭更疏遠。

社會資本的概念不是現代西方才有，傳統中國的禮也有相同的意義。禮有禮貌、禮節、禮儀和禮制。孔子所強調的禮制常常被忽略。司馬遷在《史記．禮書》中說：「人道經緯萬端，規矩無所不貫，誘進以仁義，束縛以刑罰，故德厚者位尊，祿重者寵榮，所以總一海內而整齊萬民也。」不幸現代社會誘導人的行爲不重視仁義，而重視功利。此外，約束人的行爲也不是光靠刑罰，還有很多別的社會規範。

另外一個更具體的說法是司馬光。司馬光在《資治通鑑．周紀》中說：「天子之職莫大於禮，禮莫大於分，分莫大於名。何謂禮？紀綱是也；何謂分？君臣是也；何謂名？公、侯、卿、大夫是也。」名義既定，可按其分，由天子以禮加以獎懲節制，則天下大定。不幸到了春秋末期，「上無天子，下無方伯，善者誰賞，惡者誰罰，綱紀絕矣。」（鄭玄《詩譜序》）禮壞樂崩，社會資本削弱，所以孔子之道不行，懷著遺憾以終。

我以前追隨李國鼎先生倡導第六倫，後來提倡企業倫理，讀到社會資本的理論，及其在世界銀行一些報告中的應用，才知道制度和文化對提升倫理、和諧社會的重要意義。

其次我要對熊教授的政治經濟學中「官僚不是天使」的說法，補充一點意見。我記得傅利曼（Milton Friedman）有一次說：「魔鬼當選公職不會便成爲天使。」的確，魔鬼即使當選了總統或者國會議員，也不能希望他們變成天使。所以選民不能期待他們有善心，必須以制度加以誘導和規範，使他們努力為人民謀福利。然而，如果是天使而不是魔鬼當選了公職呢？

我近年寫文章常引孟子的話：「有天爵者，有人爵者。仁義忠信，樂善而不倦，此天爵也。公卿大夫，此人爵也。古之人修其天爵而人爵從之。今之人修其天爵以要人爵，既得人爵而棄其天爵，則惑之甚者也，終亦必亡而已矣。」我們如果能建立制度約束魔鬼，使其當選公職後無法利用職位傷害老百姓，能不能也建立制度誘導想參選公職的人先成為天使呢？這正是這些年我想做而且一直在做的工作，不知熊教授願否和我一起努力。

最後我要就法律經濟學中公平正義的手段性或目的性表達一點看法。記得多年前我在一次演講中說，倫理亦有其功利的基礎。聽眾中有位學生發問說，現在我們的社會已經很功利化了，老師這樣說會不會更增加社會的功利思想呢？我聽了甚然其說。論語「子罕言利」並不是孔子認為利不重要，而是利已經很被重視了，不宜多加強調。所以司馬遷在《史記・孟子荀卿列傳》中說：「利誠亂之始也！夫子罕言利者，常防其原也。故曰放於利而行，多怨。」

亞當・史密斯認為，人性有利己的成分，也有利他的成分。利己導致審慎的美德（the virtue of prudence），利他導致公平的美德（the virtue of justice）和仁慈的美德（the virtue of beneficence）。審慎的美德包括對社會功名利祿的追求，公平是不損傷別人的利益，仁慈是增加別人的利益。公平和仁慈都是人生追求的最終目的（ultimate ends）。公平必須要求，仁慈只能期待。誠然在現實生活中，我們對公平的追求不能不顧成本，但仍應當作最終目的，「雖不能至，然心嚮往之。」史密斯說：「節制私欲，博施仁慈，成就完美的人性。」（To restrain our selfish and to indulge our benevolent affections, constitute the perfection of human nature.）我在一篇近作中以下面一句話做結論：「節制私欲，嚴守公義，心懷仁慈；孔子曰：仁遠乎哉？我欲仁，斯仁至矣！」現實有很多無奈，「殺一不辜、行一不義而得天下，不爲」可能不容易，也許根本做不到，然而，人生一些崇高的目標仍應常放在心上才好。我閱讀匆忙，也許誤解了熊教授的意思。那麼就請讀者不要介意這一段說法。

說了很多嚴肅的話，請熊教授容許我說一個輕鬆的小故事結束這篇小序。年假期間讀熊教授這本和另外兩本大作《熊秉元漫步法律》與《經濟學了沒》，獲益良多。但是最即刻可以實現的利益就是學習布坎楠，一面看街頭巷議都在討論的《後宮甄嬛傳》，一面用鉗子破胡桃，邊看邊吃，不但降低不專心求知識的罪惡感，也增加生產，享受消費，減少看電視劇的成本。

本文作者爲台灣大學經濟系名譽教授

【一版序】

也是麵包店的故事

二〇〇〇年九月到二〇〇一年八月，我利用休假一年的時間，到英國牛津大學研究進修；這本書，就是在那段時間裡寫成的第一本作品，也完成了一樁我多年的心願。

大概從一九九〇年開始，我陸續寫了很多「經濟散文」，刊載在報章雜誌上；利用散文說故事的方式，傳遞經濟學的理念。這些文章主要有兩個目的：一方面作爲教學的講義，使同學能體會到理論和實際之間的關聯；另一方面，是希望能向一般讀者闡明，經濟學豐富的內涵和有趣的思維方式。

雖然，大致上學生和讀者的反應都很好；不過，也有許多人只注意到故事本身的趣味，而忽略了故事背後的意義。對我而言，這似乎是兩難：把故事背後的理論點明，可以使我希望傳達的訊息更清楚；但是，也很可能使文章變得枯燥，減少故事的趣味和文章的可讀性。

因此，多年以來，我一直希望有機會，把這些故事串起來，編織成一套完整的材料；既有理論，又有故事。事實上，理論的架構和穿插的故事，都早已構思清楚，就是沒有時間坐下來動筆。到牛津之後，生活內容變得單純，有比較充裕的時間。所以，我就依原先的構想，一口氣編寫完十六章。

這本書的結構分為三部分：第一部分有五章，闡釋經濟學最重要的一些基本概念，以及呈現經濟分析的完整架構。第二部分有九章，利用經濟分析，探討社會學、政治學和法學裡的問題，每個主題各三章。這部分的材料，反映從一九六〇年開始，經濟學進入其他社會科學，並且有豐碩成果的原因。最後兩章，是以前面的材料為背景，歸納出經濟分析最核心的部分；希望能找出使經濟學吾道一以貫之的精髓。

在每一章裡，都是故事和敘述交叉；故事是選自過去所撰寫的文稿，敘述則是在牛津寫成——有一部分故事曾在其他選集裡出現過，但大多數都是第一次在書中露面。因為我不會中文的文書處理，所以都是把文稿先掃描成圖片；然後，利用電腦網路，傳回台灣，由我的研究助理進行文書處理，再傳給我潤飾修改。這種大半個地球外密集的聯繫，培養出助理和我之間很特別的默契。

完成各章之後，我自己修改過許多次；幾位朋友看過之後，提供許多寶貴的意見，我也受益很多。他們包括澳洲莫納許大學黃有光教授、香港城市大學俞肇熊教授、法國社會研究中心何湧博士、美國布瑞特學院李西成教授、高雄大學葉仕國教授，以及台大法研究博士班何建志。其中，俞肇熊教授為了要當面討論這本書，還特別邀我到香港一趟。

此外，我也非常感謝前後兩位助理蔡政立和陳怡芬，他們兩位都是既聰慧、能力又強的年輕人。除了文書處理、排版、上網找資料、校對，他們還以讀者的心情，仔細的從頭到尾看了所有的章節一次，並且指出很多値得調整的地方。

最後，我要說明一下關於書名的曲折。原先，這本書訂名爲「麵包店的故事」。因爲從兒子四、五歲開始，每當牽著他的小手散步時，我就跟他講起麵包店的故事；譬如，對麵包店的師傅來說，做一百種不同型式口味的麵包比較好，還是只做十種？

到牛津之後，我每天送他去上學。他現在讀小學四年級，一路上我還是牽著他的手；但是，有一天早上我突然警覺，他很快的就要長大，我不會再牽著他的手走路。那麼，就讓我用麵包店的故事當書名，紀念這一段一起牽手、散步、講故事、還有寫這本書的時光。然而，這個書名一方面太過文靜，一方面不能精確反映整本書的精神；所以，幾經思索，還是換成「我是體育老師」——這個故事，出現在第十六章。

不過，我希望記下這一段，將來他看這本書時，會激起一些回憶；或許，對他自己的孩子，他會講一些更精采有趣的故事！

【二版序】

也是打開天窗

在發行十年之後，這本書改版重印；有幾點說明，值得交代清楚。

首先，藉著改版，調整了一些錯別字，也補上了缺漏的字。書裡有一個張冠李戴的描述，也藉機會改正。其次，遣詞用字與時俱進，作了微調。主要的一項，是把「中國人」改爲「華人」。因爲，隨著兩岸交流日益密切，異中求同是美事。就目前（二〇一三年）而言，「中國」包含兩種含意：一九四九年之前，這是指華人社會、華人文化等；一九四九年之後，指的多半是「中華人民共和國」。因此，爲了避免混淆，就以「華人」取代「中國人」。

再其次，是藉這個機會，把書中的理論架構，解釋得清楚一些。原版序中指明：前五章是總結經濟分析架構，而後各以三章的篇幅，運用到社會、政治和法律領域；最後兩章，分別歸納經濟分析和社會科學的智慧。關於前五章的架構，可以和另外兩種論述方式作對照。

諾貝爾獎得主諾斯（Douglass C. North）的論著，以《制度、制度變遷與經濟成就》（*Institutions, Institutional Change and Economic Performance*）集大成。書中的前幾章，主要

概念是：先提出理論上的大哉問，人們如何「合作」（Cooperation: the theoretical problem）——追根究柢，（兩人）合作才會有 1+1＞2 的結果，資源才能滋長累積。而後，介紹「非正式規則」（informal constraint）和「正式規則」（formal constraint），接著是「踐約」（enforcement）。原因很簡單，人際交往要得到 1+1＞2，必須有彼此遵守的遊戲規則；而且，交易之後，能解決踐約的問題。

另一方面，蒲士納教授（Richard A. Posner）等身的著作裡，《正義的經濟分析》（*The Economics of Justice*）已是經典。這本書的第六、七兩章，具體而微的勾勒出《法律經濟學》的架構。第六章的章名，是「原始社會的理論解釋」（A Theory of Primitive Society）；第七章的章名，則是「原始社會律法的經濟解釋」（The Economic Theory of Primitive Law），也就是，他先對原始社會提出理論性解釋，再根據這個架構，闡釋原始社會的律法。兩種論述方式，都有相當的啓發性。

本書前四章的主旨是：第一章，介紹分析的「基本單位」，個人；第二章，闡明個人的「行爲特質」，降低成本；第三章，描述經濟活動裡，由個人「加總」爲群體，經由互動而達到「均衡」；第四章，探討當內外在條件變動時，均衡會產生「變遷」。因此，經濟分析的架構，一言以蔽之，就是由四個部分組成：基本單位——行爲特質——加總／均衡——變遷。第五章是獨立的章節，介紹重要的資訊和誘因問題。

和諾斯及蒲士納的理論結構相比，前兩章更細緻的刻畫了人的行爲特質，以及由此而產生的

（個人）規則和（社會）典章制度。而第二章的一個故事指明，對於環境裡的人事物，人們會藉著貼標籤而降低行爲成本。這個論點，剛好呼應阿卡洛夫（George A. Akerlof）和柯蕊敦（Rachel E. Kranton）的《身分經濟學》（*Identity Economics*）——藉著對自己貼標籤，人們也可以降低行爲的成本！

對於一般讀者而言，不容易體會這些理論上的呼應。事實上，這也是我面對的困難；下筆時，我自己設下的兩大條件是：第一，故事有趣，一般讀者（包括高中生）看得懂；第二，學理上有憑有據，經得起專業經濟學者的檢驗。可惜，要同時符合這兩個條件，有時候並不容易。此外，二版書後增加兩篇短文，作爲附錄。兩篇短文分別是，〈人生裡的兩支魚竿〉和〈一本書的啓示〉。正文和附錄，希望能呼應襯托，彼此是紅花和綠葉。這麼做目的是打開天窗說亮話，希望能更平實完整的呈現本書各章節的主旨，以及作者的企圖所在。

孫震老師的長序，我特別感謝。孫老師文如其人，滿腹詩書，謙謙君子，提攜後進，是學術爲志業者的典範和標竿。此外，研究助理曾玫燁仔細校讀二版全文，我也非常感激。

最後，在短短幾個月之內，商周出版推出新書《經濟學了沒》之外，先後改版發行兩本十年前出版的作品。對於編輯同仁的判斷和信心，我特別感佩和感謝。

目錄

專文推薦　教頭腦體操的經濟學家　孫震　003
一版序　也是麵包店的故事　009
二版序　也是打開天窗　013
—第一章— 分析的基礎——人和人的特質　019
—第二章— 稻草人的由來——制度和成本　033
—第三章— 那一隻看不見的手——價格機能　047
—第四章— 對銅臭味的追求——經濟成長　063
—第五章— 誰懂誰的心？——資訊問題　081
—第六章— 這種孩子，不養也罷！——經濟學和倫常關係　099
—第七章— 大道之行也——社會資本　115
—第八章— 流逝的景觀——社會變遷　131
—第九章— 經濟學和政治學的對話　149

165 ｜第十章｜ 眞理和聖人？——政治過程的目標
181 ｜第十一章｜ 到民主之路——探索民主的眞諦
199 ｜第十二章｜ 公平正義的經濟意義
213 ｜第十三章｜ 司法有價嗎？——天平的諸多面向
233 ｜第十四章｜ 司法女神的舉止——公平正義的操作
249 ｜第十五章｜ 以管窺天？——思維經濟
265 ｜第十六章｜ 站在巨人的肩膀上
287 附錄一、人生裡的兩支魚竿
291 附錄二、一本書的啓示

【第一章】分析的基礎

——人和人的特質

在看報紙書籍的時候，經常會看到「英國人很冷漠」、「日本人很有禮貌」之類的描述。或者，在交談間，常會聽到「吃虧就是占便宜」、「小不忍則亂大謀」之類的提醒。這些描述和提醒，其實都隱含了許多直接和間接的資訊。

這些資訊和自然科學沒有直接的關係，卻是社會科學所關注的焦點，因爲他們都和人的行爲或社會現象有關。不過，雖然自然科學和社會科學關心的主題不同，兩者也有相通之處；既然是科學，就表示是遵循一定的方法來研究和分析。比如，在化學這門學科裡，分析的基本單位是各種元素；在物理學裡，分析的基本單位是原子分子等等。

在社會科學，特別是經濟學裡，分析的基本單位是「人」。具體而言，是一個個有血有肉的人。而且，一群人的行爲匯集之後，就構成市場活動、家庭生活、政府國家等等社會現象。因此，要分析經濟活動和一般的社會現象，最好先確定分析的基礎。就像一棟房子的基本單位是一塊塊的磚，組成社會現象的基本單位是一個個的「人」。所以，要建築高樓大廈或一般房舍之前，總要先了解磚塊的基本性質：重量、長寬高、硬度、色澤等等。同樣的，要分析人的行爲和各種社會現象，總要先對人的基本性質有所了解和掌握。

在這一章裡，我將先界定人的基本特質，然後說明這些基本特質的意義。

各式人等

對於萬物之靈的人，各個學科當然有各自的解讀。在心理學家的眼裡，人是由許多動機所組成；當面對外在的刺激時，人會根據各種動機而有所因應。在生理學家的眼中，人是由一些骨骼和各種肌肉所拼湊而成，一旦有外來的刺激，某些肌腱和骨骼就會有所反應。

因此，對不同的學科，人有著各種不同的含意。就經濟學者而言，則是由兩個簡單的特性來刻畫人：「理性」和「自利」。不過，用兩個不起眼的特性，就想簡化複雜無比的人，似乎太頭腦簡單了一些。確實如此！因爲，既然人有諸多複雜的心理、生理結構，經濟學對人的描述（或認定）自然要顯得粗糙。不過，由理性和自利這兩點出發，經濟學者確實可以對人的行爲和社會現象提出許多有趣而且有說服力的分析。當然，經濟學者也不否認，由生理學家、心理學家和其他相關學科學者的研究裡，經濟學（者）還是可以不斷的汲取養分，希望能更精緻有效的運用理性自利這兩個概念。

和「人是理性自利」這種觀點相比，當然有比較複雜、也似乎比較有說服力的描述。譬如，

「有的人是理性自利，而另外一些人是不理性又不自利」，就是另外一種立場；還有，「人有時候是理性自利，有時候又不理性自利」，也理直氣壯。不過，這些其他的描述馬上又引發出一連串的問題：哪些人是理性自利的，而哪些人又是不理性自利？對照之下，經濟學者採取的是簡單明確的立場：人的理性自利，是表示絕大多數的人、在絕大多數的情況下，都是理性自利的。

在下面的敘述裡，我會舉很多事例來說明：有些看起來不是理性自利的行爲，只要略加思索，其實都還是可以由人的這兩個特質得到解釋。

爲何理性自利？

以理性和自利來描述人，相信很多人都會覺得不可思議。（可是，我曾教過許許多多的學生，包括已屆中年的高級行政主管；在課程結束許久之後，他們還會告訴我：在諸多材料裡，還是理性自利這兩個觀念最有用！）然而，爲什麼人會理性自利呢？

如果我們想得稍微久遠一點，人最初只是一堆血肉。經過非常長期的演化，才成爲今天的模樣。當人只是一堆血肉（或變形蟲）的時候，最要緊的事，不是看電視玩音響，而是求得溫飽和安全。如果不能趨吉避凶，早就被淘汰掉了。（想一想，如果世世代代的飛蛾都是有火就撲，早就不會有飛蛾矣！）因此，和環境互動的過程裡，那一堆血肉最早形成的特性就是「自利」──設法存活自己、做對自己有利的事。

當時間拉長，血肉之軀和環境裡的條件有長期的互動，慢慢的會摸索出一些經驗法則：看到火要避開、看到比自己大的生物要小心一點。漸漸的，這些法則形成一套因果關係；而理性，就是能掌握這些因果關係。換言之，理性就是能了解事物的因果關係，並且運用這種知能。

根據這種推論，似乎不只是人有理性和自利這種特質，其他許多生物也都是理性自利的。的確，只要是生物，為求自保和繁衍，都會有自利的特質。至於理性，顯然有程度上的區分；人是理性程度最高的，靈長類的人猿、哺乳類的海豚，都有相當的思維能力。即使是狗，都有相當的理性——否則，為什麼狗兒不會對陌生人搖尾巴，而只會對自己的主人如此！

下面這個故事，就反映了人的理性，其實是經過漫長的過程才慢慢雕琢而成的。

照我的形象造神

前幾天放春假，我找了個天朗氣清的下午，帶兒子坐捷運到淡水去玩。在海邊晃蕩一陣之後，我們在市區裡漫無目的走著，最後發現置身在遠近馳名的淡水祖師廟。廟裡香火鼎盛，善男信女不斷。

當我們坐在廟前的藤椅上休息時，剛好看到一個中年男子由台階拾級而上。他兩手各提了一大袋的水果，歷經風霜的臉上有點茫然，但又透露出下定決心後的堅毅。不知道他為什麼而困惑：是事業，還是家庭；是子女考試，還是疾病搬遷？

我目視他走進廟裡，消失在人群中；可是，我可以想像他接下來將做的事：先到旁邊的洗手台上洗好水果，再買些香燭，然後虔誠的在神明前奉上香果，祈福、問卜、再擲筊杯……也許，幾十分鐘之後，他會帶著如釋重負的表情，拾級而下。

一旦讓思緒飄揚，我對中年男子的一切感到更爲好奇。

在他的生活裡，當然要面對各種大大小小的問題。對於那些簡單的、明確的、不那麼重要或困難的問題，他可以自己決定；可是，對於另外那少數複雜的、模糊的、既重要又困難的問題，他可能會求助於神祇。因此，他等於是維持兩套「規則」，分別處理不同的問題。

屬於人的這一部分規則，自然是由他成長的過程裡，慢慢累積出來的經驗和智慧：看到紅燈要停下，看到長輩要打招呼；爛掉的西瓜不能吃，下水道裡的水不能喝；對親人可以隨便一些，對陌生人要小心應對。這些規則並沒有什麼大道理，人情世故而已；可是，顯然都和趨吉避凶有關。

有關神祇的這一部分，要複雜有趣得多。雖然神祇看不到也摸不著，可是在善男信女的心目中，神祇規則的脈絡卻也明確可循：善有善報、惡有惡報；救贖自己、寬恕別人；多作施予、累積福德。和一般社會的尺度相比，神祇的規則要崇高聖潔許多。日常生活裡的詭詐虛矯，被寬容眞誠所取代；一般交往上的小利小害，被大善大愛所包容。凡夫俗子之間比較少有的高貴情操，正是神祇的規則所揭示和強調的。

不過，雖然神祇的規則和俗世的規則不同，兩者之間的差別並不大；而且，神祇規則所隱含的教義，是像鏡子般的反映了人世間的種種。譬如，凡人們雖然有手足之情，但總有齟齬；神祇的教誨卻是要放下彼此間隙、水乳交融，而不是以牙還牙、以眼還眼。還有，凡人們會記恨嫉妒，神祇的開示則是要超越昇華，而不是蓄積發酵。

因此，神祇的規則，其實是由人間的規則所衍生。在粗糙原始和良莠不齊的基礎上，提煉出比較精緻和深厚的結晶；希望這些結晶能發揮作用，淨化和提昇原來混沌龐雜的尺度。當然，在某些最核心的成分上，也許神祇的世界不能以常情常理來檢驗；不過，即使如此，在相當的程度上，神祇的世界確實是俗世的翻版或擴充。

事實上，除了兩類規則上的相似或交集，對於兩類規則之間的運用和選擇，最後還是由平凡脆弱的人來取捨。即使是最虔誠的信徒，大概也不會在過馬路前先求神問卜一番；同樣的，把命運放在自己手上的人，只不過是選擇不運用（依賴）神祇的規則，而由自己承擔福禍而已。因此，當那位中年人提著水果走向祖師廟時，他可能在心情上已經翻攪過無數次；當人世間的規則不足恃時，他決定要走向神祇。

當然，在某種意義上，那位中年人是幸福的；藉著有意無意的選擇，他卸下了身上的重擔，而虔誠的託付給他所信賴仰仗的神祇。

不過，不知道對眾多的神祇而言，會不會也有疑惑不解的時刻？

這個故事告訴我們，人的理性程度其實比一般人所體會到的要大得多。人不只會考慮買菜洗衣，人還會有意無意的安排：有些事由自己作決定，有些事交給其他人或位階更高的神祇來作決定！

何謂理性自利？

如果要給理性和自利一個定義，要怎麼下呢？在經濟學者的眼裡，「理性」指的是，人是能思索、會思索的生物；而「自利」則是指，人總是會設法追求自己的福祉。

能思索和會思索，並不表示不會犯錯。我們可以考慮兩個時點：t_1 和 t_2；t_1 先出現，然後是 t_2。當我站在 t_1 這個時間點上，我可能認為最好去看場電影。看完電影回家之後，我已經在 t_2 這個時點上。這時候，我可能會覺得自己做了一件蠢事，不該去看一場其爛無比的電影。可是，這已經是在不同的時點上，我所擁有的資訊已經大不相同。理性，指的就是在作決定的那個時點（t_1）上，一個人是具有思索分辨的能力，而不是意味著因為人能思索判斷，所以不會做錯事和後悔。

至於自利，可能比較沒有爭議，人總是會設法增進自己的福祉。當然，有一點值得注意的是，自利是指人會追求自己所認定的福祉或自己所設定的目標；在別人的眼裡，可能是無稽或可笑、可悲的選擇。關於人的自利心，下面的故事是很平實的描述。

情人眼中出西施

幾年前有一位我教過的大學生來找我，希望我幫他寫封推薦信，他好申請獎學金。我當時忙得很，就要他自己先打個草稿，我再潤飾。

幾天後他在我信箱裡放了一份推薦信的草稿，信裡描述這個學生品行兼具，一心向學。課堂上積極參與討論，常有過人的見解；課餘則飽覽群籍，常找老師切磋論對。學業成績出類拔萃之外，課外（公益）活動也有聲有色……

我看了有點驚愕。印象裡，教書幾年來好像沒教過這麼好、這麼完美的學生！

我重新打了一份稿，寫道：和所有的年輕人一樣，XX熱情浪漫，有正義感；也和絕大部分的大學生一樣，他偶爾也會翹幾堂課。但是，比較不一樣的，是他一直試著去思索一些社會問題，試著去關懷他自己生長的社會。相信貴會樂意鼓勵這樣有血有肉，樂觀進取的年輕人……

後來他得了那份獎學金，帶了一小包糖果來看我。他略帶靦腆的說，那封推薦信的草稿是他爸爸寫的。

多年前，有一回媽媽從台中來台北玩，住在家裡。我外出回家，她正在講電話。聽她和對方講有一個一歲多的小孩子又聰明又可愛；要他表演，花樣多得很，會眞笑、大笑、微笑，還會假笑……她講完電話，我問她剛才說的是誰家的小孩子，那麼有趣。她滿心歡喜的說：是「呆呆」啊！我聽了差點沒把嘴裡的豆花噴出來。小犬呆呆哪裡是那種孩子。哭鬧叫跳，無所不來，把內人和我搞得惶惶終日、心力交瘁：呆呆哪有「那麼好」！

事後想想，也難怪老媽愛孫情深。家裡五個兄弟姊妹都晚婚，婚後又都忙於各自的工作。兩位老人家威脅利誘多年，才在退休前得償抱孫之樂，當然歡喜異常。小鬼用色筆把牆壁塗得一塌糊塗，說是有藝術細胞；把地板上的東西揀起來往嘴裡送，說是有冒險精神。我坐在地上看報紙，他走過來一掌把我的眼鏡扯掉，說是動作靈活而且有個性……反正，孫子的一舉一動都是他們讚歎誇耀的材料。

其實，人不都是這樣嗎？揀自己喜歡聽的聽，挑自己希望看的看，選自己願意講的講。不只老爸老媽如此，學生家長如此，我自己又何嘗不是這樣？內人懷孕待產時，我走在街上，看到的盡是懷孕大肚子的婦女，心裡還覺得奇怪，爲什麼那麼多產婦。孩子生下來之後，走在街上，眼裡所見又都是其他的娃娃，好像又看不到半個孕婦了。

下次教經濟學談到「人性自利」的時候，也許我可以把這些例子拿出來講一講！

在我教過的課程裡，往往要花相當多的時間，才能澄清理性和自利這兩個概念。曾經有一位優秀軍官，在課堂上很精確的背了很長一段林覺民的〈與妻訣別書〉。然後，他質疑：林覺民爲了救國救民、爲了革命獻出生命，難道他是「自利」的嗎？

我的解釋很簡單，林覺民剛新婚不久，嬌妻才懷孕；他願意放下家小愛妻，追求一個他所願意爲之生爲之死的目標，他不只是自利，他甚至是很「自私」——爲了自己所執著的目標，竟然置家小於不顧！所以，雖然每個人可能追求不同的目標，但人都是選擇去做自己願意做的事。即使有人拿著槍指著你的頭，說：要錢還是要命？你還是可以作某種選擇，雖然是不愉快、不情願的抉擇。

我可以補充一下：那位優秀軍官，原先對經濟學極端排斥，經過一個學期的腦力激盪，後來不只接受經濟學，而且深得其中三昧（要不然不會是「優秀軍官」），變成經濟學的衛道者和傳教士。

關於人為了自利而具有的高度理性，下面的故事作了生動的刻畫。

洪氏法則

因爲「歷史」發生時，親身參與或目睹的人往往不自覺（掉在牛頓頭上的那顆蘋果在哪裡？），所以後人記下的歷史和眞正發生的事經常有段距離，史實反而湮沒不彰。因此，史蒂格勒（G. Stigler）對經濟學的重大貢獻，是除了得到諾貝爾獎，還爲「寇斯定理」（Coase Theorem）正名。現在，寇斯定理已經是經濟學裡最著名的定理，史蒂格勒當然功不可沒。同樣的，這是一篇關於經濟（思想）史的文章，希望也能有正本清源、確認史實的作用。

因爲有關史實，所以人事時地物都明確可查：一九九八年十一月十九日下午六點多，我和幾位朋友在台北市安和路的「五顆星」啤酒屋小聚。除了幾位經濟學者，還有經濟日報的總編輯顏光佑。光佑的事蹟雖然和洪氏法則沒有直接的關係，不過也值得小記一筆。光佑身高不過一六〇，體型不特別魁梧，但是在大學時代，光佑是台大足球校隊裡唯一的本地生，其餘全都是僑生。而且，光佑大學讀的是政治系，卻能經過多年歷練，當上經濟專業性報紙的總編輯。由這兩件事，足以反映出光佑（同事暱稱「老大」）的特殊。

酒過三巡之後，光佑說：「雖然現在是休假，不過機會難得，還是要採訪一下新聞。我想請問在座各位，對於今上『戒急用忍』的政策，你贊不贊成？」我說：「只要不登我的名字，我不贊成。」

又問了兩位經濟學者，也表示反對。

最後一位是管理學院的洪教授，光佑把頭轉向他：「你贊不贊成戒急用忍？」洪教授面不紅、氣不喘、慢條斯理的冒出一句：「我沒有意見，因爲你沒有付我錢！」

大家楞了一下，然後笑成一團。都說經濟學家和管理學院老師的差別，就是管理學院算得更精。不過，事後再想起洪教授的名言，我覺得在嬉笑之外，還寓有深意。

在我們每一個人的生活裡，除了買東西的時候牽涉到金錢，絕大部分的行爲都和錢沒有關係。所以，在腦海裡浮現的，通常不是賺了多少錢或賠了多少錢。大部分的時候，我們的行爲是自然反應：看到長輩，點頭問好；看到紅燈，停止不前。或者，在自然反應之外，腦海裡會有「理當如此」的念頭：同事結婚，送禮祝賀；朋友請託，情理兼顧。

因此，在所有的這些行爲裡，「個人利益」這個念頭似乎從來沒有出現過。可是，稍微深究一下，就可以發現並不是這麼一回事。看到長輩或紅燈會自然反應，是因爲自己在腦海裡已經設下一些行爲規則；根據這些規則行事，可以更有效的因應環境。所以，個人的利益是以一種隱晦的方式出現，而且就在於遵守規則、應付裕如。

在結婚請託的例子裡，也許心裡經過一番斟酌，最後才決定「從俗」；可是，「從俗」正表示不願意和其他人唱反調，以免帶來批評和責難。因此，消極的看，從俗可以避免自己處於不利的情境；積極的看，從俗可以得到從俗帶來的好處——維持友好的關係、得到別人的肯定等等。無論消極和積極，都是不折不扣的「洪氏法則」——只會做、而且只願意做對自己有利的事。

因此，表面上看，一般人的行爲是受到道德倫常、風俗習慣所節制；可是，在表象之下，事實上卻是受到「洪氏法則」的統御。人會以各種直接間接、明白或隱晦的方式，去追求自己的福祉。洪氏法則，只不過是一針見血的指出所有行爲背後的邏輯而已！

爲求史實正確，謹記下當時在場的人士：顏光佑、禮正投顧董事長毛邦傑、台大經濟系教授鍾經樊、管中閔和我。

洪氏，是中華民國台灣地區國立台灣大學管理學院國際企業系教授洪□□——因爲他沒有付我錢，所以我不願意透露他的大名，幫他打知名度！

對於人的理性和自利還有懷疑的人，不妨自問（或問別人）：如果自己是民意代表，會支持甲案以造福自己選區十萬個選民，還是會支持乙案以造福別的選區二十萬個選民？

結語

有沒有人是不理性、不自利的？喝醉酒的人或精神耗弱的人，因爲已經不再能思考判斷，所以不是「理性」的；相形之下，不自利的人很難找。我曾多次請教各級的學生，問他們有沒有看過或聽過這種人：在買水果時，總是揀最小、最爛、最酸、最難看的水果買；這麼做，好讓別人能買到大的、好的、甜的、漂亮的水果！想一下，有沒有這種「不自利」的人！到現在爲止，很奇怪（或其實一點都不奇怪），還從來沒有人舉手說看過這種人。如果有人發現這種人，請務必告訴我或其他的經濟學者；因爲，這將是對經濟學基本概念直接的挑戰。

理性自利，是經濟學者對人簡化的描述；但是，以這麼簡單的概念爲基礎，經濟學者卻可以講出許多有趣的故事……

【第二章】稻草人的由來

——制度和成本

在經濟學者的眼中，人具有理性和自利這兩個特質。理性，是指人能夠思索和判斷（有誰願意否認這一點嗎？）；自利，則是表示人總是會設法增進自己的福祉。

一旦有了理性和自利這兩個特質，經濟學者就開始作一連串的推演，以描述和分析人的行爲；讓我先從最簡單的個人開始，再逐步推展到一群人和一個社會。

具體而言，在這一章裡，我將試著闡明兩個重點：首先，是在理性自利的驅使之下，一個人會在行爲上做哪些取捨。其次，是當一個個的人組成群體和社會時，他們會基於理性和自利做哪些安排。

規則化和成本

有人曾經戲稱：能夠坐，就不要站著；能夠躺，就不要坐著。也許，這句話含有一點參與政治活動的心得或智慧。不過，單純就邏輯上來看，坐著確實比站著省力氣，躺著又當然比坐著省力氣。因此，基於理性自利的角度，的確合情合理。

同樣的道理，如果我看到國小的老師要敬禮、看到國中高中的老師也會敬禮、看到大學老師也會招呼（？）。那麼，我等於是爲自己設下了三個小的規則；每當我在路上遇到一個人，我就會在腦海裡檢驗一下，這個人適不適用我的三個小規則。可是，這等於是要電腦程式運算三次；我爲什麼不三合一，以簡馭繁呢？

如果我以一個規則取代三個規則——只要是老師，不論是幼稚園、國小、國中、高中、大學或研究所，我都會打招呼——不是更省氣力嗎？既然人是理性而自利的，就確實會慢慢摸索出這種新規則的優越性。

因此，由這個曉白的例子裡，我們已經得到兩點重要的啓示（或是結論）：第一，人會把某些事情規則化；而且，對於眾多規則而言，人會以更高層次的規則來統御這些規則。第二，規則化本身就反映了「成本」的概念，人會設法降低自己行爲的成本。而且，對於各式規則的運用，也會有成本上的考慮。

關於成本的精義，我可以利用下面的故事來闡釋。

稻草人

幾天前某雜誌的一位編輯打電話來，希望和我談談前一段時間我作過的一個專題研究。約好今天上午十點在我的研究室。

她準時前來，花了大約半個小時把主題談得差不多，就隨便閒聊幾句。我問她在雜誌社的工作量重不重。她頓了一下說，工作倒不重；不過，在和別人交往時，當她報出自己工作的單位，往往會引起別人一種略帶訝異和懷疑的反應。從她的聲音和表情裡，我察覺出一絲掩不住的委屈……

她工作的雜誌是政府單位的出版品。多年前剛創刊時老式文宣的味道很濃；最近在內容取材和編排設計方面都頗見匠心，在海內外讀者群裡有一定程度的評價。雖然我不是那本雜誌的忠實讀者，對她也了解不多；可是，也許是好爲人師慣了，我忍不住自以爲是的講了一番道理來安慰她。

人多少有些傾向，喜歡往別人身上貼標籤。因此，胖的人是胸無城府，瘦的人是工於心計；上海人是華而不實，客家人是吝嗇小氣；台大畢業一定是自以爲是，軍校畢業一定胸無點墨；國民黨是因循老大，民進黨是好勇鬥狠。但是，事實上這些「刻板印象」不見得正確。所以，被貼標籤的人不一定有問題，倒是貼別人標籤的人反而心態可議！

她好像有點驚訝。我繼續講……

其實，就某種意義上來說，貼標籤並不是壞事。因爲我們對環境裡的人和事所知有限，但在行爲上又必須有所因應；因此，我們會希望把人事「簡單化」——賦予某人或某事一個簡單明確的標籤——然後再以這個爲基礎，取捨我們自己的行爲。所以，雖然台大畢業生不一定個個自以爲是，甚至自以爲是的比例並不高；但是，沒有關係，可以先「假設」眼前這個台大人確有這種傾向，然後在這個基礎上和他（她）相處。如果他（她）的言行謙和有節，可以再調整自己原先認定的「假設」。也許在理智上看，這種貼標籤的心理有點淺陋無稽。可是，這種態度事實上可以減少一個人在面對陌生或不可知的人事時，心情上很可能有的徬徨無依。因此，貼標籤的作用就好像是在環境裡先找出一些「參考點」，然後根據這些參考點來認知行事。

而且，進一步想，報章雜誌上常見的「學者專家」，不也是「標籤」嗎？不也就都是「參考點」嗎？他們對某個問題不一定是眞正的行家，我們也不一定同意他們的看法；但是，沒有關係，我們可以先聽聽他們的意見，然後以他們的意見爲基礎，再形成我們自己（也可能是已經被潛移默化）的意見。

所以，我看著女編輯，說：我的結論是，因爲我們都是狹隘脆弱的人，所以需要藉著貼標籤來找一些參考點。但是，標籤應該只是參考點，而不應該是我們對著凌空出拳的「稻草人」；參考點只是指標，稻草人則是（假想的）敵人！

她聽完我一長串獨白後，不置可否的起身告辭。但是，也許是我的錯覺，我覺得她離開時的背影似乎比進門時來得稍微筆直一些。這也許只是我的錯覺……

我曾在警政署教過一集期的學分班，學員都是一時之選的中高階警官。第一次上課，我就討論「稻草人」這個故事。我請幾位學員表示意見，有人認爲：貼標籤不是好事，我們不應該隨便貼別人的標籤。甚至有人以自己爲例，說明被貼標籤的委曲。我換一種方式問：如果我是值勤的警員，外出巡查，當我到文教住宅區去巡邏的時候，心情上會不會和到餐飲酒館區去巡查一樣？

大夥兒還在琢磨這個問題的意義時，在座的一位副署長表示意見：到不同區域去的時候，因爲區域特性不同，會有不同的認知，也就會有不同的心理準備。不同的心理準備，其實就等於是在貼標籤；所以，貼標籤其實有其功用，可以降低我們行爲的成本！

我聞言心中暗自驚喜，因爲他一語道盡我想表達的要旨；但是我表面上不動聲色，因爲剛開始上課，不能不稍稍矜持一點。

其實，貼標籤的現象無所不在。因爲人希望能有效的因應環境，所以會發展出各式各樣的「工具」；貼標籤，就是其中很有效的一種工具。我可以舉一個簡單的例子：當我們看到朋友咧嘴露齒、發出一連串的聲響時，我們腦中會不自覺的認知到「笑」這個概念。可是，由抿嘴微笑到放聲大笑，其實有非常多種的表情和動作；然而，我們卻很簡單的（也就是低成本的）以「笑」這個單一概念來認知，而不是用十種或百種不同的概念來認知。換句話說，語言和概念本身，就清楚反映了人會基於理性自利而設法降低行爲（認知和反應）的成本！在語言概念的運用上如此，在人生活的其他面向上也是如此；降低成本，可以說是人類行爲背後最主要的驅動力之一。

制度的內涵

當我在早上跟朋友打招呼說「你早」時，我的腔調可以有非常多種；但是，慢慢的，我會不知不覺的習慣於其中某種特定的腔調。也就是，我爲自己選了一個小小的、關於說「你早」腔調的小規則。

以小見大，在其他的言行舉止、乃至於更抽象的思想觀念上，我都會逐漸形成一種慣性。這些大大小小、千奇百怪（刷牙的方式、對朋友的態度、工作上的投入）的習慣，等於是自己爲自己訂下的規則，也可以說是自己爲自己所選定的大小制度。

制度既然是規則，當然就意味著畫地自限、跟著習慣走。可是，畫地自限的最大好處，就是降低行爲的成本。每一個人都能很迅速有效的行動、因應環境，就是因爲大家都已經在無意中爲自己選了許許多多的大小制度。

不過，依賴規則制度固然可以降低行爲成本，規則制度隱含的慣性也可能會過於粗糙而不精緻。譬如，「貼標籤」的現象，反映的是人們先萃取有限的資訊、形成判斷，然後再做行爲上的反應。可是，標籤只是大致的印象，適合初步的反應，卻不見得適合進一步較精緻的情境。因此，抽象來看，制度是人可以利用的一種資產，但同時也是一種侷限行爲的束縛。

下面的故事，就捕捉了制度和成本之間的微妙關係。

傳統智慧的智慧

幾年前我教了一班軍官，有次上課時我問了一個和他們切身相關的問題：「爲什麼教戰守則裡強調要『帶兵帶心』，而不是『帶兵帶形』？」

我以爲答案很簡單明確，沒想到還是花了一番時間論對，才澄清了觀念。一言以蔽之，帶兵帶心是領導統御上成本比較低的方式。因爲部屬面對的情況千奇百怪，所以如果硬邦邦的規定各種情況下的標準動作，一定會有時而窮。相反的，如果能經過某種方式，讓部屬體會並且認同長官的目標，那麼在任何情況下，部屬自然會做出長官所期望他做的事。

因此，帶兵帶形是有苦勞而沒有功勞的作法，而帶兵帶心卻是以簡馭繁、一勞永逸的操作方式。當然，大部分的規則都有例外：在新兵訓練中心，一方面時間短、一方面活動內容單純，所以著重帶兵帶形，而不需處理「心」的問題——就像代課老師通常不會花心思訓練小朋友各種生活規範一樣！

經過「帶兵帶心」的討論之後，我慢慢發現：在許許多多傳統智慧的警句裡，其實都隱含著成本效益的邏輯……

譬如，爲什麼要「在家靠父母、出外靠朋友」？原因很簡單，在家靠父母成本低效益高，出外時父母不在身邊，當然靠朋友成本低效益高。同樣的，「退一步海闊天空」、「吃虧就是占便宜」、「小不忍則亂大謀」，都是在明示暗示長遠的利益可能更重要。還有，「寧爲雞首，不爲牛後」、「擒賊先擒王」、「大德不踰閑」，都是在強調某種成本效益的結構。

即使是描述性的格言，也少不了利弊得失的成分。譬如，「橘逾淮而爲枳」是表示環境變化之後，要維持原狀況成本較高，而入境隨俗的成本比較低。同樣的，雖然「貧賤夫妻百事哀」只是對事實的描述，但也隱含一種提醒：物質條件充裕，是比較好的情境。

因此，經過千百年的錘鍊，傳統智慧像是人類社會裡孕育凝結而成的珍珠，每一顆都有豐富的內涵和耀眼的光芒，也都是社會重要的資產。因爲有傳統智慧，所以人們不但得到心靈上的撫慰，也得到方向上的指引。

抽象的看，傳統的智慧本身隱含一種價值判斷，反映出對好壞是非高下的取捨。即使是「以不變應萬變」，也是突顯了利弊（也就是成本效益）上的考量。所以，傳統智慧顯然具有某種「功能」；雖然表現的方式不一、適用的範圍不同，甚至作用有時而窮，可是追根究柢，都是希望能幫助人趨吉避凶、添增人的福祉。

不過，有趣的是，傳統智慧裡有許多是彼此衝突對立的。譬如，「路見不平、拔刀相助」是一種智慧，「每人各掃門前雪、莫管他人瓦上霜」也是一種智慧；「既以爲人己愈有、既以與人己愈多」是強調要慷慨，「人不自私、天誅地滅」是提醒要自利。當不同的傳統智慧指引不同的方向時，似乎沒有明確的指標可循。

而且，如果試著從傳統智慧裡歸納出一些世界觀，不同的社會似乎反映出不同的視野和期許。強調「吃虧就是占便宜、退一步海闊天空」的社會，可能是比較保守而不鼓勵挑戰現有秩序；相反的，強調「有理走遍天下」、「替天行道」的社會，可能比較尊重個人價值。當然，長遠來看，因爲不同的歷史經驗，不同的社會凝結出不同的傳統智慧；而不同的傳統智慧，又進一步影響一個社會的發展軌跡。

如果傳統智慧反映的是一個社會對成本效益的取捨，有沒有更高層次的傳統智慧，可以用來選擇比較好的成本效益結構？

由這個故事裡，透露出兩個値得思索的問題：第一，既然對同一種情境，往往有兩種彼此衝突的傳統智慧；因此，各個傳統智慧的適用範圍，顯然還是由人來取捨。那麼，人又是根據哪一種思維（哪一種傳統智慧）來抉擇呢？第二，不同的社會，有不同的傳統智慧；那麼，是哪些因素影響各個社會的傳統智慧呢？是自然條件、歷史經驗、人的選擇，還是這些因素的某種組合？

由個人到群體

一個人爲了有效因應環境，會爲自己選定許多規則制度；同樣的，一群人在一起生活時，無可避免的有接觸和互動。聰明的人們，也就發展出一套套關於群體的規則制度。

最簡單明顯的例子，是試著想像在古早的時候，兩人迎面相會於獨木橋之前。這時候兩人的權益直接發生衝突，到底要讓誰先過橋呢？最後的結果，也許是以兩人年齡大小、性別、有沒有背負重物等因素來決定。無論如何，當人們的權益因爲重疊而有所扞格的時候，就需要某種機制（工具）來處理。時日一久，當多數人都接受這種機制的時候，一個爲眾人所支持和運用的小制度油然而生。

獨木橋前相會只是極其普通的一個例子，各個社會的語言文字、風格習慣、乃至思想觀念等等，都有著類似的特性。因爲人們在交往時要處理一些共同面對的問題，所以發展出各式各樣、大小不一的制度。試想，在魯濱遜一個人的世界裡，走路靠左或靠右根本不是問題；但是，在一個群居的社會裡，就自然而然會（或者不得不）處理這個問題。結果，有的社會選擇走路開車靠右，有的社會選擇靠左；但是，好像還沒有哪一個有道路和交通的社會，最後是選擇了「隨便走」這種制度。

群體的制度

當環境裡的人愈來愈多、接觸愈來愈頻繁的時候，自然而然的需要更多的規則制度。由最實際的衣食住行，到層次較高的公共事務；在每一個環節上，都有大小的制度來處理人際互動的問題。

我們不妨想一些具體的例子：衣，男女穿衣有別，不同場合的服飾也有差異；食，用手抓東西吃的地方不多，節慶時的食物也和平時不同；住，游牧民族的帳篷裡，不會分出客廳餐廳；

行，紅綠燈使交通順暢，但是鄉間小道上不會有紅綠燈。在公共事務上，司法方面有法律、執法人員、司法審判等等，政治方面有定期選舉、議會代議等等。

和一個人所自我設定的制度一樣，群體的制度也同時具有兩種性質：是束縛行爲的「限制」，也是群體所可以利用的「資產」——只要想想紅綠燈，就能清楚體會這兩點。

制度能發揮作用，需要人的支持。下面的故事，描述了制度和人之間的微妙關係：

制度的基礎

最近出國一趟，這是離開五年之後，再度踏上美國。在十餘天的時間裡，參觀了加州地區的一些市政建設。也許是因爲身分不同，感受和當學生時大不相同……

加州的安納罕市，人口約有二十五萬，境內有迪斯奈樂園，因爲樂園擴建以及附近相關事業的發展，所以吸引和僱用了很多營建工人。這些工人單身的比例較高，但賺取的多半是基本工資，付不起高昂的房租。因此，市政府就和某些民間企業協商，在市政府提供適當誘因的條件下，由民間企業把閒置的辦公大樓和旅館改爲設施較簡易的單人套房，然後廉價租給這些工人。另外，爲了推動市中心的發展，市政府以租稅上的優惠措施，吸引餐廳、服飾等業者在市區內某些特定地點開業。還有，經過協商，市政府以象徵性的價格（美金一塊錢）把市政府旁的一塊空地賣給太平洋電話公司，由後者蓋起十餘層的大樓使用。電話公司得到的好處是減輕了購買土地的成本，市政府得到的好處是創造了一些就業機會，能夠促進消費並帶動相關的商業活動。市政府還可以在營業稅、財產稅的稅收上得到回收。

市政府以廉價把公有地賣給「財團」，在我們這個社會裡是不可想像的事。有誰願意相信市政府官員不是圖利他人？有誰會想到市政府和一般民眾可以間接受益。在美國那個社會裡，似乎一般人對於代議政治這種「制度」比較有信心。

仔細想想，「制度」可以說是人們爲了追求自己的福祉所設計或發展出來的「工具」。制度當然不能憑空自存，而必須依賴人的支持才能發揮作用。因爲運用任何的工具都要付出成本；所以，維持任何一種制度也都需要付出成本，包括有形的成本和無形的成本。人的特質如何，就直接影響到維持制度所必須承擔的成本。舉一個簡單的例子，在一個不很繁忙的十字路口，四個街角設上「停止」的招牌以調節交通，是最基本的一個「小制度」。要使這個制度能維繫下去，除了那幾個指示牌，更重要的是駕駛人的自律。除非絕大多數的駕駛人都依指示，先停止再前進，要不然這個制度不能維持下去。在那種情形之下，爲了維持交通，可能只好設置紅綠燈，或者派不定期、乃至常設的交通警察指揮交通。這些其他的作法當然隱含較高的成本。因此，環境裡人的特質如何，會影響到維持制度所需負擔成本的高低。

人的特質如何還會更進一步的影響到會有哪一種制度出現和發展。如果美國社會裡一般人不相信地方政府有充分的能力，地方政府就不會擁有相當的自主權。如果一般人不相信市政府官員的判斷，市政府就不太可能以象徵性的低價把公有地賣給私人企業。因此，人對「制度」以及對「運作制度的人」有多少的信任，往往就決定了哪些制度會出現，而這些制度又能發揮多少的功能。

經濟學家阿卡洛夫（G. Akerlof）教授曾說：在落後地區做生意是很困難的事。這當然不是指落後地區所得水準不高，民眾消費能力有限。這句話的含意，可以從兩方面來解釋：一方面，在落後地區，不但交通、通訊這些基本建設付諸闕如，行政體系應該配合的行政、司法，在功能上也非常有限；也沒有金融市場可以籌集資本、借貸資金。因此，做生意的「環境」不夠好。另一方面，在落後地區裡，人的思想觀念往往和現代經濟活動所要求的格格不入。工商業社會所重視的像簽訂契約、履行契約、有限責任、非血緣關係交往等等，都和落後地區民眾所習慣、所認知、所接受的不太一樣。因此，做生意的「人」也不夠好，因爲人不能支持工商業社會自願交易這種「制度」。

看看別人，想想自己。在我們這個社會裡，人們對各種制度有多少的信心？或者，追根究柢，人們對自己有多少的信心？

在這個故事裡，至少透露出兩種重要的啓示：第一，制度要能發揮作用，一定需要人的支持；人的品質愈高，就能支持愈精緻的制度。第二，制度的孕育發展，往往需要相當長的時間，而不是成於旦夕之間。

在我教過的推廣教育班上，有許多民意代表，其中很認眞踏實的一位，在期末的報告中提到：過去看到別的國家社會有好的制度，就想到最好能移植到自己的社會裡來。上了課之後才深切體會到，橘逾淮而爲枳；制度的移植，是非常細緻複雜的一件事！

結語

諾貝爾獎得主諾斯（D. North）的專長是經濟史，經過長期的研究，他的心得是：長遠來看，決定一個社會是繁榮或是蕭條的，就是這個社會有沒有一套好的制度。

因此，規則制度的出現，是理性自利的人爲了降低行爲成本和解決共同的問題，所逐漸發展而成的。好的規則制度對個人而言固然重要，對國家社會顯然更有關鍵性的影響。

【第三章】那一隻看不見的手

——價格機能

經濟學和經濟學者常受一般人嘲弄，在諸多譏諷裡，很有名的一則是：「你只要教會一隻鸚鵡說『供給』和『需求』，這個世界就多了一位經濟學家！」

依我看，如果哪隻鸚鵡確實能適時的說出：「需求和供給」，我們不僅多了一位經濟學者，而且還是一位能發人深省、有教育意義、可以開啓智慧的經濟學者。當然，關鍵在於，這位經濟學者必須是能「適時的」運用這兩個概念。

在這一章裡，我將先說明供給和需求的特性，然後解釋供需在市場（和其他場合）裡碰面時的現象。最後，是指出市場機能只是運用資源的方式之一，運用資源還有許多其他的方式；當然，要選擇哪一種方式，顯然是一個非常重要的課題。

供給和需求

在超級市場和便利商店裡，買牛奶麵包的人是「需求」，提供牛奶麵包的人是「供給」。當需求和供給碰面，一手交錢一手交貨；除了銅臭味，這種活動似乎枯燥無趣。經濟學者把市場機能和供需關係奉爲神明，眞是令人發笑！

不過，買牛奶麵包是供給需求，人絕大部分其他的活動，不也都隱含了供給和需求嗎？父母和子女的互動，不是一方面需要養育愛心，而另一方面供給養育愛心嗎？和同事朋友交往，不也是友情的供給和需求嗎？即使是路上迎面而來的陌生人彼此微笑，不也是有人供給微笑，而有人需求微笑嗎？

因此，關於人際之間大大小小的交往互動，經濟學者可以把複雜多變的關係簡化；利用兩個很簡潔的概念，可以認知、描述和分析這些交往和互動。當然，在了解供給需求這兩個概念一般性的含意之後，就値得進一步探究供給和需求的性質到底爲何？

在供給方面，可以從一些隨手可得的現象開始：房地產興旺時，會有許多建商投入；當葡萄的價格比蘋果高時，比較少的果農會去種蘋果。因此，供給的基本特性，是價格愈高，供給量愈大！原因非常簡單，人都是理性自利的，聞香下馬、聞利而至。

當然，供給的特性也有例外；有些性質非常特別的物件，無論價格高低，供給量都是固定的。譬如，故宮裡只有一個翠玉白菜，世界上只有一個麥可傑克森。供給量有限，自然會影響和需求互動之後的結果。

在需求方面，剛好和供給相反；價格愈低，需求量愈大。東西便宜了，買的時候會多買一些，而買的人也會增加。例子無庸遠求：爲什麼超級市場要降價促銷？爲什麼百貨公司大減價時人潮洶湧？還有，爲什麼推出新產品（可樂、礦泉水、洗髮精等等不勝枚舉）時，往往會附送贈品？仔細想想，這些現象的背後，都是需求定律在發揮作用：價格和需求量剛好反向變動——價格高、需求量低，價格低、需求量高！

價量的反向關係，反映了人行爲上的規律性。對於經濟學者和其他社會科學研究者而言，掌握規律性，是理論建構上非常重要的一步。試想，如果人的行爲沒有規律性，不就像喝醉酒或精神失常的人了嗎？分析這類人的行爲，需要生理學家或心理學家，而不是社會科學研究者。

此外，價格，當然也不一定是貨幣上的數字，而可以是其他（抽象）價值上的刻度。了解抽象價格的意義，就可以試著觀察和分析，影響人們行爲到底是哪些（抽象的）價格？

供需相會

在一般人的想像裡，好像沒有發現供給碰上需求的現象。不過，大概每個人都有逛夜市地攤、討價還價的經驗，那可是供給和需求相遇最直接的情形。

當供需碰面時，如果價格適當，完成買賣，銀貨易手。因此，交易包含價格和商品或其他物資（理髮、提存款等服務）這兩種成分。超級市場和便利商店裡，雖然沒有討價還價，但也是不折不扣的供給碰上需求。當供過於求的時候，價格會下降；當供不應求的時候，價格會上升。因此，價格的變動，是受到供給或需求變化，或兩者同時變化的影響。這些現象，就是所謂市場機能運作的結果，而且早已無甚高論。

我曾和朋友合寫一本經濟學教科書，寫到供給需求這一部分時，我舉了一個例子：牛奶夏天貴、冬天便宜，是因爲對冷飲的需求夏天大而冬天少。書發行之後，馬上有專事農業方面的朋友告訴我：錯矣！牛奶夏天貴冬天便宜，是因爲乳牛夏天產乳量少，而冬天產乳量多。因此，主要是供給面變化的影響，需求方面的變化並不大。當然，這又是經濟學者不辨菽麥的例證之一。

雖然供需相會達成買賣似乎平凡無奇，但是一般人往往忽略了非常重要的一點：任何一樁買賣，只要是雙方自願（而不是「要錢還是要命」式的買賣），都隱含了雙方互惠，也就是兩人各蒙其利。譬如，一打雞蛋的成本可能是二十元，賣得三十元，蛋農和經銷商賺了十元。另一方面，買了一打雞蛋回家做蔥花炒蛋，吃了之後得到的快樂（假設）值五十元，和售價又差了二十元。因此，經過一轉手，雞蛋由原先的二十元變成五十元；透過買賣，雞蛋的價值增加了三十元！

經過一次交易，換手物件的價值增加；經過多次換手，價值可能愈來愈高。更重要的，是透過自願性的交易，資源（包括人力資源）會逐漸流向價值最高的使用途徑。如果資源不能自由流動，寶貴的資源就很可能被浪費誤用掉。二〇〇〇年八月過世的諾貝爾經濟獎得主何尚義（J.

Harsanyi），祖籍匈牙利，二次大戰後逃到澳洲，可惜當地不承認他的學歷，因此他在工廠裡做了好幾年的工。然後，藉著讀夜校取得學歷，後來才先後在澳洲和美國的經濟學界大放異彩。如果不允許轉業，何氏可能就以工人在澳洲終老。在歷史上，沒有何尚義這麼幸運的人可能很多！

因此，雖然很多人覺得經濟活動和市場買賣粗俗無比，可是很少有人認眞想過：市場機能，一方面使買賣雙方互惠，一方面使資源流向最有價值的地方；其他運用資源的方式（行政命令、倫常關係等等），是不是也有這兩種特質呢？

下面這個故事，就是把「市場」的概念，作較廣泛的闡釋和運用。

無遠弗屆的市場機能

最近受邀到三軍大學去講課，和幾十位年富力強的國軍精英討論公共政策。在你來我往的舌劍脣槍下，三個小時很快的過去。我覺得興味盎然，而且有一個意外的發現：這群四十幾歲左右的大男生們，可以說都非常英俊。能上電視拍廣告的，少說也有一、二十位；其中還有幾位很突出，走在路上相信會讓老中少的女性們忍不住回頭多看幾眼。

後來在課堂上，我把這個觀察描述了一番，然後問台下的學生：站在社會科學研究者的立場，總是希望能解釋我們所看到的社會現象。如果我的描述大致不差，那麼，有哪些可能的原因可以解釋這種現象？

「因爲他們常運動！」——不對，周潤發不運動還是很帥！

「因爲他們不太用腦筋！」——不對，他們辯才無礙、論述有據！

「因爲他們的伙食比較好！」——不對，部會首長們的伙食更好，可是（平均起來）遠不及這些軍官們英俊！

亂彈四射一陣後，我提出自以爲是的解釋：這些中校上校們，有相當的比例是來自眷村；因此，父親就是軍人。上一代的軍人來自大陸的大江南北，到台灣之後才娶妻生子；因此，夫妻兩人，往往是分屬不同的省分，血緣隔得很遠。父母血緣遠，通常下一代的五官會比較俊秀亮麗，這是先天的因素。

在眷村裡長大，經常會呼朋引伴、結黨營派，再加上從小就長得一表人才，自然會花很多時間在舞會、郊遊、追女朋友這些事上。然後，排擠效果出現，留給讀書準備考試的時間所剩不多。如果大專聯考有面試和術科，也許這些帥哥們會堂堂上榜；可惜，只有筆試。因此，在聯考的篩選之下，這些美少年們自然就慢慢的成爲國軍的棟梁！

我講完之後，有位同學舉手補充了一點：因爲帶兵官每天要面對許多部屬，所以儀表很重要；上級在考慮升遷時，可能多少會考慮到這個因素。因此，能升到中高階的軍官，一般而言容貌會比較出眾。

這一點倒是我沒有想到的，所以我讚美了幾句。由於沒有其他意見，大家好像也都覺得找出了問題的癥結，所以就開始討論其他的問題。不過，晚上在操場跑步時，我又想起課堂上的這一幕，而且有進一步的聯想……

在經濟學裡，供給和需求是很基本的兩個概念。廠商「供給」牛奶麵包，消費者「需求」牛奶麵包；然後，供給和需求在市場裡碰面，有了交易，也決定了價格。可是，供給和需求的概念，並不限於商品的買賣，而是普遍的反映在人類其他的行爲上。供給和需求，可以很精緻的歸納出人際互動時的兩股力量，並且烘托出最後的結果。軍官們英俊瀟灑，其實就是供給和需求這兩股力量交互運作的結果。

在供給方面，眷村裡父母血緣隔得遠，是第一個特質。因爲長得可愛，花很多時間在讀書之外的其他活動上，這是第二個特質。面對聯考時，不擅長筆試是第三個特質。官校畢業後，擔任主管而負責領導統御是第四個特質。和供給相對的，當然是需求。青少年男女交往，面貌姣好的自然討人喜歡；因此，對美少年的需求量大。可惜，這麼一來美少年讀書的時間少，在面對聯考時，不符合筆試篩選的需求，因此美少年們紛紛進入軍事院校。等到畢業任職，升遷時需要儀表出眾的領導者，因此帥哥們逐漸變成紳士與（高階）軍官。最後的狀態，是一連串供給需求互動之後的結果。

有趣的是，整個過程和最後的結果，都是自然而然所形成的。如果有人爲的干預，過程會受到影響，結果可能也就變成不同的樣態。譬如，如果大幅提高軍官們的待遇，報考軍校的人可能也大幅增加；在那種情況下，篩選出來的結果可能就和一般學校相去不遠！

我不知道自己的分析對不對；不過，還好還有課，我可以問問這群周潤發們自己的想法。還有，不知道對岸解放軍的軍官們相貌如何？

由這個故事裡，我們可以發現，「市場」、「供給」、「需求」等等，都是分析性的概念；利用這些中性（不帶有價值判斷）的概念，我們可以分析很多社會現象。其次，分析社會現象的目的，除了能夠了解「爲什麼」，還希望能預測。一旦有某種因素影響了供給（或需求，或兩者），「市場」裡會發生哪些變化。

市場結構

當麥當勞進入台灣的市場之後，傳統的餐飲業也開始改善衛生和服務。原因無他，麥當勞的加入，使市場裡競爭的力量大幅增加；在汰蕪存菁的壓力下，達爾文的進化論確實很有說服力。

影響市場結構的主要因素，是供給者的數目和需求者的數目。由極端的情形著手，比較容易體會參與者數目的多少對供需互動的影響。首先，如果市場裡只有一個供給者，而有許多需求者，這就是典型的賣方獨占，或者稱爲賣方壟斷。只此一家別無分號時，賣方通常會在可能的範圍裡予取予求。在許多國家裡，國營企業經營效率不彰，主要就是享受了壟斷獨占的特殊地位。對於供給上諸多不合理的作法，買方通常也只有忍氣吞聲、逆來順受。（當然，政治上一黨獨大，幾乎就是經濟活動裡獨占的翻版！）

其次，如果市場裡在需求面只有一個買者，就變成買方獨占。買方勢力獨大，就可能以極低的價格或不合理的條件進行交易。在歷史小說裡，常有許多地主士紳的劣行惡跡，原因就是地主士紳往往是地方上對勞力唯一的買主；因此，他可以有恃無恐，極盡巧取豪奪之能事，把獨占的力量發揮到極致。在現代社會裡，地主士紳的事跡已不多見。不過，下面的實例與應用，巧妙的反映了市場結構的曲折。

回歸基本面

有天晚上和內人兒子一起，到附近的師大夜市吃飯逛街。我牽著兒子的手，穿過熙來攘往的人群。過了一陣，內人問我：「寬寬和你在一起時，都是這麼安靜嗎？」

她不是第一次問我這個問題，幾個月前也問了一次；和上回一樣，我覺得奇怪，就說：「要不然怎麼樣？」她開始描述，兒子和她一起走時有多彆扭：一路埋怨她、發脾氣、要不然就是賴著不走。從校門口到家門口不超過兩百公尺，她說往往要拖上半個鐘頭。

對我來說，這可眞是新聞。後來我想通了，也不覺得奇怪：內人很有愛心，對唯一的寶貝當然是盡可能的寬容。小鬼恃寵而驕，自然得寸進尺。不過，這倒讓我想起最近出的一個家庭作業。

爲了要讓理論和實際結合，我要同學去探訪一下三種不同的訂價方式：便利商店裡的飲料、高速公路緊急事故的拖吊業者或一般醫院急診室的救護車，還有黑白道按時收取的保護費或節敬。表面上看來，這三者情況大不相同；可是，稍微深究就會發現，決定這三種價格的力量，其實是相通的。

便利商店裡飲料的訂價，大概是最簡單明確的。根據進貨成本加上某個百分比，再考慮一些相關的因素（附近有沒有其他類似的商店、季節變化、促銷活動等等），就訂出一個價格。而且，爲了讓顧客「便利」起見，不會有五毛零頭的價格；同一類的飲料最好價格一樣，即使進貨成本稍有不同。

黑白道的訂價方式，是很有趣的一種。便利商店飲料的訂價，標的物非常明確；可是，黑白道收費所涵蓋的範圍，卻是包羅萬象。從接生嬰兒的紅包、申請各種建築和使用執照的額外費用、工程採購的回扣、餐飲娛樂和特種營業的節敬，有非常多的種類項目。不過，訂價的方式卻大同小異：根據潛在的利益，需求付出某個百分比，以得到供給的保護或服務。而且，即使有某些業內人士你知我知的「行規」，這些價格卻千篇一律的隱而不見。當然，隨著利益的變化、保護（服務）的增減、司法公權力的張縮，這些費用也會有起伏。

高速公路的拖吊服務和救護車一樣，最重要的特性是「急難」。對於駕駛人或病患家屬而言，往往惶惶失措；可是，對於拖吊業者和救護車而言，這些急難卻是司空見慣的事。因此，一方面是心急如焚、無所依恃；另一方面是冷眼旁觀、好整以暇。當急迫的需求碰上從容的供給時，高下立判：供給會獅子大開口的予取予求，一點都不令人意外。所以，即使救護車和拖吊車都有明訂的收費標準，敲竹槓的事還是屢見不鮮。乘人之危的訂價，顯然很不穩定，高下之間的差別，可能非常懸殊。

抽象來看，三種不同的訂價方式可以說都是落在價格的光譜上，而且是位置不同的點。便利商店的飲料，是靠近其中的一個極端；在這個極端上，供給和需求互動的頻率高數量也大、彼此約略處在相等的地位上、價格都是明確可見的。救護車和拖吊車，是位在另外一個極端；在這個極端上，供給和需求不一定經常接觸、彼此處於高下不同的地位上、價格往往是高下不穩的。而黑白道的保護（服務）費，大概剛好介於這兩個極端之間。

有趣的是，隨著社會的進步，這個價格光譜上的點，會慢慢往便利商店飲料這個端點移動。有些地方的建築和使用執照不再有附加費，有些拖吊業者和救護車已經按表收費；環境中的條件，正逐漸的使供給和需求能接受更多的陽光。事實上，便利商店本身也是由街角的雜貨店演化而來！

內人被兒子予取予求，似乎有點接近救護車和拖吊車的訂價方式；也許，多了一個孩子的話，她生活裡的陽光會多一些……

想一想，獨生子或獨生女和父母的關係，到底是獨買，還是獨賣？當然，除了供給和需求雙方的數目，另外一個重要的因素，是雙方各自擁有的資源；資源多的一方，通常有比較強的議價能力。在牛奶麵包的市場裡如此，在友情親情和其他人際交往的「市場」裡，當然也是如此。

政府和市場機能

市場機能隱含對供給和需求這兩方面的尊重，透過自願性的交易，雙方互蒙其利。事實上，市場機能最發達的社會，往往是一般人民生活最富裕，人性尊嚴最受禮遇的社會。

當然，市場不是萬靈丹，即使在市場機能最蓬勃的社會，還是會有失業、通貨膨脹這些問題。一旦這些問題出現，社會大眾通常希望大有爲的政府能出面解決問題。因此，幾乎在任何社會裡，政府都會介入（干涉）市場的經濟活動。可是，出自善心的舉動並不保證有好的結果，下面的故事是一個活生生的例子。

做事情的方法

「美國國會剛通過法律，把在西北部森林裡活動的白斑貓頭鷹列爲稀有動物；在現存一萬隻左右的白斑貓頭鷹出沒的範圍裡，禁止伐木等活動。根據估計，因此而失業的伐木工人將有三萬三千人。生計受影響的人數更將遠超過這個數字。」

在一本法律期刊裡看到這則消息時，引發了我一連串很奇怪的聯想……

在民國六十一年至六十三年之間，政府因應輿情而取消了肥料換谷的作法。結果，六、七月裡剛好接連來了幾個颱風，中南部稻田損失慘重；再加上世界性的糧荒；因此，米商開始囤積居奇。自然條件的變化加上口耳相傳的風吹草動，使得米價一路攀升。可是，政府手中握有的稻米有限，所以束手無策。白米的價格一日三市，整個社會人心惶惶。最後，政府緊急從泰國進口了十三萬噸的白米應急，才避免掉一場可能的動亂。

局勢稍定之後，政府痛定思痛。最高當局下令成立糧食平準基金，效法古代賤買貴賣的方式，希望能有效掌握糧源，避免再有糧荒和人心浮動的局面。

大自然似乎總是和人開玩笑。平準基金成立之後，即使有風災水災，國內糧食從此沒有再出現危機。而且，經濟成長之後，國人飲食習慣日益精緻。對白米的消耗量從每人每年約一百三十公斤，逐年下降到每年七十餘公斤。結果，糧食生產不是不足，而是過剩。

生產過剩表示供過於求。根據簡單的供給需求原理，供過於求的商品價格會下降；生產者的利潤會下降，甚至無利可圖。如果沒有糧食平準基金，那很可能就意味著這種商品（稻米）的供給會減少，生產者會慢慢移轉到其他產業去。可是，因爲有糧食平準基金；所以，在米價低迷，利潤減少的情形下，農民呼籲政府提高稻米收購價格。政府一方面爲了照顧農民這個弱勢團體的福祉，一方面當然也有選票和政治安定的考慮，所以也從善如流。稻米保證收購價格漸次提高。

好心可不一定有好報。在民國八十一年，一個農民由一公頃、每年兩熟的稻穀上，扣掉各種生產成本，大概淨賺三萬元；這約等於一個技術工人一個月的薪水。農民不高興，因爲他們認爲政府的「保證價格」太低。稻穀的保證收購價格大約是一公斤新台幣十八塊，折合成糙米，一公斤是二十三塊，在國際市場上，一公斤糙米只要新台幣四塊多。廣大的消費者也許不知道，所以沒有怨言。

政府更是吃力不討好。生產得多，消費得少；收購來的稻米放在倉庫裡，愈堆愈多。一、兩年之後，總要把舊米處理掉好讓新米進來。舊米往哪裡去呢？最先是軍公教的配給米、國小的營養午餐，還有軍營裡大頭兵身不由己的伙食。慢慢的，連這些去處都不受人歡迎。（在金門，原先軍民上下都吃這些放過一段時間、五花八色的「營養米」。後來某次選舉，有候選人以此爲訴求，認爲金門民眾不應該是二等國民。選舉過後，營養米不再往金門送。金門民眾也開始體會到選舉的重要！）

滿倉庫的米怎麼辦呢？保存期限一過，政府把一部分米碾碎，比照玉米的價格，約四塊錢一公斤，賣給養雞、鴨、鵝、豬的人家。輾碎是怕不肖糧商以低價承購之後，再漂白上市圖利。可是，二十三塊錢一斤買進的糙米，花費人事倉儲營業費用保存一、兩年，再花錢碾碎，然後四塊多賣出去；這不是很奇怪嗎？但世界上眞有這種事。難怪政府糧食平準基金曾一年虧損七十億到八十億，這筆錢大概可以付三萬多個公務員一年的薪水。政府當然不高興；納稅的小老百姓如果知道了，可能也不會高興！

在這個發展的過程裡，很難說有誰「做錯了」什麼事。但是，事情演變的結果卻非常的「奇怪」。是不是制度上出了問題，在該調整的時候沒有調整；還是這種結果是有意識的選擇，已經是所有可能情況中最好的情況？

不知道爲什麼會從貓頭鷹的事聯想到糧食平準基金；非常奇怪，貓頭鷹又不吃米……

這個故事所描述的，並不是偶發事件或特例，古今中外類似的事例無日無之；也許，能說供給需求的鸚鵡還太少了一些！

經濟學者常鼓吹自由市場開放、政府少作干預，其實這只是故事的一部分；對經濟學者而言，市場機能是一個重要的參考座標：在市場裡，自願性的交易使雙方互蒙其利；供給和需求人數的多少，會影響市場結構，因而進一步影響雙方的福祉；透過自願性的交換，資源會流向價值最高的使用途徑；對市場的干預，可能欲益而損；如果不利用市場機制來運用資源，就必須依賴其他的方式。這些對市場機能的體會，都是經濟學者經過長期的研究，點點滴滴累積出的智慧結晶。

當然，在人一天二十四個小時裡，參與市場經濟活動的時間可能只是其中一（小）部分。絕大部分的時間，一個人可能是和同事朋友家人相處。可是，基於對市場機能的深切體會，經濟學者可以利用市場裡的活動當作基準點，對其他的活動作比較分析。譬如，和朋友交往，不就是在

「友情的市場」裡活動嗎？不也有對友情的供給和需求嗎？還有，時代創造英雄和英雄創造時代，不都隱含了對英雄的需求和供給嗎？如果能「適時適當」的運用供給和需求這兩個概念，經濟學的分析架構不是很有說服力嗎？

結語

當兩百多年前亞當斯密發表《國富論》時，主要是強調市場的經濟活動可以使國富民強。兩百多年之後，經濟學者對市場機能有更多更深刻的體會。了解市場機能的性質，不僅掌握了經濟活動的脈動，更是進一步探索人類其他活動的利器！換言之，對經濟學者而言，市場機能有兩種重要的意義：一方面，市場機能是經濟活動的中心所在；另一方面，市場機能像是一個參考點或參考座標，可以幫助經濟學者探討和分析人類的非經濟活動。

【第四章】對銅臭味的追求

——經濟成長

在農業社會裡，也有經濟活動，不過當然和現代的工商業社會大不相同。至於如何由農業社會發展爲現代的工商業社會，就不是一個簡單的問題了。

對經濟學者而言，探討經濟成長有兩種重要的意義。一方面，由農業社會變成工商業社會、乃至於科技社會，本身就是重要的經濟問題。另一方面，當市場機能達到均衡時，可能呈現一種循環重複的狀態；可是，哪些因素會刺激進而打破均衡，因而使經濟體系朝一種新的狀態發展呢？在理論的建構上，要使理論嚴謹完整，必須同時包含對「不變」與「變」這兩部分的分析。當然，值得注意的是，「變」有兩種：一種是在原地打轉式的變化；另外一種則是演變成新的狀態。

在這一章裡，我將先闡明財富的意義，然後嘗試描述社會透過經濟活動而累積財富的過程。最後，則是指出現代經濟體系裡，循環起伏的可能原因。

財富的意義

芝加哥大學法學院蒲士納（R. Posner）教授，原來主修法律，畢業於名校哈佛法學院。而後，當他到芝加哥大學任教時，接觸經濟學，並且成爲忠實的信徒和宣揚者。法律經濟學這個新興領域，就是在他和諾貝爾獎得主寇斯等人的推動之下，發展得日新月異，對傳統法學造成根本的影響。

蒲氏的學說裡，最引人爭議的是「財富極大」的概念。他認爲，法官在判大部分的案件時，都可以以這個概念爲依據，以促使社會財富極大。對經濟學者而言，市場經濟的重要特色之一，就是能經由自願性的交換，使社會的財富逐漸累積；亞當斯密《國富論》的精髓，正是如此。可是，對傳統法學界而言，過去一向是以公平正義作爲最高指導原則；以「財富極大」來判案，不僅可笑無稽，而且俗不可耐。還好，經過了數十年的論對溝通，蒲氏「財富極大」的觀念，已經不再是洪水猛獸。

然而，在經濟活動裡，追求財富、累積財富理所當然；可是，爲什麼在人類的其他活動裡，也値得把財富當作標的呢？下面的故事，就試著闡釋財富的意義。

價值的寄居處

曾自不量力的接受邀請，到一個政府單位作一場專題演講，題目是「文化與經濟」。我提到，雖然一般人認為經濟學是處理和「價格」有關的問題，不過「價格」只是眾多種「價值」中的一種；廣義的來看，經濟學其實是探討「價值結構」的學科。

因為在場聽眾的素質都很高，所以我又花了一些時間說明狹隘的經濟學是專門分析商品勞務之類的「經濟活動」。這些買賣雖然只占人們生活裡的一（小）部分，卻是非常重要的一部分。因為以「價格」表現的財富很容易轉換成其他的「價值」，而像美醜善惡這些其他的價值卻很難轉換成別種的價值。

講完之後，我正低頭整理東西，有一位年輕漂亮的小姐走到身旁。她說，她不覺得只有價格才能轉換成其他的價值，她可以很輕易的把她的快樂分享給她的朋友；其他的價值顯然也是可以轉換的，她不太清楚我的意思。

雖然我的嗓子有點啞，不過既然是年輕漂亮的小姐有問題，我當然分外的樂意略陳固陋。我正要開口，旁邊又走近一位比我還中年的中年男士。他也有問題，而且話匣子一開不可收拾。原來的小姐看看手錶，點個頭走了，留下兩個大男生——一個談興大發，一個面露（假假的）微笑、保持風度。

在回學校的計程車裡，我稍稍有點感傷和遺憾的想起剛才價值轉換的問題……

一個人當然可以把他（她）的情懷釋放出來，讓其他人分享他（她）的喜怒哀樂、愛恨情仇；特別是心靈上有交集契合的人，感受更是深刻。可是，這只是近距離、小範圍裡的「轉換」，範圍一擴大、距離一拉長，轉換的可能性就大幅度的降低。因此，你可以把「正義感」這種情懷很輕易的展現在自己的辦公室裡，卻不容易讓遠在天邊的人體會到你的心意。

相形之下，以價格表示的金錢（財富）卻可以很方便、無遠弗屆的發揮功能：我可以把錢由台北匯到高雄去，捐給貧戶；可是，即使我有滿腔的正義感，我能把這分正義感電匯到高雄嗎？仔細思索一下，金錢這種價值確實比較容易變成其他的價值：口袋裡一千塊新台幣可以用來買兩本書，把金錢轉換成知識上的「眞」；可以用來捐給公益事業，把金錢轉換成行爲上的「善」；可以到海邊享受海天一色，把金錢轉成感覺上的「美」。可是，如果有滿腔的良知、正義感，能不能直截了當的變成眞善美呢？

而且，金錢這種價值在辨認、交換、處理上要比其他的價值容易得多。當我由口袋裡拿出兩張五百塊的鈔票時，所有的人都知道我可以掌握、控制、運用一千塊的資源，也都願意接納和承認我的權利。但是，如果我高聲聲稱我心裡有一萬個單位的正義感，想交換一個蘋果、兩張戲票，別人願意承認我的權利嗎？別人「應該」承認我的權利嗎？當我用一千塊買了兩本書，書店老闆可以拿著這一千塊去做別的用途、去創造新的價值。可是，即使我能用心裡的正義感換得了一個蘋果，我要怎麼樣把心裡的正義感交給水果攤的老闆；他「拿到了」正義感之後能做什麼用呢？因此，和其他的價值相比，金錢這種價值的運用比較沒有爭議。正因爲比較沒有爭議，所以以金錢進行的活動可以引申蔓延出其他進一步的活動，也就是創造和累積出更多的價值。

指出金錢這種價值的優點，當然並不隱含貶抑其他價值的缺漏，兩者之間的對照剛好襯托出彼此的特性。因爲金錢明確簡單，所以容易處理，也能不斷的滋生和成長。不過，金錢這種價值本身（應該）只是媒介而不是目的：我們透過對金錢這種價值的運用，享受到其他諸多的價值。如果沒有金錢（財富）作爲媒介，社會上絕大多數人所能擁有的顯然將是很粗糙原始的價值。

坐在計程車裡想這些道理當然比和年輕漂亮的小姐討論無趣得多；不過，也許頭腦要清醒一些。這些價值之間不知道該怎麼轉換？

和五百年前的社會相比，現在的社會可能有同樣多（？）的誠實和正義感。可是，經由經濟活動的發展和累積，社會目前所擁有的財富，絕不是五百年前所能比擬的。而且，當社會的資源（廣義的財富）愈來愈多時，才有更充沛的條件追求其他的價值和支持人的尊嚴；蒲氏財富極大的觀點，確實見前人所未見。

經濟活動的變遷

如果我們環顧四周，馬上可以發現：有的國家非常富裕強盛，有的國家卻蕭條落敗；有的國家已經進入科技社會，有的國家卻仍然停留在游牧農畜的狀態裡。可是，爲什麼？既然有這麼多先進社會爲榜樣，爲什麼落後地區不能在短期內迎頭趕上、共享繁榮？

下面的故事，就具體而微的嘗試回答這個問題。

比聰明

幾年前有一次到郵局寄信，我把牛皮紙袋交給櫃台的小姐，請她秤一秤有沒有超重，我好貼郵票。小姐把紙袋往櫃台上的磅秤一放，指針晃動兩下，剛好停在基本郵資的重量上。可是，小姐竟然說：超重，要多貼X塊錢的郵票。

我簡直不敢相信我的眼睛和耳朵，郵件明明沒有超重。我問：不是剛好沒有超重嗎？櫃台小姐頭也沒抬的講了一句讓我畢生難忘的話；她說：「現在沒超重，等你貼上郵票，就超重了！」

在短短不到一分鐘的時間裡連續受到兩次震撼，我有點張口結舌、手足無措。還好，那時候我已經當過兵，經過一些歷練，稍有韌性。我半句話不說，向旁邊窗口的小姐借了一把剪刀、把牛皮紙袋剪掉大大的一角、貼上基本郵資、沒有做鬼臉的把郵件交給原來的小姐，然後掉頭揚長而去。

後來每次午夜夢迴想起這事，總免不了在慍怒之餘有一絲感傷：爲什麼郵局的那位小姐會那麼苛刻？爲什麼我又必須要靠一點伶牙俐嘴的「小聰明」來以眼還眼、以暴制暴？

早期的制度學派經濟學者一直不能理解，爲什麼世界上有些區域一直在貧窮落後裡打轉：既然已然有先進國家爲榜樣，而且資本技術也不是遙不可及；可是，爲什麼這些落後地區卻好像在時空的軌跡上靜止不動，和別人的差距也就愈來愈遠？經過深入的探討和思索，這些學者慢慢體會出一點令人驚訝和難過的心得：落後地區的所以落後是有以致之，而且還很可能會繼續落後下去。

在中東地區的某些市集裡，有各式各樣的攤販；賣的東西從牛馬駱駝、衣服器皿到米麥糧食，應有盡有。市集裡人聲喧譁，往來雜沓，熱鬧得很。但是，這些市集裡的買賣交易有幾個共同的特性：賣東西的人規模多半很小；買賣雙方多半是萍水相逢，彼此都是陌生人；作成一樁買賣之前，往往要花很長的時間在討價還價上。

因爲生產交易的有很多是自製的農產品或手工藝品，所以產量不大，而且品質參差不齊。因爲彼此是萍水相逢，以後可能永遠不會再碰面；所以重要的是在「這次交易」上得到好處、占到便宜。既然沒有兩個東西是一樣的，每個東西的「特色」當然也就可以誇大其詞。所以，賣東西的人會鼓起如簧之舌，把他賣的東西吹噓得天花亂墜、絕無僅有；買東西的人當然也會不假辭色的挑三撿四、嫌東嫌西。買賣雙方花很長的時間計較得失，各種欺、瞞、詐、騙的伎倆當然也就發展（發揮）得淋漓盡致！

這些特性一旦形成，就產生惡性循環。因為要花很多時間在討價還價上，所以重要的是怎麼樣能在言詞上勝過對方，產品本身的良窳倒變成次要，賣東西的人也就沒有意願去花心思改良他的產品。因為只是一面之緣，所以也不會試著建立起口碑信用；沒有口碑信用，自然也就不需要以品質取勝；不能以品質取勝，也就沒有動機去提升品質。所以，幾十年或幾百年來所買賣的東西，可能並沒有什麼太大的不同！

惡性循環指的不只是交易的貨品，更重要的是對人性的摧殘。忠厚老實不但不會受到獎賞鼓勵，還會被當成冤大頭，甚至落得無容身之處。所以，大家都變成虛浮狡詐，不信任別人，也不讓別人信任。事實上，最後大家的氣味習性相近，都是一丘之貉，也沒有什麼好壞是非可言。

制度學派的經濟學者把這種令人感嘆的情況稱為「低度均衡」，用來和西方先進社會日新月異、產生良性循環的「高度均衡」作對比。至於怎麼樣能（試著）由低度均衡過渡到高度均衡，就不是三言兩語所能說得清楚的！

過去在美國求學時，常覺得同班的美國同學比不上我們台灣或韓國的同學。後來有機會教他們的大學生，雖然這些學生已是頂尖常春藤盟校的精英，我還是覺得他們笨得不可開交。然而，經過「貼郵票」的事情之後，我有一點新的體會：美國人也許眞的很笨，華人也許眞的很聰明，但是當社會裡大部分的人都「很聰明」的時候，也許情況反而比不上大部分的人都「不很聰明」的社會……

這個故事提醒我們，人的聰明才智可以運用到很多方面；有時候，這些聰明才智等於是在「作虛功」——浪費在一些既沒有功勞、也沒有苦勞的用途上。

可是，在哪種環境下，才會有經濟成長呢？曾經有一段時間，經濟學者把注目的焦點集中在自然資源、人力資本、科技水準、基本設施等等因素上。可是，強調其中任何一項因素，其實都隱含值得（或必須）採取諸多配合的公共政策。譬如，如果人力資本不足，就要增加對教育的支出，改善醫療設施以增強體質，協助高級人才就業和在職訓練；如果基本設施不足，當然要花錢修馬路鋪電線與水力。可是，經濟學者漸漸發現，長遠來看，自然資源等因素並不是關鍵所在。而且，很多東歐國家在科技方面並不落後，可是在共產主義解體之後，經濟活動卻並沒有很快的步上正常的軌道。可見，對一個社會而言，要維持經濟活動的正常運作，並且逐漸累積財富、邁向富裕，並不是一件容易的事。

就整體而言，社會能不能支持正常的經濟活動、並且追求成長和繁榮，關鍵在於是不是有開放自由的環境；使人們能發揮自己的潛能，並且享受自己努力的果實。下面的故事，就是研究經濟史的學者所得到的智慧結晶。

到繁榮之路

雖然歷史是由一連串已經發生過的事件所組成；但是，這些事件的意義卻是由「歷史研究」反覆不斷的加以分析和闡釋。

諾斯可以說是「新（經濟）史學」研究的佼佼者：他運用尖端的經濟理論重新解釋歷史，不但能講出更完整、更有說服力的「故事」，也爲他自己掙得了一九九四年的諾貝爾經濟獎。在他的成名作《西方世界的昇起》（*The Rise of the Western World*）這本書裡，諾斯就以短短一百五十餘頁的篇幅，重新闡述從第十世紀到第十八世紀這段期間裡，歐洲的興衰起伏⋯⋯

在十六世紀以前，歐洲大陸的榮枯彷彿是被一種宿命論式的循環所支配；而「人口數的多寡」則是主導這些循環的唯一因素：在當時以農業爲主的經濟體系裡，人口持續的增加之後，原有的耕地不敷使用。所以，較偏遠的土地會逐漸被開墾生產，但是這些次等耕地的生產力較差。因此，伴隨著人口增加的，是每個人的平均所得下降。平均所得下降隱含的是生活品質較差。每個人能攝取的養分慢慢減少，人的抵抗力也因而下降。因此，人口密度上升加上抵抗力減弱，剛好就爲饑荒、瘟疫、戰禍、革命等天災人禍提供最有利的條件。

當幾十年，甚至上百年的饑荒、瘟疫和戰亂掃除了大量的人口之後，另一個循環於焉展開：人口減少之後，可以放棄較差的土地，農業生產力上升，每人實質所得增加，營養改善，人口開始膨脹——一直到下一次大自然再作無情的淘汰爲止。人，掙脫不了自然條件的束縛。

然而，十六世紀是歐洲大陸的轉折。經過一個多世紀的發展，歐洲的人口已經恢復到十四世紀的水準。雖然人口增加可能會再度導致自我殘害，但是，有些區域已經能掙脫大自然的詛咒。

荷蘭和英國是兩個成功的例子：經歷一段穩定成長的歲月之後，地區性的小型貿易慢慢擴充規模；幾個港口慢慢成爲大型的商埠，在市場裡交換的資源愈來愈多。市場的規模擴大之後，各種金融性產品也就次第出現。募股公司、專業代理、資本市場、貼現市場等等，都應時而生。在這個發展的過程裡，政府（皇室）不但沒有干預阻撓，反而採取諸多措施以促進市場活動的勃興。

和荷蘭和英國這兩個成功的例子相比，法國和西班牙的際遇就令人掩卷歎息矣——諾斯教授用「陪榜者」這個名詞來描述法國和西班牙。當區域間的貿易正在萌芽的階段，法國皇室不但不加以呵護，反而以一連串的措施來抑制市場的擴充，並且設下層層關卡來課稅。各個地區裡的工會被賦予獨占壟斷的地位，而工會則畫地自限的訂下種種嚴苛的規定。譬如，關於布匹染色的規定有三一七款（蓋三一七個章？），一般的布匹也要經過六道的檢查手續。經濟繁榮所需要的自由不但沒有生存的空間，還被殘忍的扼殺。

西班牙的情形也是異曲同工：皇室爲了維持龐大的軍力，除了沒收私人財產，還大量的向民間舉債。政府的利息負擔愈來愈重；結果，先是片面的宣布延長債期和降低利息，然後是一了百了的宣布破產、賴帳了事。既然私人的財產權不受保障，因此久而久之，工作和生產的誘因完全消失。當時最好的出路是：當學生、僧侶、乞丐或官吏，因爲可以衣食無憂！西班牙從此再也沒有成爲世界級的霸權！

現在再看這些歷史事件，除了有後見之明的奢侈（和感嘆），當然有一點質疑：在現代社會裡，哪些措施會造成和法國、西班牙一樣的命運？有沒有辦法避免？諾斯在書裡沒有敘明！

一旦掙脫了大自然的束縛，人所面臨的主要考驗，其實就是自己。幾千年來人的聰明才智並沒有變化（進化）多少，所展現的成就卻有天壤之別。同樣的道理，世界各國的人在遺傳基因上的差異有限，所享有的果實卻相去千里。可見得，大自然已經不再是人的敵人，人才是自己的敵人。由故事裡也透露出，長遠來看，在穩定的財產權和政治安定的情形下，經濟活動才可能活絡和發展。

經濟起伏

在市場經濟高度發達的社會裡，雖然累積了可觀的資產；但是，還是不可避免的會有週期性的起伏。有名的「蝴蝶效應」並不是空談：在北京城裡的一片落葉，吸引了一隻蝴蝶振動翅膀；空氣裡小小的波動，又引發了一連串的反應；最後，滾雪球般的效果，使紐約華爾街的股市經歷了恐怖的黑色星期一。現在無遠弗屆的網際網路，可能會加強這種效應！

對於經濟上的波動，各國政府多少都採取了一些防範的措施（股市暫停交易、失業保險等）；但是，到目前爲止，對於經濟波動的來龍去脈，經濟學者還是不能完全掌握。下面的故事，是關於眾多經濟波動類型中的一種。

跨越自然形成的秩序

提起海耶克（F. Hayek），一般人馬上會聯想起《到奴役之路》（*The Road to Serfdom*）這本名著；不過，對於經濟學者而言，可能會更重視他所強調「自然形成的秩序」。

海耶克曾經用生動的譬喻，闡明「自然形成的秩序」這個概念：在村落不遠的地方，有一個水池，村民們去汲水的時候，要穿過一片樹林。雖然村民們各自行動，誰也沒和誰講好，可是經過一段時間，樹林間會自然形成一、兩條小徑。沒有人規定非走這一、兩條林間小徑不可，不過小徑一旦形成，沒有雜草亂石，大家自然而然的循徑而行。海耶克認爲，在人們經濟活動的領域裡，「林間小徑」的現象也一樣成立——毋須政府管制或指揮，人們會在交往互動裡，逐漸摸索出一些自然形成的秩序。

海耶克理論的背景，是一九三〇年經濟大蕭條之後。當時經濟不景氣，失業率高漲，民眾普遍要求政府強力干預。管制經濟的呼籲和社會主義的主張，甚囂塵上。海耶克力排眾議，堅決主張自由主義和市場經濟。一代學人的識見和風範，真是令人敬佩。

不過，一九九〇年以後，「林間小徑」的故事卻有了一些轉折：如果在汲水的路上或水池邊，有人談起一夜致富的機緣——有一家礦業公司在海外探勘，發現豐富的銀礦蘊藏，正在發行股票募集開採資本。股票價格一日數市，早買早賺。剛開始村民們充滿狐疑，不過有一、兩個人半信半疑下買了幾張。果不其然，買了之後價格一路上揚。

有一些人見錢心動，也採取行動，也賺了錢。見賢思齊的人愈來愈多，不過股價還是繼續上升。先前賺了錢的人，把賺的錢用來消費和投資。因此，不但買股票的人愈來愈多，村子裡的經濟活動和房地產等也都熱絡起來。雖然誰也沒看過半點白銀，不過單單是村民們的「期望」和「信任」，已經足以支持這一片榮景。名目和實質之間互相影響，真實和虛幻之間也不容易劃分。

有一天，一個駭客出現，先無聲無息的以厚利個別向村民們借了一堆股票；然後，一邊賣出手中的股票，一邊利用耳語向村民們傳布「銀礦是假的」這個消息。只要適時的加上惶惶的神色和語調，滾雪球的效果逐漸出現。數日之內，股價一路崩跌，最後幾乎形同廢紙。然後，駭客以廢紙的價格買回股票，還給出借者；在高賣低買之後，獲暴利揚長而去。即使後來證實銀礦確有其事，在連鎖反應下整個村落已經哀鴻遍野、元氣大傷。

在海耶克「林間小徑」的故事裡，一切都是具體的、實質的：村民、樹林、水池、小徑：可是，在「林間小徑」的現代版裡，卻多了一個抽象的、名目的東西：股票（的價值）。具體實質的東西，看得到摸得著，價值比較穩定；相形之下，名目抽象的東西，有寬廣無比的想像空間，價值可以是金玉、也可以是敗絮。

雖然情節不同，不過保羅．克魯曼（P. Krugman）教授在《失靈的年代》（*The return of depression economics*）這本新書裡所描述的，基本上就是一個現代版的「林間小徑」。只要把村落的規模放大，就是如假包換的泰國、馬來西亞、日本、巴西、墨西哥等等。當然，對於一般讀者而言，比較重要的問題是：克魯曼的書帶給我們什麼啓示或教訓？下面這兩點，可能是特別值得強調的：

首先，對一般人而言，可以試著多體會經濟活動的脈動。在現代社會裡，經濟活動對每一個人的衣食住行都有明顯而直接的影響；而且，透過實質的貿易和金融上的交往，國與國之間的藩籬愈來愈脆弱。地球上某一個角落裡發生的動盪，很可能透過金融網絡而波及遠在天邊的其他角落。因此，生活在現在社會裡，如果能了解經濟活動的基本脈絡，積極的可以追求自己的福祉，消極的可以尋求自保。萬一在經濟起伏裡，自己無緣無故的遭受池魚之殃，也比較容易坦然自處、沉著以對。

其次，對一個社會而言，在海耶克自然形成的秩序裡，政府的地位無足輕重；最多，是個旁觀的裁判。可是，處在現代國際經濟體系裡，每一個國家都面對著極爲複雜的金融網絡。金融上的小波動，能引發出滾雪球般的效果，並且對實質的經濟活動產生深遠的影響。因此，各國政府最好能培養出一批金融專家；不但精通實務，能處理國內的金融問題，而且要有國際觀，隨時準備上場和國際駭客一較長短。要培養這一批武林高手，當然不是三、兩天的事。而且，這批金融精英不是無中生有，他們事實上和一般民眾脣齒相依。一方面，他們是來自於社會，沒有受過良好教育的國民，不會有這批精英。另一方面，這批精英的舉措，也往往需要一般民眾的支持。除非一般民眾了解經濟活動的脈絡，否則很難在關鍵時刻同舟共濟。

當然，對於經濟學者而言，現代版的「林間小徑」也引發了一連串的問題：政府不能只是旁觀者，而必須是參與者；可是，參與的權限有多少？透過什麼樣的機制，可以避免使參與者本身變成問題的來源？顯然，經濟學者有做不完的功課。

作者克魯曼是一位著名的經濟學者，在國際貿易理論方面有卓越的貢獻，於二〇〇八年得到諾貝爾獎。他為《紐約時報》撰寫的專欄，在點閱次數和轉寄次數上，經常名列前茅。在學術論述和通俗寫作上都成就斐然，克魯曼為經濟學者（和所有社會科學研究者），立下了一個很好的標竿。

故事裡所描述的經濟起伏，可以說是現代各個資本主義體系都會面對的變化。或長或短，總會有起承轉合般的漲落起伏。當然，經濟起伏是一種週期性、循環性的現象，這種變化和經濟成長不同。經濟成長是經濟體系掙脫了週期性的循環，而進入另外一種軌跡；經過一段時間的成長，經濟體系又遲緩下來，往往又進入週期性的起伏。

結語

財富，當然不是最終的目的，而是追求福祉快樂的工具。由歷史的角度來看，蒲士納教授的「財富極大」確實發人深省。至於如何把財富轉換爲快樂，恐怕就不是經濟學者所擅長的課題了。

對經濟學者而言，經濟體系面臨短期和長期兩種問題。在短期，如何維持物價穩定、充分就業，而避免景氣蕭條和通貨膨脹；在長期，主要的問題是不致於停滯或衰退，而能繼續成長和繁榮。到目前爲止，對於經濟學者來說，這兩個問題都還沒有眾議僉同的正確答案！

【第五章】誰懂誰的心？——資訊問題

對於當代的經濟學者來說，可以說是相當幸運，因為在他們的有生之年，或者親身經歷過經濟學空前的鉅變，或者已經開始享受這些鉅變所帶來智識上的果實。

具體而言，從一九六〇年開始，經濟學者開始向社會學、政治學、法學等領域擴充（很多人說是侵略）；現在法律經濟學已經是成熟，而且勢力仍在膨脹的新興學門，對傳統法學帶來革命般的衝擊。經濟社會學和經濟政治學，也都綻放了鮮豔的花朵。在智識的發展上，對經濟學和其他學科而言，都有深遠的影響。

除了向外擴充，由一九六〇年起，經濟學本身也掀起一場不算小的革命。這場革命，就是把一個過去不起眼的因素納入分析。結果，許多過去視為當然的重要結論，必須重新改寫；但是，正因為如此，而使經濟學的內涵更為豐富有趣。

在這一章裡，我將先解釋資訊問題的意義，然後說明資訊問題對經濟活動和其他活動的影響。接著，是分析資訊缺憾所引發的誘因問題；最後，則是探討資訊氾濫的現象。

資訊問題

過去在讀經濟學的文獻時，常碰上囚犯困境的故事：兩個江洋大盜聯手幹下一件大案，約好彼此絕不洩密和出賣對方。可是沒兩下，就都被官府捉去；官府雖然抓對了人，不過沒有證據。因此，把兩人隔離偵訊，而且對兩人分別威脅利誘。只要招供承認就會從輕發落，而另外那人會受到嚴重的處分。在這種情形下，如果兩人都不鬆口，官府沒有證據，只好草草了事。但是，被隔開之後，每個人都擔心，自己會不會被出賣？到底要招還是不招？這就是有名的囚犯困境。

後來多讀了點書，知道經濟學者一開始就說這個故事，有其道理：因爲，在人類社會裡，連最平常的互動都隱含類似囚犯困境的狀態——在沒有紅綠燈的十字路口會車，到底要誰先通行？（兩個人都往前開，就像兩個人都招供一樣，都倒楣！）人們要和平共存，就要解決一連串的囚犯困境。

不過，現在再看囚犯困境，也可以體會出資訊的重要。如果隔絕之後，兩人還能互通聲息，就可能都不吭聲。有趣的是，如果有機會碰面，兩個人要如何交換資訊呢？由此可見，語言文字、手勢表情等等，都是爲了解決資訊交換的問題，所發展出的工具。

事實上，如果資訊是完整、垂手可得，我們就不需要會計師、律師、醫生，因爲我們自己都握有相關的資訊。如果資訊是完整的，我們也不再需要老師、警察、新聞播報員，因爲大家都已經擁有他們所掌握的資訊。因此，社會上的很多行業和很多制度，其實都和資訊有關。由此也可以看出，資訊確實是影響人類活動的重要因素。

資訊不對稱

雖然大家都感受到資訊的氾濫，也都知道二十一世紀號稱爲「知識經濟」的時代，經濟活動將是以資訊爲主的知識產業；不過，資訊的重要性，很可能遠超過一般人的想像。

我以下面的故事，由資訊的角度解釋誠實這種德性的由來。

櫻桃樹的故事

羅伯．法蘭克（R. Frank）教授根據他多年的研究，出版了一本結合心理學和經濟學的專書，探討人類各種「情緒」的由來。名家出手，確實不同凡響，書裡充滿洞悉人性的深刻觀察。

法蘭克教授認爲，人類的各種情緒都各有其功能。以「誠實」這個情感上的特質爲例，書裡提出一個很有趣的問題：人爲什麼要「誠實」？誠實有什麼好處？法氏的解釋很簡單明白：如果這個世界上每個人都擁有充分的資訊、都知道別人葫蘆裡賣的是什麼藥、都懂得別人的心，那麼，「誠實」與否的問題根本不存在——因爲每個人都知道彼此的心事，所以在交往時不可能不誠實。因此，只有當「資訊不完整」的時候，誠實的特質才有其作用；也就是說，誠實這種特質的作用，是在抒解資訊不完整對人際交往（交易）所造成的困擾。

當資訊有缺憾，而人際交往（交易）變得愈來愈頻仍時，一個誠實的人自然比較容易得到別人的信任。因此，和不誠實的人相比，誠實的人就有比較多締約獲利的機會。長此以往，在人生的競賽裡，誠實的人就有比較強的競爭力、比較容易出人頭地。

可是，問題當然不是這麼單純；每個人都可以聲稱「我是誠實的、相信我」。所以，誠實的這個特質必須和某種外在的行為特質連結在一起，才能成為取信他人的佐證。而「情緒」上的某些徵候就剛好能發揮這種功能：如果哪一個人講謊話時會臉紅、會眨眼或會汗流滿面，而且別人都知道他的這種特性，那麼當他講話沒有臉紅、沒有眨眼、沒有流汗時，就表示他講的是實話、值得信任。因此，情緒上的特徵有釋放信號、傳遞資訊的功能，而這些生理上的特徵值得廣為其他人所知。

然而，法蘭克教授認為，即使讓每個人自由選擇，也不見得所有的人都會選擇作個誠實的人。這是因為那些生理上的特徵一旦形成，很可能就成為一種情緒上很自然的反應，而不能由人收發自如；譬如，眞正誠實的人即使撒點並無惡意的小謊（不客氣，我吃過飯了；家裡有事，不能去應酬）也會臉紅。可是，這事實上會給自己和別人帶來困擾——小謊會讓別人察覺，不撒謊又造成自己的不便。所以，權衡取捨，也許大部分的人都不願意讓自己變成一個硬邦邦的「乖寶寶」；大部分的人變成世故、老成、持重，眞是有以致之。然而，對那些少數一以貫之的「老實人」而言,一旦建立了「誠實可靠」的信譽,他(她)等於是為自己積累了一份可貴的資產,一份利己而且利人的資產。當然,無庸置疑的,社會上這種人愈多、大家的日子都會過得愈好。

在書裡,法蘭克教授沒有特別處理政治人物的「情緒」問題;不過,政治人物經常是上台前說一套,上台後做另一套;換了位置,也換了思維和說詞,而且都理直氣壯,面不紅而氣不喘。這又是怎麼一回事?

櫻桃樹,指的當然是美國總統華盛頓小時候砍樹的事。「誠實」是一種工具,而這種工具的出現,是因為在面對資訊不對稱的問題時,理性自利的人所發展出來的。一旦考慮了資訊這個因素之後,經濟學的內涵和趣味性,顯然大幅增加。其實,臉紅眨眼的功能之一,可能就是要傳遞資訊;同樣的,守信用、可靠、忠厚這些德性,也有類似的功能。而且,這些美名本身,也隱含了一種誘因;得到美名的人,可以在人際交往上,享有較好的待遇。

資訊和經濟活動

過去,經濟學者往往根據設定的模型,推導出很多結論;然後,在文章的某個不起眼的地方,加上一個附註:本文的結論,都是根據資訊完整的假設;如果資訊不完整,本文的結果會受到少許（但相信不太嚴重）的影響！其實，一旦考慮到資訊不完整（每個人都只有部分資訊）或資訊不對稱（有的人握有資訊、有的人沒有），許許多多的結論都不再成立。

具體而言，經濟學者體會到，如果資訊的結構不完整或不對稱，即使有人想賣有人想買，交易不一定會達成；在更嚴重的情況下，整個市場都可能消失無蹤。（經濟活動無從進行，這可是大問題！而且，如果沒有經濟活動，要經濟學家做什麼？）

其次，在資訊分布不健全的情形下，即使達成交易，交易的性質可能很特別──也許會有限價或限量的作法。當我在超級市場要買牛奶，有誰聽過（除了颱風或特殊情形）只准買兩罐或三罐的？但是，一旦考慮資訊問題，就可能出現類似的現象。譬如，我走進一家銀行，表示願意以人格擔保借美金一千萬；可惜，因爲資訊不對稱，銀行不知道我的底細。所以，即使我提出再優渥的條件，大概只能借到一、兩萬（？）。「知人知面不知心」，顯然是資訊不對稱的寫照。

最後一點，在資訊缺憾的情形下，正常的市場可能不存在；如果存在，也可能有限價或限量的作法。因此，爲了克服這些限制，理性自利的人可能會摸索出一些自以爲是「非市場」的作法。可是，這些非市場的作法，卻可能欲益反損、得不償失。譬如，在地上經濟裡借不到錢，就轉向地下經濟（錢莊）借錢；銀行裡不能週轉，就向親友之間週轉。看起來似乎解決了眼前的問題，然而暴力討債和背書跳票卻往往是最後的結果。

下面的故事，就是描述資訊不對稱時，市場交易的特殊現象。

櫻桃是檸檬嗎？

櫻桃是檸檬嗎？這聽起來似乎有點鹿馬不分的詭異，但事實上這是經濟學發展過程中的一段（小）典故，而且是相當有趣的一段。

在一九七〇年，經濟學者阿卡洛夫教授發表一篇論文，討論舊車市場的特色。因爲賣舊車的車主已經用過一段時間的車子，所以很清楚車子的性能，但買車子的人多半不能判斷車子的好壞。所以，賣主和買主彼此擁有不同的資訊，也就是兩者之間存在著一種「資訊上的不對稱」。而且，性能好的車子通常沒有人捨得賣，所以被送到二手車市場的多半有問題，多半是一些嚐之令人齜牙咧嘴的「檸檬」。

既然買賣雙方所擁有的資訊不同，而出現在舊車市場的又多半是檸檬；所以，即使有人想買車、有人想賣車，最後卻可能談不成買賣。市場裡沒有交易發生。

舊車市場的例子很深刻的反映出「資訊」這個因素對市場交易的關鍵性影響。這對當時被經濟學者奉爲圭臬的觀念「市場裡有人想買、有人想賣，就會有交易發生」，可以說是直接的衝擊和挑戰。因此，阿卡洛夫這篇開創性的論文，也就成爲經濟學文獻中重要的經典之一。

檸檬市場的特性除了學理探討上的興味，對我們日常生活是否也有些啓示呢？

美國西北角的華盛頓州盛產櫻桃，產品銷售全美各州。櫻桃有大有小，大的漂亮可口，價格比較高。因此，櫻桃可以依大小先揀選，然後按規格等級出售，各領風騷。當然，櫻桃可以揀也可以不揀，揀過的櫻桃就按大小「分級出售」；沒有揀過的就大小參差的「混合出售」。但是，揀櫻桃要耗用人力物力，而且生手和熟手篩選的功力大不相同；所以，櫻桃商自己會決定要不要費事揀櫻桃。經過一段時間的發展摸索，產地的櫻桃商人變成兩類：第一類完全不揀櫻桃，櫻桃全部「混合出售」；第二類商人一方面揀櫻桃，一方面也會任某幾批櫻桃混合不揀。

分好等級的櫻桃固然可以依等級在價格上有高下之分，可是那些「混合」的呢？既然賣櫻桃的人知道這些櫻桃的品質如何，而買櫻桃的商人可能是身在數千里之外的紐約、波士頓，所以買賣之間也有資訊上的不對稱。這些櫻桃會不會就像阿卡洛夫的「檸檬」一樣，因爲都是「混合」不分，所以被一視同仁，而只有「一種」價格呢？

可是，仔細想想，由第二類的商人所賣的「混合」型櫻桃，事實上有點不同。既然這些商人可以揀，而不揀，很可能就是因爲他們看到這幾批櫻桃成色不佳，不值得揀。所以，同是「混合」型櫻桃，第二類商人賣的「平均品質」很可能比第一類商人賣的「平均品質」來得差。如果這個推論成立的話，同是「混合出售」的櫻桃，第二類商人賣得價格應該會比第一類商人賣的價格低。

兩位美國經學者針對一九八三年裡一千多次交易資料加以分析，他們發現：同是「混合出售」的櫻桃，第二類商人的價格「確實」比第一類商人的低。也就是說，在資訊不對等的情形下，只要根據這些「混合出售」的櫻桃是來自於第一類或第二類商人的這個「訊號」，市場已經發展出一種機能來分辨櫻桃的品質。因此，經過這麼一番探討，兩位學者的結論是，「櫻桃不是檸檬」！乍聽之下，這句話似乎有點荒謬，但是如果了解背後的曲折，恐怕也會微笑頷首吧。

對經濟學者而言，「櫻桃不是檸檬」的結論，再一次證明市場機能由各取所需而能區分高下的威力。對一般消費者而言，這段典故的啓示是，只要市場發揮作用，就可以從「價格」上來粗略的判斷商品品質的好壞。而且，更深一層的意義是，每一個人事實上都可以試著成爲一個（小）市場，培養自己的判斷力，然後再斟酌取捨、自求多福。

想一想，爲什麼你「總是」會去固定的水果攤、雜貨店、醫院、餐館呢？是不是你也找到了一些「訊號」，也發展出一些判斷力了？

在東南亞地區，很多華人做生意時，只和親戚或熟人打交道；陌生人的生意，寧願不做。原因也和資訊不對稱有關。很多銀行在放款時，對長期往來的顧客，收比較低的利息。「熟客」，本身就隱含較多、較完整的資訊。

誘因問題

當資訊不完整或不對稱時，往往引發出誘因的問題。最明顯的例子：民主社會裡的定期選舉，其實本質上就是一個資訊問題。如果資訊是完整的，選民們毋須作定期檢查，而是一開始就會選出一位最適當的人，然後能隨時掌握他的所作所爲。事實上，如果資訊是完整的，根本就不會有選舉制度，大家都會知道誰是賢能之士，而毋須以少數服從多數的方式來產生。

學校裡的月考期考、公司機關的年終考績，以及媒體對官僚和民意代表的監督，都和資訊不足下的誘因問題有關。要設計好的誘因制度，並不是簡單的事。下面的故事，生動的反映了這一點。

誠實的價值

在上學校推廣教育的課時，討論到誠實的意義。我表示「誠實」這種特性是具有功能性的內涵，是人際交往時可以利用的資產。

討論時，有一位中年的高階警官提到自己的親身經歷：幾十年前讀小學六年級時，有一天午休時間老師不在，大家嬉鬧叫跳，吵到隔壁的班級。隔壁班的老師向自己的導師告狀，老師下午上課時滿臉鐵青，要中午大聲吵鬧的小朋友誠實的站出來。年幼的高階警官和其他幾位（不知好歹的）小傢伙也不知道是基於什麼理由，就誠實的走到教室前面。結果，老師一語不發，拿起木棍重重打了每個人一屁股。誠實的小朋友疼痛難抑、面面相覷，其他沒有自投羅網的小朋友強忍住先見之明、幸災樂禍的笑意。

高階警官提起陳年舊事，聲音裡還有一絲嘲諷和不平；他現在的同窗當然毫不保留的笑出聲來。

我不好再調侃他：經過這個中文版的「櫻桃樹的故事」之後，他所得到人生的智慧是什麼？（問高階警官這個問題，可能會讓他再一次陷入說不說眞話的兩難！）我純粹從學理上提出一點補充：對那些誠實而受罰的小朋友來說，老師的作法當然會有不好的影響。而且，更重要的是從老師的角度來看，這種作法在第一次可能會萃取出一部分眞實的資訊；可是，老師和學生是長期重複交往，老師下一次所得到的「訊號」將更含混不精確。因此，從政策規畫者的角度想，値得思索各種典章制度、法令規章所隱含的「誘因問題」！

這是上課時發生的事；沒想到，不久後的某天晚上，內人告訴我一個幾乎一模一樣、發生在兒子身上的事……

兒子的幼稚園上午去參觀美術館，中午到小公園裡午餐。老師告訴小朋友：剛才在美術館裡自己覺得太吵鬧、不守規矩的舉手；這些小朋友吃過飯後不能去玩，其他的小朋友可以去玩半個小時。結果，只有兒子和另外一個小女孩舉手；兒子說，在美術館裡還有很多比他更吵更鬧的小朋友都沒有舉手。

內人問兒子自己覺得怎麼樣；他說，雖然看到別的（沒舉手的）小朋友可以去玩有點難過，可是老師稱讚他和另外那位小女孩很誠實。所以，他覺得還好！

在短短的幾天之內連續聽到這兩件事，我不禁興味盎然的想從裡面萃取一些人生的智慧。

高階警官的經歷大概是壞得不能再壞的情況：誠實的小朋友受到處罰，下次（比較）沒有意願講實話；不誠實的小朋友從「先見之明」裡得到啓示，下次更不可能會講實話；老師自以爲對症下藥、殺雞儆猴，結果是下次無雞可殺，而可能只好雞兔同籠、牛驥同皁的一視同仁。沒有任何人因爲這次經歷而得到正面的啓發，事情只會往「較不好」的方向演變。

相形之下，兒子的經歷可隱含了很多層正面的意義：誠實的小朋友是在知道後果的情形下，自己作的選擇；而且，事後還意外的得到老師的讚揚。所以，以後還會繼續説實話。不誠實的小朋友雖然有得（可以去玩），可是也有失（沒講實話的成本和沒有得到老師的鼓勵）；因此，可能有些人下次會願意講實話。老師事先就講明處罰，得到一部分眞實的訊號；處罰了舉手的小朋友，但也給了他們別人所沒有的獎賞。所以，下次很可能會過濾出更眞實的資訊。而且，有趣的是，老師對誠實的肯定爲這件事添增了一個光明可喜的面向：老師等於是憑空創造出一種可貴的資產：不但在這一次事件上產生了正面意義，而且爲未來誘發出更多好的價值！

幾十年之後當兒子在課堂裡面對誠實這個問題時，相信他會以不同的語調講出和高階警官不一樣的故事……

由這個故事，可以得到一些有趣的體會：在囚犯困境的例子裡，人們面對的是交換資訊的問題；所以，發展出了語言、文字、手勢、表情等等。在櫻桃樹的故事裡，人們面對的是資訊不對稱的問題；既然是「不對稱」，就會有眞假資訊的問題。處理眞假資訊的問題，其實就是處理

「誘因」的問題。

此外，在考慮制度和誘因的時候，要特別注意時間的因素。也就是，眼前有效的制度，長期來看未必有效。好的制度，是能經得起時間的考驗，一直維持適當的誘因結構。

資訊氾濫

當資訊不足（不對稱）的時候，會有人以提供資訊獲取報酬；仲介公司、法律顧問、補習班、托福機構等等，都是如此。可是，在網際網路的時代，資訊如此充沛，甚至到了氾濫的狀態，怎麼辦？

下面的故事，就是處理資訊氾濫下的稀少性問題。

給同學的一封信

同學如晤：

前兩天，我陪家人一起到南部的墾丁渡假；除了吃喝玩樂，也利用時間看了一本關於網路的書。

作者是網路專家，他把多年參與實務的觀察所得，歸納出十大法則。書裡有很多內容和經濟學有關，我想剛好可以試著作一聯結：一方面當作上個學期課程的回顧，一方面也作為對於你和其他同學期末報告的回應。

在書裡，作者批評工業時代遺留下來的兩個古董定理：一是價值來自稀有；二是物品的數量增加以後，價值開始降低。可是，在網路經濟裡，價值是來自於無所不在的普及化。譬如，只有一部傳真機時，既不能收又不能送；這部僅有的傳真機幾乎毫無價值可言。可是，一旦其他的傳真機陸續出現，這部傳真機所能發揮的功能顯然愈來愈大。

在某種意義上，作者的觀察確實發人深省；不過，價值不是因為稀有而是來自於普及的現象，在網路出現之前就已經所在多有。電話、貨幣、度量衡、乃至於語言文字等等，都含有類似的特性：接受和運用的人愈多，這些媒介愈有價值。

但是，從另外一方面來看，作者所批評的「古董定理」，也並不見得完全無稽。山珍海味所以令人垂涎，是因為少有；如果每天都是魚翅鮮鮑，自然食之無味。而且，即使在網路上，價值和稀少性也密不可分。因為每個人上網的時間有限，所以能提供最便捷有效服務的網路，自然能吸引最多的人。

這麼看來，兩種觀點之間似乎有點矛盾：有時候，價值是來自於稀少性；有時候，價值又是來自於普及性。在表面上，這兩種觀點固然衝突對立；可是，由另外一個角度著眼，這兩者並不衝突，而是反映了更高層次的通則——一件事物的意義，是由其他相關條件所襯托而出。在某些情況下，價值是來自於稀少；譬如，鑽石。在其他的情況下，價值是來自於普及；譬如，電話。因此，關鍵就在於我們所關心的焦點為何，襯托和支持的相關條件又如何。

事實上，這個觀點正貫穿了上個學期的整個課程；我所反覆鋪陳強調的，就是一種簡單明確的「分析方法」：我們所看到的各種社會現象，都不是憑空出現的；因此，值得以旁觀者的心情和立場，嘗試探究支持各種（即使是不合理的）社會現象的條件。

不過，雖然我認為自己所闡釋的，只是社會科學裡很平實的道理；對於推廣教育的學員來說，卻別有一番感受。也許過去一向是由風俗習慣和倫理道德的角度，認知和解讀社會現象；因此，一旦碰上社會科學不帶情感、冷眼旁觀的特殊視野，就激起了很多漣漪。

在報告裡，你和同窗們用了許多極其強烈的字眼來描述上個學期的課程：「您的教學，對我的衝擊，有如石破天驚、大地轟雷」；「對經濟學真有『驚豔』的感覺」；「課堂上所勾勒的世界觀，對我的內心世界帶來很大的震撼；簡直就是革命」。

看了你們的報告，我覺得很感動，也很欣慰。也許，就像一份報告裡提到的：希望有更多的人，能有機會接觸社會科學豐富的內涵，萃取大師們智慧的結晶，作為自己安身立命的依據！

因為班上同學很多，我不能一一回應，所以寫了這封制式信。最後，讓我套用一句名言作為結束。邱吉爾曾說：民主，其實是很壞的一種政治制度——除了歷史上諸多被嘗試過、也被揚棄的政治制度之外。對於社會科學研究者而言，我們是以理智來分析社會現象；因此，理智，其實是很難掌握、很不可靠的一種心情和態度——除了其他那些更率直和更原始的情懷之外！

熊秉元 敬上

敬祈
日新又新

當資訊垂手可得、乃至於氾濫的時候，人們面對的是取捨的問題。在滿船魚和蝦裡，如何找出有價值的珍珠珊瑚？在本質上，這和逛夜市地攤（百貨公司）時所面對的問題，有什麼差別？另一方面，故事裡也透露出：在資訊過多的情形下，處理資訊本身就是一個資訊問題。而且，人過去所面對的資訊簡單直接，大多可以憑自己的經驗判斷。（農業社會裡，大家所擁有的資料庫都相去不遠。）在現代社會裡，人所能直接解讀的資訊逐漸減少；因此，必須愈來愈依賴其他的人，幫助解讀生活裡的各種訊息。

結語

對經濟學者來說，資訊和誘因問題是充滿了興味和挑戰的研究課題。對一般人來說，也可以從自己的生活經驗裡，體會到資訊和誘因的重要。當各種科技（資訊）產品和網路逐漸進入每一個家庭後，每一個人都要面對資訊取捨的問題。當環境變複雜（訊息過多）時，是不是在行為上會採取一些規則，以降低因應環境的成本？

經濟學者是在一九六〇年左右，就把資訊問題納入分析；這還算好。如果到網際網路已經席捲全球時，還沒有處理資訊問題，這個學科就太令人失望了！不過，是不是還有其他重要的因素經濟學還沒有處理，有沒有誰擁有這個資訊？

【第六章】這種孩子，不養也罷！

——經濟學和倫常關係

自一九六〇年起，經濟學者開始向政治、社會、法律等其他社會科學伸出觸角；現在，以經濟學的分析工具探討政治社會法律等問題，已經逐漸得到多數學者們的肯定。

在經濟學往外拓展的先驅裡，芝加哥大學的蓋瑞．貝克（G. Becker）教授對社會學的影響最大。他曾經應邀在社會系任教，把經濟分析帶進社會學，從根本上改變了社會學的面貌。從二〇〇四年起，他和蒲士納教授成立「貝克——蒲士納部落格」（The Becker-Posner Blog），針對特定問題，分別執筆論述。讀者們踴躍評述，他們再綜合回應。對於知識分子參與公共政策的論述，他們樹立了可貴的典範。

雖然貝克後來得到諾貝爾獎，可是當他剛開始以經濟學分析社會問題時，卻受到社會學者（還有不少經濟學者）的討伐。最明顯的例子，是貝克指出：父母在考慮要生幾個小孩時，會有成本效益的考慮！把生孩子這種神聖自然的事和上街買菜時的斤斤計較劃上等號，經濟學（者）眞是不討人喜歡！

在這一章裡，我將由經濟學的角度，分析倫常關係的意義，以及倫常關係變化的性質。

倫常的意義

除了在學校裡教大學生和研究生，我曾經在學校的推廣教育教了很多班次，學員們都是各級政府的行政人員和民意代表。我教的就是經濟學的基本概念，以及在公共政策上的應用。學期末，我都會請他們寫一份心得報告。

有許許多多次，已經年過四十好幾的學員會在報告中寫道：課程裡指出倫常關係是一種「工具性」的安排，具有「功能性」的內涵；聽到這種觀點，覺得原來的世界觀受到震撼，好像地面突然從自己腳底崩陷下去的感覺！

我覺得有點意外，因爲我認爲自己闡釋的是很平實而合理的概念，沒有想到激起的不是漣漪，而是滔天巨浪。不過，他們也總會表示，一旦了解和接受這種觀點之後，周遭的世界會變得更眞實豐盛。

下面的故事，就是試著由經濟學的角度，對倫常關係的意義作一新解。

無所不在的競租

大約從一九六〇年開始，經濟學者開始向其他的領域伸出他們的觸角；經濟學向政治學的擴充，就是「新政治經濟學」。在這個研究領域裡，已經累積了相當可觀的智慧：「競租」的觀念，無疑是其中非常耀眼的一顆明鑽。不過，要體會競租的意義，還必須從更基本的「經濟租」開始。

無論是東西中外，在體壇歌壇影壇裡，都有一些超級明星。這些天王天后們打一場球、開一次演唱會、演一部電影的報酬，可能是一般市井小民數十年的血汗所得。可是，打球唱歌演戲的成本其實很低，而收入卻比天高。在收入和付出之間，就是這些天之驕子們得到的「經濟租」。

當然，享有經濟租的，不只是演藝和體育界的超級巨星；在日常生活裡，「經濟租」的現象也無所不在。麥當勞和可口可樂，都是現成的例子：廠商的收入，要遠超出生產這些產品的成本。因為企業家冒險犯難的精神，所以廠商們享有可觀的經濟租。

有趣的是，不論是超級巨星或成功的商品，只要有經濟租，就會有人見賢思齊。因此，千千萬萬的青少年勤練體能歌藝，希望成為第二個喬丹、第二個瑪丹娜；同樣的，漢堡王和百事可樂，可以說都是試著擭取經濟租的「競租者」！

不過，在市場裡，經濟租通常是自然而然出現的；特殊的人或廠商，憑著個人的天賦或努力，創造出令人艷羨的經濟租。但是，在政治過程裡，經濟租往往不是自然而是人爲的：利益團體藉著各種方式的遊說，可以通過立法創造出「經濟租」。譬如，如果農民團體經過遊說通過立法，限制農產品進口；那麼，這些農民團體當然可以享受到收入高於成本的「經濟租」。然而，這種經濟租是人工產物，而且是在一群人得到利益的同時，卻由其他（更多）的人承擔成本。當然，其他的利益團體有樣學樣，也會希望能通過特殊立法，享受經濟租。

因此，在經濟活動和政治過程裡，都有競租行爲。不過，市場裡的競租行爲帶來好處，使消費者有更新更好更便宜的產品；在政治過程裡，競租行爲本身耗費無謂的資源，特殊立法的結果也往往是劫貧濟富！不過，在市場的競租和政治過程的競租之間，還有一種很特別的競租——人際間的倫常關係。

以父母子女之間的關係爲例，原有的關係可以說只是生物上的偶然：除非經過後天長時間的相處培養，否則不一定有特別的情感。事實上，人類學家曾發現，在某些原始部落裡，幼年孩童是由所有的成人們共同照顧；因此，有許多的爸爸媽媽。不過，在大部分的社會裡，不論是基於生物上繁衍基因或其他的原因，父母子女之間發展出一種非常特別的關係。父母對子女無怨無悔、死生不計的付出精神物質和心力時間；子女也對父母有著孺子之慕和歿身難報的情懷。

可是，站在旁觀者的角度來看，父母和子女之間的情感也有經濟租的特性——一旦形成，收益要大於成本；因此，父母子女不一定每天都熙熙融融，但是只要「父母」或「子女」這兩個字眼在腦海浮現，總會引發出一種特別的、緊密的、願意付出的情懷。

而且，抽象來看，爲了怕其他的人也來競租，因此在概念上會發展出特別的符號：「父母」和「子女」是不同於「朋友」、「鄰居」、「長官」等等。不過，正因爲父母子女之間隱含經濟租，所以還是會有一些競租者——在某種意義上，認乾爸乾媽、義父義子不就是不折不扣的競租行爲嗎？

仔細想想，「久病無孝子」這句話，是不是意味著經濟租已經慢慢消失不見了？

乍看乍聽之下，倫常關係像工具有其功能，這種說法很嚇人。可是，稍微深究，這種描述不但是對倫常關係的一種禮讚，還爲倫常關係提出學理上合情合理的解釋。稍微想想，人在進化的過程裡，最早不過是一堆血肉；爲了繁衍自己的基因，自然會設法慢慢發展出一些工具性的安排，這當然包括實際的作爲和思想上的配套措施。

因此，對倫常關係一種自然而然、根深柢固的認定，正反映了倫常關係的特殊和重要。所以，思想上或潛意識裡，值得在演化的過程裡作特殊處理。這就像在五金店買工具一樣；如果是昂貴重要的工具，通常要包裝緊密。如果是隨手可丟的工具，自然毋須作特別的維護。

倫常的雕塑

父母子女親戚宗族這些關係，當然是經過長期（可能數十萬年）的演變，而逐漸形成的。要回頭細數這個凝結過程的點點滴滴，顯然並不容易。不過，相形之下，朋友算是一種後天形成的關係。由朋友形成的過程，或許可以間接感受到，血緣關係的雕塑可能也是受到同樣力量的駕馭。

下面的故事，就是對朋友間交往的分析。

問情是何物

三十多年前讀大學時，讀了一本社會心理學的書，約略記得其中一段有趣的描述：社會學家發現，在調查「誰是你最好的朋友？」這個問題時，有相當多美國人（忘了詳細的數字）的回答是：「自己最好的朋友，是隔壁鄰居！」

當時覺得很有趣，也覺得有點意外，不過沒有多想。多年後，自己成爲專業的經濟學者；再想起這個發現時，當然有不一樣的體會。

稍微想想，因爲老天爺有眼，所以把氣味相近、情投意合、王八綠豆、肝膽相照的人，兩個兩個的安排比鄰而居；這種解釋，未免太神奇無稽了一點。因此，我們需要一點比較合情合理

（比較合乎成本效益？）的解釋！

對於比鄰而居的兩戶人家，因為碰面交往的機會多，自然比較容易彼此了解，包括優點和缺點。因為了解，也就比較能將心比心，比較容易欣賞別人的優點和包容對方的缺點。因此，日久生情的，多半是常在一起的人。而且，更重要的，是每個家庭都有需要別人幫忙的時候。這時候，遠水救不了近火，遠親不如近鄰；能夠幫上忙的，通常正是（不起眼的）鄰居。彼此雪中送炭多了，自然容易患難見眞情。

從另外一個角度來看，在某種程度上，人大概總有群居的生物本能；人需要朋友，需要感情上能彼此依恃、生活上能互相扶持的人。小時候，自己的父母手足無疑是最佳人選；可是，一旦長大成人，要和父母手足維持緊密的關係並不容易。相形之下，鄰居就在身邊，最容易提供精神上和實質上的支持和濟助。

當然，在這些明顯的理由之外，還有一些隱而不見的因素也發揮了作用。因為比鄰而居，所以自然天天碰面，也少不了會有一些利害與共的事——花園草坪相連、樹木延伸過界等等。如果彼此形同陌路，不但喪失了彼此支援的可能；而且，要處理這些共同事務，變得麻煩許多。換句話說，鄰居之間彼此關係不好的成本很高，對雙方都不好。因此，在所有這些直接間接、有形無形的因素影響之下，很多比鄰而居的人會有意識無意識的衡量這些利弊得失（成本效益），然後「自然而然」的成為最好的朋友。

這麼看來，「人是環境的動物」其實是很模糊粗糙的說法，「人是成本效益的動物」才是精確平實的描述！事實上，由成本效益的角度，才能解釋爲什麼人會隨著環境變化而調整行爲：一方面，萬物之靈的人會辨別環境裡各種因素對自己的影響，然後有意無意的作出對自己最有利的取捨；另一方面，當環境裡的條件發生變化時，人也會根據新的相關因素調整自己的舉止。

因此，即使都是比鄰而居，彼此的交情也並不是一成不變的。在一個都是平房的社區或村落裡，鄰居之間見面的機會多，自然容易成爲好朋友。可是，如果是在幾十層的公寓大廈裡，鄰居十天半個月碰不到一次，彼此成爲點頭之交的可能性自然比較大，而成爲最好的朋友可能性也自然比較小！

其實，點破（或戳破？）人情交往的世俗面，有很正面的意義。就是因爲體會到人的脆弱和侷限，所以反而可以更平實的面對人際交往。人不但能夠珍惜眼前所擁有的各種「情」，也可以更坦然的面對情隨事遷時的變化。而且，更抽象的來看，恆久和客觀的價值並不存在；有的，只是人們主觀上所認定的價值。既然價值是自己主觀上所決定的，當然可以（值得）小心取捨自己所選擇和培養的價值。

想一想，爲什麼小朋友們往往會認爲「自己的爸爸最偉大」；但是，長大之後呢？

也許有人會說：「爲朋友當然是兩肋插刀、義無反顧」，哪裡有成本效益的考量！可惜的是，講話的人通常只是講話而已，毋須眞正面對考驗。每個人只需要問自己一個簡單的問題：是希望自己升遷，還是希望自己的（好）朋友升遷？大部分的人會說：希望自己升遷，然後再幫朋友升遷！很少有倒過來的。

常有學員告訴我，慢慢的，他們也可以接受經濟學對倫常親情友情等的解釋。可是，心裡總是覺得怪怪的，好像經過經濟學的放大鏡，原來視為理所當然的，竟然只是血淋淋成本效益作用的結果。又好像所有的面紗衣物都被除去，只剩下赤裸裸的一絲不掛。雖然眞實，但是有點殘忍和令人難過。

我的解釋（也是自己思索掙扎之後的心得），剛好倒過來：一旦體會到血緣親情的眞實和原始，反而能加倍珍惜這種特殊的關係，也更能體諒和寬容人的侷限與脆弱。

與草木爭榮

關於倫常關係的雕塑，不論是血緣親情或非血緣的朋友，通常是不自覺、潛意識、順其自然下所逐漸成形的。（當然，誰也不能否認，到處都有人在處心積慮的設計友誼和親情。）

不過，一旦把倫常關係追根究柢的剖析之後，是不是可以有意識的做一些調整？換一種說法，如果可以由自己重新來安排各種人際關係（包括倫常），那麼哪一種結構、哪一種親疏遠近最理想？

這麼一問，我們似乎眞的不知道答案是什麼。似乎，渾渾噩噩的過日子也沒有什麼不好，何必跟自己找麻煩。不過，由這些問題也可以（再次）反映出，人其實眞的很脆弱，所能夠掌握的東西非常有限。歐陽修在〈秋聲賦〉裡也提醒人們：奈何以非金石之質，欲與草木而爭榮？

也許是吧！然而，全面重組的問題確實麻煩，相形之下，局部調整的作法也許容易一些。下面的故事，就是經過理性思維，關於維繫和培育倫常關係的一種反省。

疏離的眷戀

幾年前，在偶然的機緣下，我寫了一篇論文，題爲「經濟學對金剛經的闡釋」；主要是利用經濟學裡一些基本的分析概念，解釋金剛經的核心思想。寫完之後，自己覺得興味盎然。一方面把經濟學的領域往外擴充，究人神之際；一方面爲佛教經典的思想提出合情合理的解釋，享受到智識激盪所帶來的火花。

既然自覺稍有心得，所以以後在課堂上和在校外演講時，也偶爾會對金剛經作一番演譯……金剛經裡反覆論述的核心觀念之一，是「離相無住」：我們所以會有情緒上的喜怒哀樂，是因爲自己對所看到的現象賦予不同的意義。因此，對自己升遷晉級，會非常高興；在街上被別人猛推一把，心裡頓時升起一股無名火。可是，事情的意義其實是相對的。如果升遷晉級不但表示位高錢多，還有忙不完的事和永不止歇的壓力；那麼，升遷未必可喜。同樣的，如果被猛推一把是爲了避開疾駛而來的汽車，慍怒之後會是更多的感激和懊惱。因此，事物本身並沒有意義，所有的意義都是被充塡、被賦予的。

一旦體會到這一點，就可以試著掙脫對表相的執著——離相；如果外在的事物不值得執著痴迷，自己內在的世界也就不需要被喜怒哀樂或其他任何情緒所盤據——無住。既然不會被外在的現象所干擾，也不會執著於任何心智的狀態；所以，離相無住，就好像心情已經「歸零」——一種心如止水的狀態。

可是，能夠達到這種境界的人畢竟不多。對於你我這種一般人而言，生活裡有太多的事要操心處理；因此，心情上也總是不由自主的會起起伏伏。不過，雖然達不到心如止水的境界，「疏離的眷戀」可能是一種退而求其次的目標。

對於自己的家人，每個人總有一分特別的情感，尤其對年幼的子女。看到小朋友天眞爛漫的表情和活潑自然的舉動，總忍不住要拉到懷裡、揉揉捏捏。雖然心情上希望小朋友們永遠就停在這個時點上，永遠是這麼可愛；可是，在理智上卻清清楚楚知道，小朋友會很快的長大。隨著年齡的增長，他們會漸漸有自己的個性、自己的想法。很快的，他們會長大成爲他們自己。因此，如果把全副的心思情緒都寄放在兒女的身上，一旦時空變化，自己漸失所倚，往往就會落得滿腹惆悵。

所以，如果在眷戀的同時，能保持著一種疏離的情懷——疏離的眷戀——長遠來看可能結果更好。因爲在眷戀的同時，心情上對自己有所提醒，所以反而更能珍惜眼前的此情此景。因爲是帶著一種體諒情懷的眷戀，所以情隨事遷之後，並不會感慨叢生。當然，對年幼的子女是如此，對家人工作同事朋友（乃至於自己）都可以保持著一種類似的情懷——在經歷喜怒哀樂愛恨情仇的同時，意識到這些情緒起伏的相對意義。

對有些人而言，可能不願意對生命有任何的保留。因此，沒有情緒低潮時的黯淡晦澀，就不能襯托出興致昂揚時的亮麗和悅；對光明的期待和追求，是支持自己度過黑暗的力量。如果一直保持一種冷眼旁觀的矜持，不是辜負了生命樂章自然而原始的脈動嗎？

的確，對不同的人來說，自然會有不同的取捨。有人喜歡看波濤起伏的海浪，有人欣賞清靜如鏡的湖水。對於外在情境的取捨固然不同，對於內在心境的斟酌也有分別。不過，和順其自然、隨波起伏相比，疏離的眷戀代表的是一種心境上的可能性——一個人可以有意識的提醒自己，用一種經過自己思維選擇的心境，去面對生命裡的點點滴滴！

雖然我對金剛經的思想非常折服，可是在寫完那篇論文之後，我卻沒有再接觸佛教的其他典籍。在某種意義上，這或許也是一種疏離的眷戀吧！

當然，心情上要選擇自然起伏、承擔風暴，或者選擇撫平波折、恬淡自得，每個人都會有自己的想法。不過，單單是知道人有選擇的可能性，已經是掙脫了一種亙古以來的束縛吧！

旁觀者的心情和視野

每次我在課堂上討論到倫常關係這個主題，而且由經濟學的角度加以闡釋時，總有人（幾乎是義憤填膺的）提出反駁：有的父母捨身到火場救子女，有的父母耗盡心血金錢的照顧已成為植物人的子女；由經濟學的角度看，這些人難道都是傻瓜嗎？

這些父母的行誼，當然令人打從心底尊敬。不過，如果我們把焦點從這些極其少數的事例上移開，看看其他一般人。每天報紙上有多少受虐兒的報導，甚至被自己親生的父母凌虐至死。為了宣洩自己的情緒，曾經把氣出在子女身上的父母又有多少？

平心靜氣的想，貝克教授以經濟學分析家庭，其實非常有啓發性。他把家庭看成是一個小的經濟組織，然後探討這個經濟組織之內的生產、分工、和消費。他發現，這個經濟組織的變動，會明顯受到市場經濟的影響。只要平實的回顧過去幾十年的發展，立刻可以看得出兩點顯著的變化：一方面，當婦女可以外出工作以賺取收入時，所（願意）生育的子女愈來愈少。如果子女就是父母天經地義的寶貝，子女應該和以前一樣多才是！另一方面，都市化的發達，使許多家庭由鄉村移往市區。人口集中後，居住空間縮小，市區的房價上升。因此，和住在郊區的家庭相比，都市裡的家庭子女數比較少。這不就是受到經濟力量影響直接的後果嗎，難道還有其他更合情合理的解釋？

哈佛大學法學院的講座教授芮賽耳（M. Ramseyer）是日本通，他曾研究日本歷史上的勞力市場（包括藝妓），得到很多有趣的發現。其中之一，是童工契約的變化。在十八世紀以前，日本還是以農業爲主的傳統社會。佃農人數多而收入低，因此在生活壓力下，往往向地主借錢，而把子女當作擔保品。如果到時候無力償還貸款，子女就留在地主家工作三、五、八年不等。

有趣的是，當日本開始受到工業化的影響之後，都會區逐漸形成。和農村相比，都市裡的就業機會較多；因此，人口的流動性也慢慢增加。不知不覺的，擔保品的價格下降；父母不再能和地主簽下五年或八年的契約，最多是兩、三年。原因很簡單，如果是長期契約，子女往往以腳投票，落跑到都市裡去也！因此，父母對子女的影響（約束、操縱）力，確實會受到經濟力量的左右。這就又間接證明了貝克教授的理論：家庭裡的各種關係，其實都含有（也許是隱晦的）成本效益的考量。

結語

家庭，可以說是人類最古老的組織或制度。在蠻荒原野、遍地狼犬的環境下，家庭這個制度的形式、內涵和變遷，自然會受到環境裡各種條件的的影響。爲了求生存繁衍而趨利避禍，不就是基於成本效益的考量嗎？

經過長期的演化，家庭裡的倫常關係衍生出許多道德的成分。因此，可以對不起陌生人，但是不能對不起家人。不過，在某種比較抽象的意義上，這不正表示家庭裡的倫常關係太重要（利益太大）了，所以要以特別的方式來維護嗎？

經濟學，並沒有把家庭和倫常關係庸俗化；相反的，經由經濟分析，我們可以更平實但也更深刻的體會到家庭和倫常關係的奧妙——和可貴！而且，一旦（勉強）接受了經濟學對倫常關係的解釋，就可以試著利用同樣的分析概念，去探討其他的社會組織和社會現象。經濟分析的重點在於分析的特殊角度，而不在於得到某些特定的結論而已！

【第七章】大道之行也
——社會資本

過去在美國讀研究所時，我的指導老師之一曾經半開玩笑半認眞的提醒我：不要和社會學者走得太近，否則會受到其他經濟學者的輕視！原因無他，經濟學者對自己的學科非常自豪，認爲是和自然科學一樣的「科學」；然而，社會學和其他社會科學只是講講故事而已，說不上是科學。

當時對社會學了解很少，也不太在意。等到拿了學位幾年之後，接觸一些社會學的論著，也教過經濟社會學，才稍稍體會到社會學的內容和趣味。在很多時候，經濟學家和社會學家可能使用不同的語言，所處理的卻是同樣的問題。

在這一章裡，我將先比較經濟學和社會學的分析方法；然後，我將利用經濟學的分析概念，處理社會學裡的重要課題——如何由一個個的家庭，組成社區和社會？

方法論上的差別

廣泛來說，社會學和經濟學處理的問題都是人的行爲和社會現象，但是在研究方法上，卻有相當明顯的差別。下面的故事，除了描述經濟學和社會學在關心焦點上的差別，也間接烘托出社會學分析方法上的特色。

內斂的浪漫

要讀老高的文章作品，最好認識他；如果讀的時候不認識，讀完之後大概也會想認識他。「老高」，當然是指「北葉南高」裡的高承恕教授——他和葉啓政教授是台灣社會學界的南北兩大龍頭。

自從認識老高開始，我就斷斷續續的思索：社會學和經濟學到底有哪些不同？社會學家和經濟學家呢？經過這些年的閱讀和思索，我大概有一些心得。

在研究的問題上，經濟學著重在個人家庭廠商這些個體問題、以及整個社會的物價、就業水準等總體問題；相形之下，社會學的重點比較偏向社區、社會化、宗教等等這些介於個體和總體之間的「中層問題」上。

在研究的方法上，經濟學是以個人或廠商爲基本的分析單位，然後再加總成爲市場或產業；無論是廠商或個人，經濟學都一以貫之的運用「理性選擇模型」。相形之下，社會學的理論，通常是指韋伯（M. Weber）、哈伯瑪斯（J. Habermas）、涂爾幹（E. Durkheim）等人的理論；社會學本身並沒有一以貫之的方法論。

因爲研究主題和分析方法的差別，所以連帶的使社會學家和經濟學家也頗不一樣。因爲有眾議僉同的基本架構可以依恃，所以經濟學者總是冷眼旁觀的和分析對象保持距離。因爲沒有固定的分析模式，所以社會學者通常因地制宜，根據問題的特性決定分析的架構；對於分析的對象，也往往將心比心的融入其中。

由於這些因素使然，經濟學和社會學的桂冠也各有特色。像諾貝爾獎得主布坎楠（J. Buchanan）、貝克、寇斯等人，都是因爲成功的運用經濟學的工具去探討政治、社會、法律問題而獲獎。而社會學裡的經典之作，往往是能畫龍點睛般的反映某個特定時空、特定社會、特定現象的個案研究。葛諾維特（M. Granovetter）一九七四年出版的《找工作》是如此，賀須曼（A. Hirschman）一九七〇年出版的《離去、意見和忠誠度》也是如此。一個社會學者的才情和學養，就反映在他對問題的選擇，以及他處理問題的手法上。

由這兩方面來看老高的《頭家娘》這本書，就不難體會出「南高」的功力。首先，當然是「頭家娘」這個主題。任何在台灣生活過一段時間的人，都知道「頭家娘」不只是老闆的牽手，而是事業上的夥伴，並且是多種不同身分的揉合：是老闆最信任的助手，也是老闆不在時發號施令的人：是工作內容最繁雜的人，吃喝拉撒睡都要管，但絕大部分不支領薪水：事業順利的時候不能居功，事業不順的時候卻是最後的精神堡壘。

因此，頭家娘的稱呼帶著一分親切，也帶著更多的尊重。這是以中小企業爲主的台灣經濟特有的現象：在大企業裡，沒有頭家娘：在中小企業沒有蓬勃發展之前，也沒有頭家娘。所以，雖然頭家娘不會見諸於任何正式的統計資料，但是在台灣中小企業的經濟活動裡，卻有關鍵性的地位。能把「頭家娘」當作研究的主題，確實是慧眼獨具！

我相信，老高在心血來潮、靈機一動的定下「頭家娘」這個好題目之後，心裡一定暗暗得意了好一陣子。不過，有個好題目，只是開始，內容更重要。

對於頭家娘這個主題，老高引用了大量的訪談資料：一方面讓頭家娘們親口說出自己的故事：一方面適時添上相關的學理分析。然後，在穿插夾敘之下，編織成一幅完整的「頭家娘」畫像。而且，在烘托頭家娘的各個面向時，老高用的是散文詩一般的文字。平淡無奇的形容詞一經組合，散發出觸人心弦、令人悸動的激素：讀者所有的感官都被啓動，隨著情節的進展而起伏張縮。老高駕馭文字的造詣和遣詞用字的細緻，令人驚異、也令人折服。

當然，作品反映作者。老高的個性，是內斂的浪漫；對事執著，對人眞誠。在學術工作上，自然而然的流露出這兩種特質。看著看著，認識老高的讀者會不自覺的讚嘆：斯人也，而有斯文矣！不認識老高的讀者，大概會很好奇的問：是什麼樣的人，會以這種方式來講故事？

《頭家娘》這本書，相信會激起許多頭家和頭家娘心裡的漣漪，也會引發更多識與不識者的

迴響……

由故事裡清楚的反映出，經濟學者在分析社會現象時，通常是用同一套架構。因此，在方法論上就有一以貫之的優點（和缺點）；相形之下，社會學者在分析社會現象時，則是視問題而因地制宜。所以，在方法論上也就有量身訂作、因勢利導的優點（和缺點）。

不過，諾貝爾獎得主史蒂格勒曾說，他希望自己的研究成果是「客觀、正確、而有趣」（objective, accurate, and interesting）。因此，其實不論是由社會學或經濟學的角度來處理問題，只要闡釋得宜，都會有智識上的趣味和收穫。

大哉問

在紐約的治安史上，曾經發生過一件非常著名的凶殺案。一名夜行女子，在寧靜住宅區的馬路上，受到一名凶狠的歹徒襲擊。歹徒用尖刀一再刺殺女子，而她淒厲的慘叫聲在夜間傳的特別遠。很奇怪也很可惜，在歹徒長達二、三十分鐘的攻擊過程裡，竟然沒有半個人打電話報警。

女子終於傷重而死，但是這個事件引發了許多研究；大家想探討的關鍵問題之一是：爲什麼沒有人報警？事後，經過地毯式的訪查，在附近的居民裡，有幾十位承認，他們確實聽到女子的哀叫和求救聲。因此，只要在這幾十位民眾裡，有任何一位拿起電話，那名女子就可能不致送命。可是，爲什麼呢？爲什麼沒有半個人做這舉手之勞的事？爲什麼幾十人「都」袖手旁觀？

當研究人員問附近居民，爲什麼沒打電話時，他們一再聽到同樣的答覆：「因爲聽到求救聲的人那麼多，所以別人一定已經打電話報警，自己也就毋須多此一舉！」居民們的回答當然很平實無僞，不過卻留給社會科學研究者更多的問題。

不戴警徽的警察

如果你和幾位朋友坐在路邊的長椅上聊天，眼前走過一個年輕的媽媽（或爸爸）帶著自己的小女孩（或小男孩）。小孩邊走邊剝開一顆糖果，然後把糖果塞進嘴裡，再把糖果紙隨手一丟；沒想到，大人竟然沒有制止或糾正小孩，兩人繼續往前走。

你和朋友們目睹了這一幕，也都覺得不以爲然；但是，有沒有人會出聲，提醒大人或小孩呢？當警察不在場、不能維持法律和秩序時，其他的人會不會負起責任呢？

如果你或朋友之一出聲，提醒大人或小孩，就發揮了維繫法紀——善良風俗習慣的制度化——的作用。而且，一方面因爲戴警徽的警察和法官有限，不可能無所不在；另一方面，絕大部分的風俗習慣並不是法律（吃飯時，嚼東西不能太大聲；講話時，口水不能四射，也最好不要有口臭）。因此，對於法律和善良風俗習慣的維繫，其實主要是要靠沒有佩戴警徽的警察；也就是要靠一般的社會大眾。

因此，如果你或朋友之一發出不平之鳴，問題馬上得到解決。（當然，還要假設大人和小孩願意接受糾正。）有趣的問題是，如果你忍住沒有動作，朋友們也都沒有表示，麻煩就來了。這時候，問題已經不再是大人和丟糖果紙的小孩，而是你和朋友們自己。因爲，任何一個袖手旁觀的人，本身已經成爲違反善良風俗習慣的違規者——因爲袖手旁觀。而且，對於這個違規者，這些旁觀者彼此之間也沒有出聲指責或用眼神譴責：你沒有提醒大人小孩，是不對的！也就是，大家都成了另一種罪行的共犯。

當然，這個故事可以延續下去。不過，重點在於：要維持公序良俗，需要兩種懲罰或制裁。第一種制裁，是對那些違反公序良俗人的制裁；第二種制裁，是當第一種制裁失效時，有人會制裁那些沒有盡責維繫公序良俗的人！這兩種制裁必須彼此搭配，才能維繫社會的公序良俗於不墜。

在紐約的凶殺案裡，居民們都待在自己的房子裡，彼此並沒有接觸；當凶案發生時，沒有人報案，也沒有人譴責沒有報案的人。兩種制裁同時失去作用，慘案於焉發生，事後留下許多揮之不去的自責和愧疚！

社會資本

對於聽到受害女子叫聲或看到孩子隨手拋下糖果紙的人，他們馬上面對的問題是：要不要挺身而出？也就是，自己要制裁或是不制裁？無論是第一層次的制裁或第二層次的制裁。

可是，人只會做對自己有利的事，即使要承擔成本，也通常不會承擔太多的成本。所以，在凶案的例子裡，聽到喊叫聲的居民可能會想：大概別人會打電話；而且，如果自己打電話，萬一警察事後要我作筆錄、甚至出庭作證，多麼麻煩？看到小孩丟下糖果紙，如果自己出聲，大人可能相應不理，甚至白眼或惡言相向；自己的朋友也可能會調侃一下：何必多管閒事？並且，在這種情形下，一旦沒有人出聲提醒大人或小孩，眾人馬上面對第二層次的違規和制裁問題：你和朋友會不會彼此指責，不應該沒有任何表示！對任何人而言，無論是處理第一層次或第二層次的問題，都要承擔某種成本。

換句話說，不管是在哪一種情形下，要能解決（或克服）這些問題，必須當事人覺得願意挺身而出；也就是，無論是在當時或事後，採取行動的人會覺得有誘因這麼做——或者是自己肯定自己，或者是能得到別人的肯定。當然，如果環境裡大家都路見不平和見義勇爲，自己自然比較容易也見義勇爲；如果環境裡大部分的人，在大部分時候都是袖手旁觀，自己自然也比較不會有所舉動。

可是，所謂「大家」，其實就是由一個個的「你」和「我」所組成。如果你我不見義勇爲，自然「大家」不會見義勇爲。因此，這就變成蛋生雞或雞生蛋的循環難題。

下面的故事，描述的就是不同社會裡的社會資本。

資本論

最近花了一個多月的工夫，看完了九百多頁、像塊磚頭的一本社會學論著。作者是美國著名的社會學者寇爾門（J. Coleman）教授，他採用的卻是經濟學的分析工具。以個人為分析單位，在人是「自利」和「有理性」的假設之下，探討各種社會現象。

放下那本書已有一段時日，但書中有一個觀點常常在腦海裡浮現：談到人際關係時，作者指出，如果某個社會裡人與人之間彼此有基本的互信；那麼，社會上就存在著一種「社會資本」，這是一種人們可以依賴、可以利用的資產。

譬如，書裡說，如果一對年輕夫婦是在紐約市生活，那麼他們一定不敢讓稚齡子女自己在外面街巷附近玩耍。原因很簡單，紐約這個大城市裡人際關係淡薄，同一棟公寓裡的鄰居老死不相往來；街巷之間毒品犯罪氾濫，誰也不知道什麼時候會有橫禍飛來。相反的，如果這對年輕的夫婦是住在美國的鹽湖城。那麼，在那個宗教氣氛濃厚的環境裡，街坊鄰里彼此都認識，不用擔心小孩子會被壞人拐走；萬一有大小事故，街坊鄰居也會彼此照顧。所以，自然而然的可以放心讓小孩子出去玩耍。

「社會資本」的概念對經濟學者有很大的啓發性：經濟學裡研究的多半是廠房、機器等這些有形的、具體的「物質資本」，最多是加上對「人力資本」的探討：藉著教育、在職訓練等，可以提升人力資本。當充沛的人力資本和良好的物質資本結合之後，就可以創造出豐碩的果實。可是，「物質資本」是有形的，「人力資本」是藏諸於個人的，而「社會資本」則是無形的，是積蓄在人和人之間的。

「社會資本」當然不只是一個人對環境的熟悉或心理上的安全感，也可能是一種對別人、對典章制度的信任。

在美國有些地區，爲了解決中低收入戶住的問題，就設計了一套「平價住宅」的方案。凡是建築商推出建築個案，必須保留百分之十到百分之十五的單位，以遠低於市價的價格賣給（租給）符合條件的中低收入戶。因爲符合條件的中低收入戶可能有很多，所以就由建築商依申請書到達的先後，依次序分配。一切的程序全部是由建築商一手處理，政府完全沒有介入。但是，也沒有聽說有誰懷疑，建築商會有動手腳或不公正的情事。在那個環境裡，顯然有相當的「社會資本」！

和別人相比，我們自己的情形眞是令人洩氣。不要說沒有人願意相信建築商，一般人也不見得相信政府；各級政府之間也沒有多少的互信。照理說，像配售國宅這種雞毛蒜皮的小事，由省市政府來訂定辦法已經是很愼重其事了。但是，奇怪的是，在我們這個社會裡，還必須由中央政府的內政部訂出一套「國宅配售程序作業規定」。然後，省市政府再根據這個規定辦理「配售」。而所謂「配售」，基本上並不是針對實際需要，把國民住宅分配給最需要的中低收入戶；「配售」，是把申請資格訂得很寬鬆，然後把符合規定的數萬人全部放在一起，再抽籤決定申購的優先次序。以台北市爲例，最需要國宅的人可能排在五萬多號，依每年蓋兩千多戶的速度，二十年之後也許可以配得到；最不需要的人，可能運氣好而排在百名之內。在「社會資本」匱乏的社會裡，做事情的方法眞是非常非常的「特殊」。類似的事普遍得很，「國宅配售」只是一個現成的例子而已！

當然，指出我們自己的社會欠缺「社會資本」，並不是什麼值得高興或喝采的事；比較重要的倒是值得去思索：物質資本和人力資本都可以靠著點點滴滴的儲蓄而逐漸形成。可是，是哪些因素使一個環境裡能慢慢的累積「社會資本」？還有，是哪些因素能使一個社會的「社會資本」不致於耗損消逝？

有一位朋友的女兒已經讀國中，但是他每天還是親自陪她上學、接她放學。顯然，他認爲現在我們這個環境裡並沒有什麼社會資本可言。不過，不知道他將來會不會陪女兒上高中、上大學；或者說，什麼時候他才會放心的讓他女兒到社會上去闖蕩。

在一個社會資本很充沛的環境裡，人們一方面享受現有的社會資本，一方面本身也呵護和灌溉社會資本。相反的，在一個社會資本貧瘠的環境裡，沒有多少資源可以依恃利用，人們當然也比較沒有意願付出和投入。在這種情形下，自然也不會有太多的社會資本。

好價值的由來

當然，每一個人都神往有充沛社會資本的世界；可是，在哪些條件下，才會有豐饒的社會資本呢？由一個小的環境開始分析，可能要比較容易一些。一個家庭就像是一個小規模的社會，有人際交往的問題，也要面對公序良俗、違規和制裁的問題。但是，一般而言，家庭裡有相當充裕的「社會」資本；需要濟助時，家庭成員總是可以依賴其他的成員。而且，一旦有人違規時，彼此也比較能自然而毋須擔心後果的提醒和糾正違規者。

除了血緣關係，是哪些因素使家庭裡可以孕育出豐饒的社會資本呢？（血緣因素其實並不是關鍵，如果一家大小分居四方，也不會有機會培養社會資本。）

首先，是人數少；其次，是環境小；最後，是重複交往。這三項因素隱含的是，家庭成員們會持續頻繁的互動，因此能使獎勵懲罰的機制發揮作用。而且，彼此都能互相觀察和交換資訊，使獎懲機制的運作更為有效。

相形之下，小農村和大城市的情形可以作一對照。小農村裡容易有淳厚的民風，彼此互通有無和守望相助，就是因為符合了環境小、人數少、重複交往這三個條件。在大城市裡，連公寓大廈裡的隔壁鄰居都可能形同陌路，十天半個月或更久才照面一次。人數雖少、環境雖小，但是沒有重複交往。因此，自然不容易像小農村般的「有人情味」——人情味，其實就是一種社會資本。

但是，即使都是大城市，爲什麼有些大城市比較整潔，有些大城市卻髒亂無序？有的大城市裡人們比較有公德心，別的大城市裡卻不然？爲什麼？

雖然大城市不符合「環境小」的條件，但是大城市也是由一個個的小環境而組成。如果在各個小環境裡，能先孕育和維繫相當的社會資本；當一個個的小環境編綴而成大環境時，也許仍然能維持某種程度的社會資本。當然，由小環境過渡到大環境並不容易，需要相當長時間（可能是幾百年的光陰）來醞釀。

下面的故事，反映了在快速都市化的環境裡，培育社會資本的曲折。

價值的凝結

也許吹毛求疵、存心找碴是學者的職業病之一，我常常不自覺的質疑報章雜誌上映入眼簾的文字和敘述。曾看到兩個相近的名詞——「生命共同體」和「命運共同體」——心裡覺得有點疑惑，但又沒有深究。某日下午待在研究室裡，沒有特別的事，就打定主意要好好想一想，這兩個名詞的內涵到底是什麼？

我先想到了當天早上的一幕：我住在學校的宿舍裡，是五層公寓的頂樓。因爲是雙併的建築，所以樓上樓下共有十戶，住的都是學校裡的老師。這十戶裡，我認識的只有四樓的老馬，我們以前在美國留學時讀同一所學校。其他的老師都和我不同學院，原來也都不認識；住進來之後，也只有在樓梯上迎面遇到時才點頭打招呼。當天早上下樓時，剛好有一位樓下的老師正要出門。不過，雖然我就在他後面相差不過四、五步左右，他也聽到我的腳步；但是，他並沒有回頭打招呼。我們一前一後下了樓梯；他進地下室的車庫，我從大門離開。

我心裡有一點點的遺憾，但並不特別難過；這不是頭一回，類似的情況已經出現過很多次。不過，我的情形大概也不是什麼特例，在都會區裡這應該是常態。我還起碼還知道住在同一棟公寓裡的人都是學校裡的老師；以前住另一間公寓時，有三、四年的時間我不知道住在正對面的人職業是什麼。

雖然我跟近在咫尺的人形同陌路，卻跟相隔兩地的朋友熱絡得很。我住在台北，可是在高雄和台中都有非常好的「斗友」——抽菸斗的朋友。認識他們是因爲菸斗，熟了以後也就天南地北、家庭人生的無所不談。我們不常碰面、也少聯絡，有時候半年十個月不通半個電話；但是，一碰面、一接電話，馬上熟稔得很。有事需要支援，往往是接到傳眞之後立刻動員。

兩相對照，顯然有點意思：我和住在同棟公寓裡的人並沒有福禍與共的感覺，卻因爲嗜好而和百里之外的人有感同身受的情懷。而且，不僅我的情形是如此，現代社會裡各種登山社、茶道會、牌友社等等，不都是因爲一起活動而結合的嗎？因此，如果「生命共同體」或「命運共同體」有任何意義的話，指的應該不是人在「地理上」或「幅員上」的結合，而是「活動上」或「功能上」的聚集。如果要藉著培養「社區意識」來雕塑生命／命運共同體，顯然很可能會徒勞無功——因爲「住」在一起的並不表示會在一起「活動」。（現在的社區委員會大概只負責處理安全、停車、垃圾這些住户共同的問題，而很少做其他活動上的安排，理由或許就在此！）

進一步的想，如果培養生命／命運共同體是在於孕育共同的情感，目的是要琢磨出團結一致的精神、追求共同的目標；這似乎又回到過去皇權時代，那種由上到下呼籲、規範和約束的模式。活動上、功能上的結合似乎應該有更深刻的含意。

在登山社、游泳會、菸斗族、舞蹈團裡，因爲要辦活動，所以不可避免的要有人出錢出力；因此，某種形式的組織和規則會逐漸出現。而且，雖然彼此之間（當然）會磨擦計較爭風吃醋，可是，終會在安撫妥協裡慢慢的找到和平共存之道（要不然就拆夥另起爐灶）。所以，所有的這些社團活動都隱含了一個非常重要的「副產品」，就是大家漸漸的鍛練出處理共同（公眾）事務的能力和習慣。當這些小團體成長擴大之後，大家就有機會處理範圍更大、複雜程度更高的問題——一個大家所嚮往的、含有多元價值的市民社會也就在這個過程裡悄悄成形了！

我不知道自己有沒有想清楚這個問題；不過，我知道，即使住進宿舍快一年了，我還沒有（機會）跟半數的鄰居講過半句話。

在傳統的農業社會裡，以家庭宗黨爲主軸的人際關係，可以處理小範圍裡的「公眾事務」；可是，在現代的都會區裡，並沒有類似的親戚倫常關係可以依恃。要處理各種大小不等的公眾事務，顯然需要慢慢孕育另一種人際網絡；然後，透過不同的網絡，發揮不同的功能，處理不同的問題。

結語

社會資本當然重要，不過這是一個不容易數量化的概念。曾經有人實驗，把一些裝了小額鈔票、已經寫好收信人地址、並且貼了郵票的信封，故意放在馬路上；然後，看看在不同城市（國家）裡，有多少人會把信封寄回？在某種意義上，這個實驗間接的測試了公德心這種社會資本，而且確實也得到很多有趣的結果。不過，要有效的掌握社會資本的內涵，顯然社會學者和經濟學者都還要努力，作更多「客觀、正確、有趣」的研究吧！

在經濟學裡，個別的消費者是最基本的分析單位；眾多個別消費者合在一起之後，就是市場。因此，在理論結構上，這是一種「加總」的過程。在研究社會學的問題時，情形也非常類似。家庭，是最基本的單位；眾多家庭匯集之後，就成了社區和社會。而家庭與家庭之間的互動關係，就決定了社區和社會所呈現出的各種現象。「社會資本」的概念，就具體而微的反映了家庭與家庭之間的關係。

【第八章】流逝的景觀

——社會變遷

在當代的社會學家裡，英國的紀登斯（A. Giddens）教授大概是名氣最大的一位。因爲他教過英國前首相布萊爾（T. Blair），而後者又聲稱是紀氏理論的忠實信徒；因此，紀氏除了在學術界享有盛名，也在現實政治裡有相當的影響力。

對社會學的分析方法，這位英國的國師提出三大原則：社會學（家）的研究，必須包含歷史性的眼光、人類學的視野，以及批判性的態度。前面兩點關於歷史和人類學的觀點，可以說都是站在旁觀者的立場，對社會現象加以分析。但是，一旦採取第三種批判性的態度，就幾乎必然是把自己放在「參與者」的立場。

顯然，紀氏認爲，對於社會現狀，社會學者不能置身事外，而必須試著指引興革的方向。這種觀點，和一般經濟學者的看法有相當的距離。經濟學者多半認爲，自己只是社會現象的觀察者、描述者和分析者，並不是指引迷津的智者。不過，雖然立場不同，經濟學者和社會學者都非常重視「社會變遷」這個研究主題。在這一章裡，我將嘗試先指明觸發社會變遷的契機；然後，是描繪社會變遷的過程；最後，是指明影響社會變遷的某些主要力量。

社會變遷的意義

對於社會科學研究者而言，社會變遷很重要，主要的原因有兩個。首先，對任何一個社會來說，這個問題都具有關鍵性的地位。在許多社會裡，一百年前還過著日出而作日落而息，安步當車的日子；現在，工商業社會變成經濟活動的重心，生活的步調像是快車道、捷運、高速鐵路或者網際網路。

在一百年的時間裡，有這麼急遽的變化；對個人、家庭和社會，顯然都有很大的影響。無論是內在的思想觀念，或外在的行爲舉止、乃至於家庭的結構、社會的典章制度，都已經迥異於往昔。而且，進入二十一世紀之後，電子科技的進展，可能使變化的速度加快。這些變化，當然是社會科學研究者無從忽視的研究課題。

其次，對社會科學而言，社會像是一個體系，這個體系是由許多基本單位所組成。一個完整的理論，必須有嚴謹的結構：先是界定組成體系的基本單位，然後說明由基本單位如何過渡到體系，再來是描述體系如何維持穩定的狀態，最後是解釋體系如何變化。因此，社會科學的理論，必然要包含「變化」的這一部分。

不過，任何解釋變化的理論，在本質上就有某種「不完整性」。因爲，研究者的材料，都是過去的、已經出現過的變化；研究者由這些材料裡，希望能歸納出一些規律性或是原理原則。可是，總有不斷湧現的新生事物，而這些未必是現有理論所能涵蓋的。（譬如，二十年前，大概很少有人會想到網際網路的發展。）因此，關於社會變遷的理論，基本上是不完整的；這也許是一種缺憾，但是也意味著在理論的發展上，還有進展和產生新意的可能性。

變遷的契機

造成變遷的原因，不論是對一個大的或一個小的體系而言，只有兩種可能性：來自於外在的因素，或來於內在的因素。

幾十億年前，恐龍是地球上最活躍的動物。很難想像，身高三四層樓、身長二十餘公尺、體重幾公噸（兩個貨櫃車）的龐然大物，在地球上成群結隊的跳來跳去、目中無人！不過，俱往矣，如今恐龍安在哉？只有在侏儸紀的電影裡出現。造成恐龍滅絕的理論有好幾種，其中之一是慧星撞地球；所激起的塵土遮雲蔽日，植物無法生長，食物鏈中斷，因此恐龍不再進化。顯然，造成恐龍社會變遷（滅絕）的原因，是外來因素。和外在因素相對的，當然是內在的因素。因爲體系內某種因素，會使整個（大小）體系產生變化。譬如，如果慧星沒有撞地球，恐龍愈來愈多，多到糧食不足或引發傳染病時，也會對恐龍社會這個體系帶來變化。

不過，在社會科學裡，研究的基本上是人類社會；就造成變遷的內在因素而言，「企業家」

具有非常重要和特別的地位。

企業家，指的不一定是做生意賺錢的人；更精確的描述，是指以新的理念、產品、作法來取代現有作法的人。所以，麥克傑克森是企業家，因爲他除了發明太空漫步的舞步，只戴一個手套的作法也是前所未見（不知道製造手套的人看了有何感想？）。發明電腦滑鼠的人是企業家，設計喇叭褲的人也是。

各種企業家的產品或作法爲社會體系帶來刺激和衝擊，至於他們的新意會不會被容納、乃至吸收，顯然是另外一個問題。（每天頭上頂一個水桶出門的人，當然也是企業家，不過被接受仿效的可能性大概不高。）

下面的故事，就描述了某一個企業家福至心靈下的創意。

量變和質變之間

幾年前常到學校附近的一家西餐廳去，因爲那個地方很安靜，陳設也很高雅，牛排做得更好。去多了，自然認識裡面的領班，也從他那兒學了一些品酒的常識。

後來，領班離開，自己開業，我偶爾會去捧場。他換了幾個地方，最後終於擁有自己的餐廳，還開了分店。上次請幾位同事一起去，他熱情招待之餘，客氣的送給每人一張貴賓卡。據他說，他的貴賓卡有點特別；別的餐廳多是由餐廳主動奉送，他的貴賓卡一張要新台幣五百元。不過，每隔六個月，他會寄一張餐券給每位持卡人；憑餐券可以免費享受菜單上的任何一客套餐。

雖然套餐從四百五十到七、八百都有，而且餐券每半年送一張；可是，聽「老闆／朋友」說，他並沒有虧過錢。事實上，每到他寄送餐券的月份，營業額都特別高，利潤也就比平時還可觀。

前兩天又接到他寄來的餐券，這已經是我收到的第三張了。剛好，最近在思索一些社會變遷的問題，我就試著從朋友送免費餐券這件事裡，萃取一些啓示……

我並沒有問過朋友，他是怎麼想到這個先繳費換貴賓卡、後送免費餐券的點子。不過，他顯然是巧妙的掌握了人性中光明但脆弱的一面：對（絕）大多數人而言，接到「免費」的餐券心裡當然高興；可是，每個人也都清楚，餐廳菜單上的套餐都所費不貲。因此，大部分的人都會呼朋引伴的大駕光臨，除了那張餐券，其餘的消費都自掏腰包。結果，增加的營業額不但能承擔那些免費餐券而有餘，還意味著「舊雨」又帶來了很多的「新知」！

可是，朋友這種「肉包子打人，有去更有回」的作法能推廣擴散、能放諸四海而皆行嗎？不見得。對持有貴賓卡的人而言，朋友這家餐廳的作法迴異於其他，所以很多人會以一種投桃報李的情懷來因應。如果這麼做的餐廳愈來愈多，再接到「免費餐券」時，可能就會有不太一樣的取捨：或者因爲不再有新鮮感而不上門，或者一個人帶著餐券自己用餐了事。結果，送免費餐券的餐廳可能吃虧蝕本，最後不得不停發餐券。因此，朋友的作法很可能是「只此一（兩）家」，多則失靈。

不過，也不一定。如果其他的餐廳開始模仿，因爲還是極少數，所以顧客們還是有驚喜特別的感受。結果也會熱情因應，這麼做的餐廳因而也享受到和朋友一樣的額外利潤。有利可圖的事當然會吸引別人東施效顰，因此，這麼做的餐廳愈來愈多。最後，大家都這麼做，所有像樣的西餐廳都會定時寄免費餐券給有貴賓卡的人。如果有哪一家餐廳不這麼做，顧客會埋怨：其他餐廳都送，爲什麼你們這家不送。爲了怕得罪顧客，即使心裡不情願也不得不勉強配合。

當大家都這麼做的時候，「送餐券」就變成一種「標準化」的作法、成爲一種行規。餐廳的利潤還是可能會增加；不過，這時候已經不再是「送餐券」和「不送餐券」的餐廳之間的比較，而是所有這些送餐券的（西）餐廳和其他飲食業的比較。對顧客而言，由量變到質變之後，顯然比以前享受了品質更高的服務——就像最後所有的百貨公司都接受客人退換貨品一樣。人的生活環境變得好一些，人的尊嚴提升了一點點，社會的文明程度也往上移動了一個小刻度。

好久沒有到朋友的西餐廳去了；過兩天（帶著免費餐券）去時，我會問他送這種餐券的西餐廳有沒有愈來愈多？

由這個故事可以反映出一個重要的體會。社會現象的出現，無論好壞，都有背後的原因，好的作法、好的產品、好的制度，要能被保存下來，需要相關條件的支持。否則，企業家（提出新概念、新產品、新作法的人）所揮灑的新意，可能很快變成過眼雲煙。

變遷的過程

一旦社會體系面對刺激，不論是來自於外在或內在的因素，受到影響的人馬上面對很實際的考驗。具體而言，這些人要問自己（也許是潛意識的）一連串的問題：自己如何認知這種刺激？自己贊成或反對或沒有意見？自己會不會依樣畫葫蘆？如果自己的朋友接受了（喇叭褲），自己會如何因應？

因爲每個人所處的情況不同（年齡、性別、職業、經驗等等），所以對於這些問題會有不同的答案，也就可能會採取不同的作法。在社會變遷的過程裡，有歡喜接納、也有痛苦抗拒，有光明、也有黑暗，有笑容、也有眼淚。

下面的故事，就是對某個變遷過程片斷的描述。

當小朋友不回家吃晚飯時

前幾天內人帶兒子去逛書店，在他的堅持下幫他買了一本《日華字典》。兒子才讀小學一年級，我問她為什麼。她說，兒子買的拼裝玩具（機器人和小賽車）都是日本製的，說明書是日文；兒子覺得他自己可以查字典弄懂說明書。

我一方面為兒子的好奇心覺得有趣，一方面為他的自主性覺得驚訝。如果明年他讀二年級時，決定要自己背書包上山修行；我不知道內人和我會怎麼辦。

大家都知道現在的小朋友和過去不一樣；可是，不一樣在哪裡？為什麼不一樣呢？

事情可能要從稍遠的地方開始講起：在一八〇〇年，美國的就業人口有百分之九十左右是集中在農業；在一九八〇年，農業的就業人口只占百分之三左右。隨著市場規模的擴大和科技的進展，蓬勃發展的製造業、金融業、服務業等創造了大量的工作機會，也吸引了大批的就業人口。不過，在這些巨大變化漸次發生的同時，人類最古老的組織之——家庭——也悄然的經歷了一種前所未有的蛻變。

在一個農業社會裡，一家之主（通常是男人）日出而作，日落而息；而且，工作的地點就在住家附近。婦女操持持家務之外，主要的責任就是撫育子女。在這種環境裡，小朋友是在一張繁複的人際網絡下成長；這個人際網絡上，除了父母，還有親戚、鄰居、教堂（宗祠）裡的大大小小、親疏不等的人們。在這種環境下長大的孩子們，一方面享受到這個人際網絡的支持，另一方面也受到這個人際網絡的限制。人，不只是爲自己而活，同時也爲別人（的期望）而活。

在一個現代化、都市化的社會裡，大部分的家庭都是雙職家庭。父母日出而作，日落（之後）而歸；而且，工作地點和住家可能有相當的距離。來回通車數十分鐘或一、兩小時很可能是常態，而不是例外。在這種環境裡，小朋友是在一張和過去大不相同的網絡下成長。父母因爲工作的關係，和子女相處的時間非常短暫；親戚鄰居往來不多，教堂（宗祠）的影響也非常有限。取而代之的，是學校裡的同儕，以及電視電影雜誌等媒體裡的明星和偶像。因此，喬丹、安室奈美惠、李奧納多等等，伴隨著每一個現代社會裡的小朋友一起成長；在某種意義上，一個跨越國界的「地球村」正在默默成形。不過，喬丹、安室奈美惠、李奧納多等等，只是幕前的；藏身在幕後的人物，是支持這些明星和偶像的企業和財團，以及這些財團和企業所生產的球鞋、化妝品、服飾、雜誌、CD。當然，就子女的福祉而言，企業財團的著眼和父母的著眼通常是不一樣的。

在這種環境下成長的小朋友，享受不到傳統人際網絡的支持，但也不太會受傳統網絡的限制。他們自主性比較強，行爲的自由度也比較大；大體而言，他們主要是爲自己而活，而不是爲別人（的期望）而活。

如果把這種舉世皆然的趨勢再加上台灣社會的特色（經濟條件快速改善、子女人數減少、傳統和威權價值崩潰解體），大概就可以得到一個世紀末小朋友們的模樣：在大眾文化的包圍洗禮下成長、自我意識提高、行爲的可能性大幅度的擴充。一年級的小朋友買日華字典、六年級的小朋友離家出走、研究所的大朋友殺人毀屍等等，都是「行爲的光譜」延伸之後的反映。

怎麼辦呢？有沒有辦法回到美好的舊時光呢？

針對這些問題，社會學者寇爾門指出兩個明確的興革之道：一是家庭再造，讓家庭重新成爲傳統「人際網絡」的核心，對小朋友發揮呵護支持和陶冶限制的功能。一是由政府接手，以一連串的法令規章，一方面約束電視電影漫畫雜誌等等的內容，一方面透過學校教育來雕塑小朋友。

不過，這兩點建議也並不是萬靈丹。家庭在性質和功能上的轉變，是諸多力量相互運作之後的結果。要讓家庭回復到農業或傳統社會裡的狀態，必須以更強大的力量來進行「反向工程」；可是，在一個現代的民主國家裡，沒有任何人擁有這種力量。把希望寄託在政府身上也並不樂觀；政府的法令規章是由民意機關所制訂，而民意代表大體上會反映本身支持者（競選經費贊助者、財團）的利益，而不是一盤散沙般的選民的利益。所以，民意代表們通常不會和龐大的商業利益作對。

而且，由一個比較抽象的層次來看，「回到從前」並不必然是理所當然的選擇。世界各地每年因車禍死亡的人以萬千計；可是，大概很少人會希望回到農業社會裡沒有車子（也就沒有車禍）的狀態。因此，除非能由較廣泛的觀點，評估社會發展的各個面向；否則，由個別和突發的事件上，大概很難得到一個整體性、概括性的結論。

當然，即使整個社會的大勢所趨無人能擋，每個人還是可以針對自己的個別情況自求多福。如果我的兒子要上山修行，我可能會束裝就道伴修，也可能會提醒他山上沒有「瑪麗歐」。

故事的名稱，是呼應和影射幾年前曾經推動的「爸爸回家吃晚飯」運動。似乎，社會變遷影響所涵蓋的範圍，已經不再限於爸爸了。故事裡提到的小朋友離家出走，是兩位六年級的小朋友，因爲受家長責罵，所以由台灣南部的高雄跑到台北。不但驚動家長、學校師長，當然也引起媒體和社會大眾的關注。研究所的大朋友是一位女孩子，和好友爭取同一位男孩子；談判不成，把好友推撞致死，再故布疑陣。女孩子讀書的學校，當然分外難堪。

變遷的結果

社會變遷的結果，有點像是一團東西丟進小池塘，一陣混淆之後，池塘最後的狀態。如果丟進池塘的是一個小土塊，水面會很快回復平靜。如果丟進池塘的是一個大石塊，池塘變淺之外，水面可能會上升。如果丟進池塘的是一堆魚苗，池塘的生態可能會重組。如果丟進池塘的是一些化學廢料，池塘可能從此變成魚蝦不存的死水！

人的社會，大致上也是如此。經過大小的社會變遷之後，原有的東西可能不變、也可能改變意義、也可能就此消失不見。當然，企業家帶來的新生事物，可能如慧星般一閃即逝，也可能被吸納而成爲體系的一部分。

下面的故事，是描述經濟發展之後，商業活動在作法上和性質上的變化。

一條褲子的啓示

前幾天過生日，內人爲了減輕我步入「後中年」的感傷，買了一條名牌休閒短褲送我。我不喜歡那個顏色，所以就在「三天內可以退換」的期限裡去加價換了一條長褲。但我喜歡的那種淡卡其色適合我的尺碼剛好缺貨，所以我留下電話，請小姐在貨來時通知我。

不愧是東區有規模的百貨公司，三天後我就在電話留言上聽到小姐的留言，到百貨公司拿了褲子回家換上一看，顏色太淡，淡得幾乎可以看得到內褲的顏色。也許有人喜歡，但我已步入中年，實在沒有興趣讓別人知道我內褲的顏色。所以，兩天後我又到那家百貨公司的專櫃，選了另一個較深的顏色。但是又沒有我的尺碼；我告訴小姐，爲一條褲子來回跑實在太浪費時間，能不能請她寄給我，我付郵費。她欣然同意，而且表示公司會出郵費。幾天之後，我眞的接到掛號寄來、包裝漂亮的一條長褲。

幾年之前，這種事幾乎是不可想像的——讓你一而再、再而三的退換，而且還花錢把東西寄到你的手裡。到底發生了什麼事？是現在的顧客「道德水準」比較高，所以百貨公司比較願意相信顧客？還是現在百貨公司財力比較雄厚，比較能多付出一些，多承擔一些風險？

在某種意義上來說，也許兩種理由都成立吧！

在經濟落後的環境裡，大家錢少而時間多。因此，不但錙銖必計，而且願意花很多的時間去錙銖必計（反正沒有其他事、閒著也是閒著）。經濟發展之後，所得水準提高；大家有的錢比以前多，相形之下時間卻比以前少。因此，大家比較不願意（不需要）再爲數十百塊的事去計較，也沒有時間去計較。所以，在百貨公司裡買東西，除非眞有問題，要不然不太可能花掉可貴的時間去「惹是生非」。也就是說，經濟情況改善之後，在行爲上大家「比較容易」變成有禮有節——古語的「衣食足復沒工夫，則知榮辱」，眞是貼切深刻得很。

在經濟落後的環境裡，生意人的資本小、商品有限、承擔風險損失的能力也有限。（好不容易把那條看得見內褲顏色的褲子賣給你這個倒楣鬼，賺得一點利潤。怎麼能讓你退換！）經濟發展之後，資本累積使生意的規模愈變愈大；不但商品種類的花樣多得多，交易額擴大也使廠商比較容易承擔數額有限的一些（各種理由的）退貨。而且，市場之間彼此聲息相通，使廠商有更大的彈性來吸引顧客。（東區沒有人喜歡半透明的褲子，說不定南區有一大堆男士希望別人知道他們內褲的顏色！）

當大環境改善之後，顧客比較容易表現得像「好顧客」，商人也比較容易表現得像「好商人」。有了好顧客和好商人，生意當然比較容易做；當生意好做之後，就更容易維持一個環境讓好顧客好商人源源不斷的湧現。

——好的價值要出現，是有條件的！

這個故事透露了兩點重要的訊息：首先，無可否認的，經濟活動是促成社會變遷的主導力量之一。其次，當社會發生變化時，很多事物的相對意義會有明顯的變化——用經濟學的術語，「相對價格」發生變化。譬如，過去安步當車是一種享受，現在安步當車是承擔噪音和空氣汙染；因此，安步當車的相對價格上升了。除了經濟發展這個因素，促成社會變遷的，當然還有許多其他的因素。而且，社會變遷所影響的，不只是人的行爲和社會現象；更重要的，是人本身的意義和內涵都不斷的被重新賦予和界定。

下面的故事，就是描述在經濟和科技發展下，人的變化。

人類往何處去？

前兩天是星期天，下午帶六歲的兒子去參加「抓魚樂」的活動，這是我們所屬的一個健康俱樂部所舉辦的。游泳池先放掉一部分的水，再倒進一百八十斤的鯉魚、鯽魚、吳郭魚、鰱魚；大人小孩人手一付粗布手套、加上蛙鏡，然後就各憑本事。

我們的運氣不錯，抓了九條大小不等的魚；大的長三十餘公分，小的也有二十公分左右。回家之後，死的魚放冰櫃，還活著的養在洗澡池裡。接著，問題來了：怎麼處理？一家之主的內人明確表示：她「不會」殺魚，也不會抓魚。因此，她最多願意把死的魚拿去家旁邊的菜市場，請賣魚的小販幫忙殺；活的魚，要由我處理。

所以，今天早上七點起床之後，我就先把洗澡池裡的五隻魚裝好，帶到菜市場去。根據內人的指引，找到她常買魚的地方；把魚交給老闆，又大手筆的買了五百塊其他的魚之後，就站在旁邊看老闆揮灑。看著看著，我忽然覺察到這整件事的趣味。

「舊女性」要操持大小家務，十八般武藝自然樣樣粗通；因此，不可能不會殺（抓）魚。「新女性」走出廚房以後，自然義無反顧；即使是會殺魚，也要破舊立新的說不會。「舊男人」本來就遠庖廚；「新（好）男人」以雅痞自許，當然更不可能自甘墮落。所以，雖然我小時候殺過魚、殺過雞，（我的同事還殺過豬！）現在我卻找不出任何理由要重新披掛上陣。

其實，「殺魚記」的曲折並不在於男人和女人之間的戰爭，而是反映了古早和現代、過去和未來之間的轉折……

在農業社會裡，一個人（一家人）要播種收割才勉強得以溫飽；在面對大自然的風霜雪雨時，要彼此扶持以求自保。每一個家庭就是一個小的經濟體系，這個經濟體系要自己解決所有關於生產和消費的問題。社會逐漸進展之後，經濟體系的廣度和深度都迥異於往昔。每個人只是整個經濟網絡上一個小得不能再小的環節；只承擔一點點生產上的責任（郵差送信、老師教書），但是在消費上享受了其他千千萬萬個人努力的果實。

當分工愈來愈精細，專業化的程度也就愈來愈高；每個人所需要（所能）做的事當然也就愈來愈少。而且，一個人不但不能一手打造出一輛汽車，人事實上也逐漸不能（不願）自己動手洗衣服、做饅頭——和殺魚。無論是主動的選擇或被動的雕塑，現代人和古早人確實有很大的不同。

更重要的是，人不僅在「生理能力」上有急遽的轉變，人在「生理結構」上也面臨著前所未有的考驗。醫療科技的高度進展，已經使器官移植慢慢變成家常便飯；將來，每個人都可以淘汰掉自己身上「不好」的器官，再換上一個「好」的器官。而且，生命科學和遺傳研究上的突破，已經指向更根本的轉折：未來，人將可以選擇自己的基因結構；過濾掉「不好」的基因，只保留「好」的基因。這不是在出生之後再「移植」，而是在出生前就「塑造」。不但不會再有各種先天性的殘障智障，而且，呱呱落地的「新」人類都將是盡善盡美的完人！

不過，這種發展卻也令人悚然心驚。在這種「造人工程」下的產物，是人還是物？或者，從另一個角度看，「人」的意義到底是什麼？人，是不是由某些很根本的、不可動搖的概念來界定：還是只是一堆基因原子分子所構成血肉，本身沒有內涵，所有的內涵和意義都是「被」決定的？

「頭家，魚殺好了。」老闆一句話，抖落了我一頭的遐想（大概還有一臉的茫然）。我提著抓來的和買來的兩袋魚，慢慢走回家；清晨空氣清新，我卻覺得心情分外沉重。

曾經有人把社會現象比喻爲一場對話：每個人參與了已經存在許久的對話，受對話內容的影響，也影響了對話的內容。人和社會的關係，也有類似的特性。人成長的經驗，受到環境中既存事物的影響；但是，當人參與社會的活動時，也會爲社會添增新的內容，因而影響社會發展的軌跡。

當然，上面這個故事還提醒我們：人的意義是不斷被重新充塡和界定的！

結語

在〈前赤壁賦〉裡，蘇東坡寫道：「蓋將自其變者而觀之，則天地曾不能以一瞬；自其不變者而觀之，則物與我皆無盡也。」其實，在變與不變之間，有太多的空間需要社會科學研究者（和文學家？）的塡補——對社會而言是如此，對萬物之靈的人而言，未嘗不是如此！

第九章 經濟學和政治學的對話

幾十年前，諾貝爾獎得主薩穆爾遜（P. Samuelson）教授出版《經濟學》第一版；幾十年來，這本書不但使他名滿全球，而且日進斗金。當時，書的前半部是處理失業、通貨膨脹等問題的總體經濟學；書的後半段，則是探討家庭個人消費等問題的個體經濟學。

今天（2013年），薩氏第十八版的《經濟學》依然維持長銷和暢銷的美名。不過，他也順應其他經濟學教科書的潮流，把個體經濟學移到前面，而把總體經濟學放在後半部。原因無他，個體經濟學的材料（個人、家庭、市場），是構成總體經濟的基礎。由分析邏輯的觀點，先處理個體而後處理總體比較順理成章。

經濟學教科書另一個重大的變化，是在幾乎所有重量級的暢銷書裡，都把「公共選擇」列爲專章。在薩氏經濟學的第一版裡，就沒有公共選擇這一章。短短的幾十年內，公共選擇變得如此重要，一切要歸功於另一位諾貝爾獎得主，布坎楠教授。

布氏由經濟學的角度分析政治現象，不但對傳統政治學帶來無比的衝擊，也大大豐富了經濟學的內涵。

在這一章裡，我將先闡明在分析政治現象時，經濟學和政治學的基本差別。然後，我會比較經濟活動和政治過程在性質上的歧異。最後，是探討當許多人共同參與政治過程時，所呈現出的有趣現象。

天使的故事

當布坎楠在一九八六年得到諾貝爾獎時，媒體大幅報導他的貢獻，有位經濟學者用一句話一以貫之：「官僚不是天使！」

當然，許多媒體少不了訕笑嘲諷一陣，以這樣象牙塔裡的體會就可以得諾貝爾獎，經濟學和諾貝爾獎都未免太淺薄了一些吧！然而，內行看門道的人都清楚：「官僚不是天使」確實畫龍點睛，不但勾勒出布氏學說的精髓，也反映了經濟學發展上一個重要的里程碑。

具體而言，官僚不是天使這句話有兩層意義。首先，在一九六〇年以前，經濟學處理的問題，主要是市場裡的經濟活動。只有在碰上稅賦管制等問題時，才會考慮政府的角色。但是，重點在經濟活動，政府只是聊備一格，使分析完整一些而已。

然而，布坎楠在思索財稅問題時發現，分析裡不能把政府一筆帶過。經濟學者對賦稅和其他公共政策的建議，都要透過政治過程（政治機器）來實現。所以，必須把政府（政治過程）納入分析。因此，布氏是第一位經濟學者，以嚴謹的現代經濟分析架構，探討政治現象。在經濟思想史上，布氏的地位非常重要；他和寇斯以及貝克三人，分別把經濟分析帶進政治學、法學和社會學，因此也先後得到諾貝爾獎的殊榮。

如果只是戴上經濟學的眼鏡去看政治問題而沒有新意，布坎楠這位先驅者也不甚了了。然而，布氏對政治學的影響，就牽涉到「官僚不是天使」這句話的第二層意義。

在政治學裡，由柏拉圖、亞里斯多德等哲人伊始，千百年來的高貴傳統，都認爲政治的目的是增進眾人的福祉。官僚們，就是秉公無私的、天使般的、以公益爲依歸的，代表眾人追求公眾的福祉。這種觀點，事實上也是絕大多數民眾對官員和民意代表的期望。

相對於這種立場，布氏問了一個極其簡單的問題：如果在市場裡，人會基於自利而選那些漂亮的水果；那麼，在政治過程裡，人會突然變個樣，一意爲公而不管自己本身的利益嗎？布氏的答案很簡單：人就是人！在經濟活動裡，人是自利的；在政治過程裡，人也是自利的。

因此，布坎楠妙手一揮，利用經濟分析的架構，可以重新檢驗千百年累積下來的政治理論。這個小小的轉折，開啓了學術上嶄新的一頁，爲經濟學和政治學注入了前所未有的養分。現在，在政治學裡，布氏的理論和所發展出的專有名詞，已經成爲政治學的日常用語。在經濟學裡，布氏的開創性貢獻，則已經成爲經濟學教科書裡的必備章節。

而布氏的學術成就，也確實可以用「官僚不是天使」這句話一氣呵成！

對照

雖然人就是人，無論在市場裡或在政治過程裡，都是理性而自利的追求自己所認定的利益或福祉；但是，人在這兩個領域裡活動的性質，卻有很根本的差別。下面的故事，就嘗試對這兩種活動，從許多方面加以比較。

「市場機能」和「政治過程」的ABC

雖然每一個人都知道政治和經濟與大家的生活息息相關（我在「市場」裡提供體力智慧得到報酬，並且從事消費；我在政治過程裡投票繳稅而得到國防治安等等），但是這兩者到底有什麼差別呢？如果能清楚的掌握這兩者的差別，是不是比較容易對不令人滿意的現況尋求改善呢？

仔細想想，經濟的「市場」和政治過程在性質上確實有很多的差別！

在市場裡，交易的媒介是「貨幣」；在政治過程裡，交易的方式是透過「選票」。每人擁有的貨幣不一，但每個人都只有一張選票。所以，在市場裡的交易顯然比較能精細的反映個人好惡的深淺。

在市場裡，決定買賣的主體是「個人」；在政治過程裡，則是先由眾人選出民意代表和行政首長這些「代理人」，然後再由這些民意代表和行政首長折衝妥協。

在市場裡如果個人不作決定，沒有人會幫你選擇，悉聽尊意（比方說，你自己必須選擇要買什麼廠牌、什麼尺寸的家電）。在政治過程裡，即使你不投票，不聞不問，還是有人會當選，還是有人會把預算花掉。

在市場裡，個人可以爲自己精打細算，可以花費數十百萬在音響傢俱上。在政治過程裡，個人不過是滄海一粟。即使你對環保有切膚之感，別人漠不關心，但你（只）有一票，他也有一票。

在市場裡，一手交錢一手交貨，你得到的就是你所選擇的。在政治過程裡，你投票支持的候選人不一定會當選。即使他當選了，你贊成和期望的公共建設也不一定會實現。

在市場裡，兩兩交易直接影響的只是交易的雙方。每個人都爲自己選擇的結果負責；事實上也「只」爲自己的選擇負責。在政治過程裡，由民意代表和行政首長這些（少數）人作決定，但是結果卻由所有的人承擔。即使你反對由公立學校提供高等教育，在政策沒有改變之前，你還是得繳稅來維持公立學校。

在市場裡，你可以選大同牌電鍋、順風牌電扇、泰瑞牌電視、國際牌冰箱；各取所長，不同的商品選不同的廠牌。在政治過程裡，你不是分別投票選交通市長、治安市長、消防市長，而是一票選「一團東西」；你不能「細分」你的那一票。而且，市場裡的這些商品對你而言是個個稱心；可是，政治過程裡你選的那「一團東西」等於是組合商品，整個組合裡很可能只有一種特徵是勉強如你意的。此外，你在市場裡選這些個別的商品時是眼見為信；可是，在政治過程裡，選上的那「一團東西」當選之後，在各方面的取捨很可能和當初競選時所聲稱的南轅北轍。

在市場裡，你可以今天買光泉鮮奶，明天買味全牛乳，後天買統一低脂。市場裡產品一旦出問題，銷路馬上減少。因此，廠商時時面對競爭，不得不小心翼翼。相形之下，在政治過程裡，選了縣市長民意代表之後，你必須等（忍受）三、四年的時間才能再作選擇。

在市場裡，你可以在言行舉止上奇裝異服，率性而為；在政治過程裡，一旦規章訂定，就不（太）容許個別差異：即使你想兩年繳一次所得稅，連本帶利，不行；即使你想自己在家裡教小孩，不送他（她）上學，不行。

在市場裡，你擁有的是你口袋裡的鈔票，貨架上的商品是老闆的財產。交易之後，錢貨易手。財產權的歸屬始終清楚。在政治過程裡，財產權卻是不斷在「被」調整和「被」創造。因此，一旦通過規定不准使用含鉛汽油，相當的車主會受到影響；一旦通過國教延長為十二年，國民「受教育」的權利顯然有了新的內涵。

由這些比較裡，也許可以歸納出幾點重要的啓示：

首先，因為透過政治過程可以界定和創造新的「權利」，因此個人、團體、政黨會有意願去影響政治過程的決定。譬如說，一旦通過要鋪設高速鐵路，相關的營建業者當然額手稱慶。而且，沿線可能設站的地方，附近地主當然也會以各種方式爭取對自己有利的決定。陳情、遊說、關說、利益輸送，都是在企圖影響政治過程裡的取捨。

其次，因爲政治過程是由選舉、代議這一套眾人之治的制度所支持，單獨渺小的個人微不足道。（我不投票也會有人當選；我搜集再多資訊也還是只有一票）。因此，有相當比例的個人可能會選擇「理性的無知」：或者不投票，或者不加思索的投票。民意代表和行政首長在反映民意之餘，當然也有自己前途的考慮、自己黨派利益的考慮。經過這一連串的授權、代議、折衝、妥協，（勉強）形成政策之後，還要再經過行政體系層層的週轉，最後呈現在選民眼前的可能和當初的「民意」有相當的距離。（有誰相信代議機構在搶麥克風、翻主席台、操槍、叫罵之餘所通過的預算和法案是反映民意的？）這種現象和個人在市場裡精挑細選、寧缺勿濫的取捨相比，顯然政治過程裡的決策比較粗糙而不精確。

這麼看來，既然在政治過程裡的決策品質堪慮；既然政治過程裡（可能）有人會以一念之私的上下其手；既然這些決策所占用和浪費的資源都要靠稅賦支持；既然稅賦都是由你我大家來出，不管我們喜歡與否；既然要把哪些事交給政治過程去處理，哪些事讓市場機能發揮功能，哪些事留給個人自求多福，最後都是「主權在民」的由你我大家來決定；既然劃歸到政治過程裡的事在作法上也可以有多少之分；因此，就一個公民而言，就有責任、也有權利好好思索市場機能和政治過程在本質上的差異，然後好好的斟酌在這兩者之間的取捨！

在這些對照之下，市場機能和政治過程確實有很多差異。其中最重要的，就是在政治過程裡，一直不斷的重新界定或引進各式各樣的權利。既然權利的背後往往隱含很可觀的利益，自然會誘發許多逐利者。在民主國家裡，遊說團體和利益集團盛行（橫行）無阻，是最好的寫照。此外，故事裡也指出，在政治過程裡，是不斷的界定新的財產權。因此，政治過程本身的界限，顯然是民主社會裡，一個很基本也很重要的問題。

什麼是「應該」？

在我教的推廣教育班上，有各級的政府官員和民意代表，還有許多年富力強的優秀軍官。課堂上剛開始討論公共政策時，幾乎絕大多數的學員都是義正詞嚴的表示：民意代表「應該」爲民眾謀福利，政府「應該」照顧中低收入戶，官員「應該」公而忘私。

我總是要花兩、三個星期的時間，反覆論證：老師「應該」好好教書，可是我們都經歷過很多不太認眞的老師；父母「應該」愛護子女，可是我們看到也聽到太多令人髮指的虐兒事件；長官「應該」照顧部屬，可是眞正照顧自己部屬的長官有多少？因此，站在社會科學分析者、也就是旁觀者的立場，我們的出發點是：人「實際上」是如何，而不是人「應該」如何。除非以人的實際行爲作爲分析的基礎，否則我們的說詞將只是道德性的訴求，我們所認定應該出現的現象並不會出現！

等到大多數人都認同我的觀點之後，一旦再有哪位學員又情不自禁的吐出「應該」這兩個字的時候，總是會有好幾個聲音同時響起：「什麼是『應該』？」

當我們同在一起

在政治過程裡，人的實際行爲是如何呢？在政治過程裡，通常牽涉到許多人的行爲；而人多的時候，社會現象的性質往往和人少時不同。

下面的故事，就是描述人多的時候，個別行爲匯總之後可能的結果。

大家都站著——之一

記得以前在研究所讀書時，有一次考期末考：老師把一疊空白的答案紙交給同學傳取。一位同窗問老師：要拿幾張才夠？老師面無表情、語調低沉的說：那要看你知道多少（東西）？原先發問的同學知道被老師調侃了一下，就自我解嘲的說：如果是這樣的話，那麼我只要一張小紙片！

坦白說，大部分時候我們知道的很少、很有限；可是，更麻煩的是，有時候即使我們好不容易摸清了一點點端倪，卻不知道怎麼樣掙脫自己造成的困境！

當大家都在體育館裡坐著觀賞球賽時，如果有一個觀眾爲了想看清楚些，就從座位上站起來；剛開始時，他（她）當然會有一覽無遺的快樂。但是，其他的觀眾會漸漸效尤的也站起來看；最後，所有的人都站起來看球賽。可是，當大家都站起來之後，彼此遮擋，視野和原先大家都坐著時事實上沒兩樣。

當然，在這種大家都站著、都扯著脖子往前看的情況下，如果有少數人先知先覺的意識到這種景象的荒謬，或者站得腿痠了就先坐下來；也許其他的人也會見不賢而內自省的依樣畫葫蘆，也開始慢慢坐下來！

可是，「大家都站著」的現象並不僅限於看球賽和聽音樂會；而且，「有人先坐下」的調整也不一定行得通。

社會學家在研究雙職家庭時，發現了一個很有趣的現象：天下父母心都是望子成龍、望女成鳳；因此，對子女的教育非常重視。既然都會區裡的教育資源遠比偏遠地區豐碩，所以最好能住在都會區裡，讓自己的子女能從小得到較好的教育。可是，都會區裡的房子較貴、物價水準也較高；如果家裡只有一份薪水，確實很難在都會區裡生存。基於這種考慮，有一些原來在家裡操持家務、照顧子女的婦女開始去外面工作，賺取第二份薪水、增加收入，好設法搬進都會區，讓子女享受比較豐富的教育資源。

當雙職家庭慢慢增加，而且也慢慢移往都會區裡的時候，都會區的房價開始上升；最後，房價和生活水準的上升可能完全抵銷掉額外的第二份薪水。可是，都會區裡的教育機會並沒有改變：當大家都是雙職家庭時，還是只能有一部分的子女可以在都會區受教育，完全和以前一樣。而且，現在雙職家庭的父母忙於工作，能花在子女身上的時間事實上比以前少；所以，賺得的第二份薪水剛好應付高升的物價，對子女的照顧卻遠遜於以往——當「大家都站著」時，不但視野沒有變好，反而要犧牲掉原來坐著看球的舒適自在！可是，在球場裡當大家都站著時，也許有人會先坐下；在「賺第二份薪水、往都市裡搬」的景象裡，有誰願意先放棄第二份薪水、回家照顧子女呢？會有人願意當「損己利人」的傻子嗎？

仔細想想，「大家都站著」的現象在現代社會其實非常普遍：尖峰時段塞車、讓子女上才藝班和補習班、送紅包、請託關說；在本質上不都是一樣嗎？大家都耗費了可貴的時間、金錢、心力，可是結果誰也沒能占到便宜。而且，雖然大家都知道浪費了不必要的時間、心力、金錢；但是，沒有人願意雖千萬人吾往也的「先坐下來」！

當「大家都站著」時要怎麼辦呢？有沒有掙脫困境的方式呢？這恐怕須要寫完許許多多的「小紙片」才能摸索出一點頭緒吧！

這個故事有兩點重要的啓示：首先，當人多的時候，每一個人都選擇對他自己而言合情合理的行爲（因爲人是理性自利的），可是匯集之後，卻未必得到好的結果。因此，看到某些不好的社會現象，單單是指責別人盲從或一窩蜂，並無濟於事；因爲，從每一個人個別來看，他選擇的是就他自己而言最合理不過的舉措。

第二個啓示，是和分析社會現象的方法論有關。我們看到的社會現象，多半是許多人行爲加總之後的結果。因此，當我們看到某一個社會現象之後，就値得逆推回去，看看是哪些個別行爲會加總出最後的結果。逆推式的分析，往往才能發掘出形成各個社會現象的基礎。如果想尋求改善，也才有比較平實、比較能從根救起的著力點。

理性的無知

因爲民主政治往往是代議制，一般民眾不直接處理公共事務，而是由他們所選出的官僚和民意代表來運作。代議制，再加上參與的人數甚多，所以成熟的民主社會經常出現很特殊的現象。

下面的故事，就是對民主代議性質的具體刻畫。

大家都站著——之二

早上正在研究室裡看書，同事推門進來，神色不佳的說：「老Ｘ，不好了，我竟然被選上學校宿舍分配委員會的委員！」

同事個性不喜歡「拋頭露面」，兩個孩子又都還小，他不情願去當這個有苦勞、沒有功勞、更沒有掌聲的委員，是很可以理解的。我一邊寬慰他：「當了教授之後，可以多捨己爲群、奉獻犧牲！」一邊拿過他手裡的當選通知來看。

不看還好，一看之下，我不由爲同事的「際遇」喝采。

爲了分配新建和舊有收回的宿舍，學校成立了一個「宿舍分配委員會」。組成份子除了總務長是當然委員，還有九位委員：由七個學院各選出一名委員，加上全校職員中選出兩位委員。委員是無給職、連選得連任一次。在「校園民主」的標竿之下，以這種經由民主程序選出的「代議士」來解決眾人之事，眞是再好不過了。

法學院事務組前一段時間寄發出選票，由全院一百三十八位講師、副教授和教授，以不記名的方式互選一名法學院的代表。選票上整整齊齊的列出了一百三十八位老師的大名；因爲人多，所以用的是B4大小的紙張，旁邊還註明了投票截止和開票的日期。

同事就是在這一百三十八位候選人中，得到比另外一百三十七位候選人都多的選票，眾望所歸的脫穎而出！問題是，那張當選通知上面的鉛字方方正正、清清楚楚的印著：同事得到最高票，他總共得了「四票」！

不錯，「四票」！經過一百三十八位選民公平公正公開的選舉，我的同事的得票數最高；其他有幾位老師得到一、二、三票不等，民意基礎都比不上同事。因此，他將堂堂代表法學院到總區去出席宿舍分配委員會的會議。

可是，這不是有點奇怪嗎？在一百三十八位選民裡得到「四票」的支持，就可以代表所有一百三十八位老師；合理嗎？假設別的學院和法學院一樣大小、全校職員是每一個學院老師人數的兩倍；那麼，如果其他學院和職員的選舉也和法學院一樣，這些「四票委員」們的民意基礎總共會是四（乘）九（得到）三十六，是全部一二四二位選民的百分之三不到。而且，如果這九位委員在討論議案時表決，以五比四通過某些議案；那麼，五位委員背後所代表的二十位支持者的意旨，將壓過其他委員背後的支持者，以及所有沉默的大多數；而這二十人將是總數一二四二的百分之一點六。因此，在極端的情形下，百分之一點六的人所偏好的議案，會壓過其他百分之九十八點四的人。好個「民主集中制」！

雖然這個「四票委員」的結果有點令人訝異；可是，仔細想想，背後的曲折並不難理解。在法學院這一百三十八位高水準的選民裡，已經配到宿舍的人大概不會去關心宿舍分配的事；還沒有配到宿舍的人當然比較關心，也許有興趣到委員會裡去為自己和為同仁爭取福祉。可是，要當選委員代表，單單是有興趣還不夠；還得向同事朋友搜集選票，這可要花時間心力。而且，比自己有興趣的人一定也不少，所以自己何必浪費心神去「作虛功」呢？人同此心、心同此理的結果，是竟然沒有人去爭取選票、也沒有多少人寄回選票——然後是同事的「四票當選」！

不過，從另外一個角度來看，這樣的結果也沒有什麼不好。一百三十八票裡得到四票，固然「代表性」不高；然而，只要大家都支持這種選舉代議的「方式」，都衷心支持（祝福）被選出來的代表，而且也接受這些「少數代表」開會的決議，那麼，這整個「選舉代議」的制度不就能正常運作嗎？不就能順遂的處理「眾人之事」了嗎？得票數的高低有什麼重要！

同事走時還連呼倒楣。我告訴他，如果哪次開會他眞的有事，我可以替他出席。想一想，由他委託我這個「一人代表」也沒有什麼不好，不是嗎？

在課堂上討論「大家都站著」這兩個故事時，我總是請問在座諸君：爲什麼這兩個故事都叫作「大家都站著」？每次問，總是有很聰慧的人指出：前一個故事，是具體的大家都站著；後一個故事，是抽象的大家都站著，因爲其實是大家都袖手旁觀、都坐享其成——也就是，大家都坐著！

民主社會裡，投票率通常很低，原因就是大家都站著——很多人基於理性自利的考慮，選擇成爲冷漠無知的狀態。重點不在後面的冷漠無知，而是在於前面「理性的選擇」。既然如此，對於民主政治的運作以及所可能達到的目標，大家也就值得有一些比較平實的評估和期許。

結語

由經濟學的角度分析政治過程，有幾個重要的體會：首先，是經濟活動和政治活動在性質上，有相當明顯的差別。其次，因爲兩種活動的性質不同，所以會影響到人們的行爲。結果，在經濟範疇和政治範疇裡，就會呈現出不同的面貌。最後，雖然兩種活動的性質和外觀不同，但是都是由同一批人參與和活動。因此，在分析上，是相同的基本單位。

在布坎楠的論述裡，曾多次闡揚分析政治過程（和社會現象）時，方法論上的個人主義。對他而言，有血有肉、理性自利的個人，不僅是經濟活動的基礎，同時也是構成政治過程的基本元素。「把人當人看！」是一個嚴謹分析架構的出發點，實際上也是孕育一個健康民主社會的發軔吧！

【第十章】眞理和聖人？

——政治過程的目標

十幾年前菲律賓的阿奎諾夫人當選總統時，不僅菲律賓舉國歡騰，世界各地的老百姓也都心有所感；當年時代週刊所選的年度風雲人物，就是阿奎諾夫人。

在馬可仕總統（也曾經是眾所擁戴的領袖）長年腐化領導之下，菲律賓人民渴望法治和富足的生活久矣；對於阿奎諾夫人，菲律賓的人民有太多、太深的期望。然而，當她幾年之後離開總統府時，菲律賓的政治還是一樣混濁，經濟還是一樣的一蹶不振，大學畢業生還是一樣要到別的國家當傭工！

也許，把振衰起敝、一校陳窠的責任放在阿奎諾夫人一個人的身上，是不切實際的期望。不過，對於英明領袖、大地之子、聖人、人民導師的期盼，不是還在各個角落裡不斷上演嗎？那麼，在政治過程裡，到底人們所追求的是什麼？經由政治過程，人們又能成就什麼？可以有哪些期望？

要回答這些問題，顯然必須先了解政治過程的性質。在這一章裡，我將由最簡單的情形開始，描述處理「眾人」之事的曲折。然後，是探討少數服從多數，以及選舉投票和代議的意義。最後，則是希望能點明，對民主政治較合理的期望。

聖人和眞理

在一九五〇年左右，當布坎楠這位公共選擇派的創始人，開始接觸政治學的文獻時，他覺得有點驚愕。千百年來的政治經典，似乎都在討論哲王、眞理，好像眾人只要找到一位哲王明君，公共問題就自然消失。或者，只要經過公民們誠懇公開的溝通，就能經由論辯而發掘眞理。既然眞理已出，公共事務自然不會再有爭議矣。

可是，在經濟學裡，布坎楠知道得非常清楚：買賣雙方通常意見不同，才會達成互利的買賣；如果兩人都想買或都想賣，就沒有交換互惠的可能性。然而，在一般人的心目中，卻似乎都覺得眞理是存在的、聖人是有的（只是難找而已）。

下面的故事，反映了對於眞理，一般人普遍都有的情懷。

聖人滿世界？

在隔絕四十年之後，台灣和大陸終於重新建立起往來的管道。不過，四十年改變了很多人事，也造成了許許多多的悲歡離合。我的父母是三十八年前後由大陸來台；在這個大環境之下，我們家當然有屬於我們自己的一份憂喜。

幾年前爸爸和大陸的親友聯絡上時，祖父還健在。因爲當時還沒有開放探親，所以沒有能見上祖父的最後一面；也許就是因爲這一層的愧疚，父親對叔叔和姪子們就特別慷慨。除了匯去大筆的錢幫他們蓋房子，還先後寄過去幾十萬新台幣讓他們做生意。可是，大陸上的親友們卻不斷的有新的名目要錢。

爸爸對這一切都很熱心，但是媽媽很不以爲然。她覺得大陸上的親友把伸手要錢視爲當然，而且沒有感激之意；她認爲爸爸是一頭熱，熱切的有時候幾乎忽略了自己身邊人的情緒起伏。因爲大陸親友這件事，爸媽不知爭執過多少次、嘔過多少氣。我們子女夾在中間，哭笑不得。聽爸爸講時，覺得他振振有詞、理直氣壯；聽媽媽說時，覺得她一忍再忍、受盡委曲。事實上，分開來聽，兩個人都講得很有道理；聽誰講都會覺得另外那一方是不可理喻的「壞人」。可是，以我近四十年相處的經驗，我知道他們兩個人都是「好人」——他們在一年之內所作的「善事」，可能要比我這一輩子作得還多！

有一次我和爸爸開車到機場去接多年不見的二姊；回程路上二姊問爸媽最近相處得怎麼樣，

我忍不住話中有話的說：在鑽研社會科學、探討人的行爲多年之後，我歸納出有關人生的兩大定理：第一，「這個世界上沒有眞理」，所有的道理都是相對的、是條件式的；不過，沒關係；第二，「五十歲以上的人都是聖人」——因爲聽他們敘事說理，總不得不欽佩他們思慮周到、言之成理、處處爲人著想、自己毫無瑕疵。爸爸聽出我話中的調侃，但不以爲意的說：那你自己再過沒多久也是聖人啦！

幾個月之後，有一天和內人發生口角，我突然又想起「世界上沒有眞理」這件事。

我們爭執的焦點，還是兒子吃東西的問題。我說，孩子要吃就吃、不吃就不吃，他生理上自然會調節；不要整天往他嘴裡塞東西，他反而會沒有食慾。她說，小鬼已經是瘦巴巴的，如果不追著餵他還得了。我的態度是，他不吃，就餓他一段時間；一個星期之內一定奏效。她的說法是，別人家的小孩根底厚，經得起餓；我們家小鬼一餓就沒了。然後，她一想起花一、兩個小時準備材料、作東西，再花一、兩個小時一湯匙一湯匙的追著、哄著、嚇著餵小鬼，而我卻總是冷眼旁觀；新仇舊恨湧上心頭，講話的遣詞用字就不是那麼典雅了。

而且，小鬼吃東西只是一例而已。當我們發生衝突時，總是爲我們所共同經歷過的事磨擦。可是，即使當初是我們兩個人一起面對、一起因應的事，事後追究起來，我卻一再的發現，對同一件事，兩個人竟然有南轅北轍的認知和解釋。剛開始時覺得很訝異，明明是同一件事，而且兩個人都還算是講理，爲什麼在認知和解釋上有那麼大的差別？久了之後，我慢慢體會出一點道理：人，就是不一樣。即使是一起生活、最親密、最有默契的兩個人，在某些事情上就是會有不同的看法和感受。而且，因爲每一件事都有很多的面向，兩個人著重不同，當然也就會有各說各話、都有道理的場面出現。因此，一旦有是非發生，重點也許就不在於「找眞理」，而是找到能讓兩個人和平共存的空間就可以了——因爲眞理不一定存在，但是兩個人還得要過下去！

自己體會出對人生這麼深刻的觀察，眞有點洋洋自得、自矜自是。也許，我可以把「聖人」的年齡往下降……

或許心理學家能幫助我們，告訴大家爲什麼每一個人多少都有自以爲是的傾向。也許，在自己所熟悉或能自主的（大小）場域裡，自己是唯一的主宰；因此，事物的意義、發展軌跡、因果關係等等，都是由自己來決定。一旦把這個場域稍稍擴充，馬上就會和別人的場域發生接觸和重疊。但是，人認知能力上的侷限，卻使人們無法意識到情境的變遷。結果，就出現了各說各話、自以爲是的狀況。當範圍變大之後，問題當然更嚴重。

少數服從多數

對於民主政治，很多人會直覺的想到，就是少數服從多數；以數人頭的方式，來代替打破人頭的方式（武力解決）。雖然這個觀念深植人心，特別是對於一些新興的民主社會，往往格外重視選票所代表的意義。不過，想得稍微深刻一些，少數服從多數眞的行得通嗎？

想像最簡單的代議民主：三個選區，每個選區各有三個人；這三個人要推出一個代表，然後組成議會，實施代議民主。如果在第一和第二個選區裡，都是兩人贊成蓋核能廠、一個人反對。少數服從多數的結果，是選出兩個代表都贊成蓋核能廠。可是，假設第三個選區裡的三個人都反對，當然也會選出一個反對的人當代表。當三個代議士組成議會，對核能案投票時，會是兩票贊成一票反對。

然而，在全部九個選民裡，其實贊成的只有四個人，而反對的人卻有五位。因此，代議制之下，即使每一步都是少數服從多數，最後的結果卻變成多數服從少數。顯然，對於少數服從多數這個概念，還值得作進一步的斟酌。

下面這個故事，就是從另外一個角度，探討少數和多數的相對意義。

贏家和輸家

在大學部教財政學，每年總會碰上「政治過程」這一部分，而我也總會以兩個問題當開場白：民主是不是表示「少數服從多數」？還有，「買票」好不好？

對於這兩個問題，學生總是面露困惑的表情：答案不是再簡單不過了，爲什麼要問這種問題？可是，答案眞的是很簡單的嗎？

想像一個社會裡只有三個人，現在要表決一個議案；假設這三個人的得失可以用數字來表示：（+1, +1, -5），第一個人和第二個人各得一單位的好處，第三個人要承受五單位的損失。那麼，少數服從多數，議案通過；可是，三個人（也就是整個社會）的淨損失是負3。少數服從多數好嗎？說到這裡，通常台下一片肅穆。

其次，買票眞的不好嗎？如果這三個人現在面對第二個議案，得失是（+5, -1, -1）。在少數服從多數下，不會通過這個議案；可是，社會的淨利益是正3。因此，在簡單多數的表決下，不該通過的議案（第一個議案），會被通過；該通過的議案（第二個議案），不會被通過。堅持「少數服從多數」，眞的是好事嗎？

如果第三個人和第一個人達成協議，彼此支持；那麼，在表決第一個議案時，第一個人支持第三個人，也投下反對票。結果，不該通過的議案，沒通過。在表決第二個議案時，第三個人支持第一個人，也投下贊成票。結果，該通過的議案，獲得通過。經由選票交換——也就是以票易票、以票買票——資源運用的效率提升，社會的福祉也因而增加。

可是，買票是不對的啊！至少，從小到大，老師和課本都是這麼說的！

如果買票是不對的，不能以票換票；那麼，原住民只占我們這個社會百分之五左右的人口，注定永遠是少數！對於他們而言，要保障自己的福祉，事實上只有透過「選票交換」；藉著支持和自己無關緊要的議案，來換取別人支持自己在乎的議案。因此，結論很簡單，民主政治的精義，不在於禁止買票，也不在於少數服從多數。那麼，民主的精義到底何在？

政治學者往往認爲，民主政治是「零和遊戲」：有人贏就有人輸。因此，有人少繳稅，就有人要多繳稅；有人當選，就有人落選。餅只有那麼大，力量大的人多分些，力量少的人少分些。

不過，經濟學者並不是這麼看民主政治。在「公共選擇」學派創始人、一九八六年諾貝爾獎得主布坎楠的眼裡，民主政治不是零和遊戲，而是「正和遊戲」；而且，民主政治的精義是在於「交換」！

在市場裡，買賣雙方一手交錢一手交貨；這是「交換」，而且雙方互蒙其利。在政治過程裡，民眾一方面繳稅，另一方面得到國防治安交通教育等服務；這也是一種交換。而且，在民主社會裡，每一個人放棄一部分自由，以換取別人也放棄一部分自由；每個人納稅服兵役，以換取別人也納稅服兵役；這是在另外一個層次上的交換。不過，不論是哪一個層次的交換，政治過程裡的交換和市場裡的交換在性質上是一樣的：參與者都是贏家，而沒有輸家。透過民主政治的交換，每個人都得到好處。試問，不透過政治過程的交換，由自己教育子女、自己鋪路會更好嗎？

不過，布坎楠也提醒大家：即使長遠來看，民主政治會使大家均蒙其利；可是，在短期裡，有些人的福祉還是可能持續的受到貶抑。因此，一個成熟的民主社會，就是能讓絕大多數的成員都覺得：自己是贏家，也因而樂於支持民主政治的體制！

這麼看來，民主政治只是「少數服從多數」嗎？

由這個故事裡可以清楚的看出，少數服從多數的作法，只能處理比較粗糙的數量問題，不見得能處理比較精緻的質量問題。而且，如果要繼續深究，到底數量還是質量才代表公共事務的「眞理」呢？答案似乎不是那麼明確。

民主是長城嗎？

無論是少數服從多數或是其他的作法，以選舉代議的方式處理公眾事務，而掙脫了極權專制，這眞是人類歷史上重大的進展。然而，民主代議眞是可以依恃的長城嗎？當大家都說好、沒有任何人有異議的時候，是不是表示已經找到眞正的「眞理」了呢？

下面的故事巧妙的點出，在民主社會裡，「沒有異議」並不表示可以理直氣壯的直道而行。

當老太太造訪你家後院時

一個座落在阿爾卑斯山山腳的村莊裡，有一對年輕的男女陷於熱戀；情投意合之下，女孩懷孕。當女孩產下一子之後，誰知道男孩卻否認自己是孩子的父親。女孩告上法院，男孩卻買通旁人僞證。判決失利後，傷心欲絕的女孩帶著幼子離開村莊。

在命運的安排下，女孩後來嫁作商人婦，商人成爲石油大亨，財產無數。當商人過世後，當年的女孩已是滿頭華髮的老婦人。不過，她矢志復仇。她回到自己的家鄉，然後向村人宣布：她願意以十億美金的代價，買下當年背叛她的人的性命！

村人陷入兩難：也許當年確實錯在男孩，遲來的正義雖然殘缺，也還是正義：可是，以金錢換取正義，良知何安？在錯綜複雜的情懷下，日子一天一天的過去。可是，有些微妙的轉變卻無聲無息的出現：村人的消費水準慢慢增加，和朋友及店鋪間的賒欠也逐漸上升。最後，村人終於通過，男孩必須爲自己當年的行爲付出生命。復仇之後，老婦人夙願以償的離開，留給村人十億元的財富！

這是小說裡的情節，不是眞人眞事。作者是瑞士人杜倫麥，書名爲《造訪》（*The Visit*），被譽爲是二十世紀最重要的德文作品之一。因爲情節曲折，道德和物質、情感和良知的衝突扣人心弦，因此編爲舞台劇推出後廣受歡迎。劇本後來也改編爲電影，美國二十世紀福斯公司製作，由影后英格麗褒曼和影帝安東尼昆主演，轟動一時。也許，人在某種意義上都經歷過類似的情境。

一九九三年六月，瑞士政府宣布，將興建一座處理中低幅射性物質的廢料處理廠：可能的地點共有幾處，渥夫許森是其中之一。渥夫許森的村民表示，如果經過公開合理的程序而被選定，他們會基於社會公益而支持；可是，如果公司想以「回饋措施」來取得他們的支持，他們會堅決反對。

在命運的安排下，渥夫許森被瑞士政府選爲廢料處理廠的預定地。公司進駐村落，和當地居民展開協商，以取得村民的支持。這個村落共有六百四十戶人家，兩千一百人。公司剛開始提出「回饋條件」時，村民一致反對。公司提高價碼，村民不爲所動；公司再提出更優渥的條件。當這個過程漸次發展的同時，一些微妙的轉變悄悄的出現：村人的消費水準慢慢增加，和朋友及店鋪間的賒欠也逐漸上升。有些村民在翻修房舍時，會多添上一、兩間客房；理由是成年子女或「客人」來訪時，可以有個住處。萬一有人要短期「租用」，也剛好能派上用場。

公司持續提高價碼，終於，在一九九四年七月，村民會議以超過百分之六十的多數票通過，同意在渥夫許森設置廢料處理廠。最後的價碼是：公司每年提供三百萬美元，充作地方建設基金，連續四十年。這筆錢等於平均每戶每年五千美金，大約是每人年所得的六分之一。「走路工」說多也不算多，說少也不少。

這是眞人眞事，不是小說裡的情節。瑞士籍的經濟學者佛瑞（B. Frey）教授把事實經過以及訪談所得寫成論文，發表在一九九六年的《政治經濟評論》；論文的題目就是：當老太太造訪你家後院時！

在論文最後，佛瑞教授提出幾點看法，算是由這樁事件中所學得的後見之明。首先，廠商不須心急，最好能慢慢的說服當地民眾。而且，在剛開始時，可以以小型計畫作試探，一方面向當地居地證明本身的條件，一方面也可以降低「一次下注」的風險。其次，回饋條款最好以地方建設這種間接的方式提出，而不是直接以金錢「收買」當地民眾。而且，條件可以逐步提高，讓民眾有時間琢磨這些條件對自己的意義。最後，對於這種牽連甚廣、又不常發生的事，民眾願意公開表達的意願，和心底眞正的想法可能有一段距離：要取得眞正的民意，需要時間、也需要技巧。

當然，還有很多問題佛瑞並沒有處理。譬如，對於兩千人的小村落和對於二十萬人的區域，問題的性質可能就有相當大的差別。而且，在金錢（回饋條款）和道德（公眾利益）之間，眞正的關係到底是如何也不清楚。還有，渥夫許森的例子有多少的普遍性，在其他地方也是如此嗎？

不過，即使佛瑞教授的故事並不完整，事實上每一個人都可以自問：當富有的老太太來訪時，自己的反應會是如何？優渥的條件是「收買」嗎？還是是一種「互惠」？還有，更麻煩的問題是：如果表明就是「收買」，自己會堅持多久？自己又能堅持多久？

似乎，即使當大家都說好的時候，也只表示現在活著的人說好；過去的人和未來的人未必同意，而這些人的意見也許更爲重要。具體而言，在民主之外，「法治」也許才是民主政治的守護神。法治，反映了過去所累積下來的價值，但是也代表了現在的人所可以依恃、同時也必須要（値得）受到節制的長城。

理論和偏好

如果人們都維持自己的認知和邏輯，那麼在交往互動和處理公共事務上，不就變得「一人一把號、各吹各的調」了嗎？人們彼此之間的歧異，到底要怎麼來理呢？

下面的故事，就是試著澄清公共事務的性質。

為真理而戰

美國的布坎楠教授於一九八六年得到諾貝爾經濟獎之後，收到世界各地的邀請，請他去演說和講學。

盛名所累之下，這些邀請有時候多得他幾乎無法負荷。但是，他總是盡可能的撥冗應邀，特別是對於那些來自小學校、小地方的邀約。他希望能到那些其他大師可能不願意一顧的地方；因爲，他說，他要讓這些地方的人親眼看到，像他這樣一位來自小學校，數十年學術生涯裡備受忽視冷落、沒有顯赫資歷的學者，一樣可以經由長時間平實的努力而得到學術領域的桂冠！

在這些演講的場合裡，布坎楠總是一而再再而三、不厭其煩的闡揚他所創學門「公共選擇」和「憲制經濟學」的精義。有一次，他談到了規畫憲章時的難處……

一般政治學者在探討政治問題時，往往針對眼前的各種政治現象來論對是非，以及提出興革的建議。可是，既然政治現象是在現有典章制度結構之下的產物，要改善現況就值得從比較根本的典章制度本身著眼。不考慮結構性問題、而只在個別問題上打轉，就有點像「頭痛醫頭、腳痛醫腳」：永遠是一種消極片面的因應，而不是全面積極的主動調整。

一旦把關注的焦點由「個別問題」轉移到「基本規章」上，下一個問題當然是：怎麼選擇典章制度？既然有那麼多不同的典章制度，怎麼樣才能選出眾人所支持、可長可久的典章制度？

對於這個棘手的問題，布坎楠毫不迴避，而且是正面面對。他把一個人對典章制度的選擇分成兩部分：「理論」的部分和「偏好」的部分。既然可能的典章制度有很多種，而每一種典章制度的特性各不相同；因此，值得平實深入的了解各種典章制度的特點，採行之後所可能產生的結果。這個部分就可以藉助社會科學、乃至於自然科學研究的結晶，客觀的加以比較。這純粹是推理和分析，絲毫不帶感情的成份；這就是「理論」的部分。

即使經過比較分析，知道每一種制度的特性；但是，每一個人基於各自的背景、身分、地位，而會對於各種特性有不同的好惡。譬如，大家都同意直接稅和間接稅的特性不同。可是，如果我是家有恆產的人，當然反對偏重對財產課稅的間接稅；如果我是靠薪水度日，當然贊成多課間接稅而少課所得稅這種直接稅。這種是純粹由於個人特質而產生的好惡，是不能用「理論」來解釋的；這就是「偏好」的部分。

既然典章制度的取捨是由眾人選擇，因此，對於「理論」的部分，就值得透過溝通說理，取得大家共同的認知——一種對理論的「共識」。可是，對於「偏好」的部分，每個人既然各有所好，也就毋須強求一致，而只要找到彼此能容忍共存的交集就可以了——一種不同偏好下的「妥協」。

布坎楠對「理論」和「偏好」的觀點當然很有啓發性。對於典章制度的選擇，大家可以先把各種可能的安排放在一起，理智客觀的比較各個安排的特性；然後，在尊重每個人偏好歧異的基礎上，尋求大家都能（勉強）接受的妥協。更廣泛的看，「找眞理」只不過是在「理論」層次上的辯難而已。一旦進入「偏好」的層次，「眞理」根本不存在；有的只是每個人自己的好惡。這時候，除了尊重他人的好惡——就像希望別人也尊重自己的好惡一樣——沒有、也不應該有其他的企望！

布坎楠曾用一句話精緻傳神的點出了民主政治的內涵，他說：有些人喜歡吃大蒜，有些人不喜歡；同樣的，對於援外的支出亦復如此！仔細想想，吃不吃大蒜每個人可以各取所好、各得其所；援外和其他的公共事務卻不能這麼作，而必須有其他能爲衆人所接受的安排。不是嗎？

由故事裡的論述可以發現，在人際互動時，可以試著找出某些大家共同接受的交集；然後，在這個交集的基礎之上，處理那些不屬於交集的部分。

當然，關鍵之一是：在公共事務上，哪些是大家都認同的「交集」？

結語

傳統政治學裡，對政治過程或民主政治有一些基本的信念，這些信念也成了一般人所認定的價值；譬如，找到眞理或好人、少數服從多數等等。可是，由經濟學的角度來看，政治過程只是人們從事的諸多活動之一，和眞理聖人無關；而且，透過少數服從多數和表決，也未必會得到好的結果。因此，在學理上，傳統政治學的諸多觀念必須修正或揚棄；而一般民眾對政治和民主，當然也值得更精緻的認知和體會。

要爲民主下個明確的定義，顯然並不容易。不過，雖然我們不一定知道民主「是」什麼，我們卻很清楚的知道民主並「不是」什麼：

民主，不（只）是少數服從多數！

民主，也不（只）是選舉和代議！

第十一章 到民主之路

——探索民主的真諦

幾年前，校園民主的呼聲甚囂塵上；各級的學術主管，幾乎都由選舉產生。可是，在選風欠佳的風氣下，大學校園內的選舉，卻產生了許多令人意料不到的現象。

有一次，我聽到別人轉述某個學院院長選舉時的一段插曲：因爲競爭激烈，所以拜票拉票的動作不斷。在一個風和日麗的下午，候選人之一在校園內的水池旁碰到一位同事／學弟。候選人又誠摯無比的，向這位同事剖明心跡；然後，爲了表示自己的情懷，候選人向同事／學弟下跪！看到自己的學長下跪，學弟當然也慌忙跪下，兩人拉拉扯扯，都不願意起身。學生們由旁邊經過，不知道發生了什麼事，還以爲是兩位同志決定私定終身！

事後，候選人堅決否認，表示絕對沒有下跪的事；不過，有人問那位同事／學弟時，他二話不說，把自己的褲管拉起。兩個膝蓋上，都還是跪在小石子地上留下的瘀血！當我聽到別人轉述這件軼聞，覺得心靈上受到很大的衝擊。兩位大學教授，竟然會爲了選舉而下跪發誓；當天晚上，我輾轉難眠。心裡還僅有的一份純眞，好像就在那天晚上消逝無蹤。幾天之後，我開始在腦海裡琢磨。下跪（當然）不是民主，不過，民主到底是什麼？

在這一章裡，我將描述這一趟「探索民主之旅」的過程。首先，是提出對民主這個概念的好奇；其次，是嘗試捕捉民主的精神；再其次，是思索實現民主所採取的方式。最後，是探究維繫民主的核心價值。

民主是什麼？

如果要用一、兩個核心的概念，來捕捉民主的精髓；那麼，這一、兩個核心的概念是什麼？下面的故事，就是以眞實的事例，反映出問題的微妙。

民主的真諦

在「大學自治」、「校園民主化」的趨勢之下，系裡前一段時間通過了「系（所）主任遴選辦法」，明訂以普選的方式選出我們的系（所）主任。

前不久系主任因故出缺，系裡上下就煞有介事、中規中矩、按部就班、照章行事的依「遴選辦法」辦理選務工作：先是連署推薦候選人——每一位候選人要有系裡五位（以上的）老師連署才能成爲候選人；然後是公布候選人名單及政見；再來是十天左右的「競選時間」；接著是一個星期的投票（因爲考慮到任課老師到學校的時間以及在海外遊學老師的權利）；最後當然是開票。

雖然這是第一次依「遴選辦法」辦理選舉，在過程裡也不可避免的出現了一些瑕疵和疙瘩；但是，新的系主任還是在緊張的氣氛中順利產生。可是，選舉結束已經有一段時日，但選舉期間的一些點點滴滴卻常在我腦海裡浮現……

在競選的那十天左右，大家的生活好像都有點不一樣；教員休息室裡經常看到候選人進出，幫忙助選拉票的人也在各個研究室之間穿梭。有人說，這一個星期裡接的電話比去年一整年接的還多。新的友誼（聯盟）在熱切的招呼下出現，（有些）舊的交情在磨擦誤會裡消逝。多年前的瘡疤被很有技巧的提起，新的指控也在信誓旦旦的陳述中慢慢凝結。「賄選」、「樁腳」、「口語」、「秋後算帳」的字眼會偶爾在耳邊響起……

根據我的接觸和耳聞，系裡老師投票支持某一位候選人的原因各有所據、不一而足：

「我投給他是因爲他教過我，是我的老師！」

「因爲上次選舉他來拉票時，我已答應投給另外一位；所以，我當時答應，這次選舉會投給他！」

「他人不錯啊：我出國時，他都幫我照顧我研究室裡的室內植物！」

「他是我大學同班同學嘛！」

「我投給他，是因爲幫他拉票的人在我太太當年升等時，幫了她很大的忙！」

「我們已經有二十年的交情了，當初是一起幹助教上來的！」

「我能回到母系教書，全是我老師的提拔；我當然投他！」

「我們的研究室就在對面！」

「幫他拉票的是我的好朋友嘛！」

「我們中午常一起吃便當啊！」

「我說他買兩瓶啤酒請我，我就投他；結果他眞的買了兩瓶台灣啤酒給我！」

按理說，選舉應該是要「選賢與能」的——尤其對（我們）這群高級知識分子而言。不過，在諸多言之成理的說詞裡，好像沒有（幾個）人是因爲某候選人學問好、能力強就支持他的。有的盡是人情上的往還（包袱），人緣的好壞反而變成最重要的因素。這到底怎麼回事呢？是因爲剛採用選舉這個制度，在過渡階段大家還不適應？還是在這種小範圍裡的選舉，最後必然是以人情爲依歸？或者，系所主任本來就是爲大家服務，人緣好才能推動系務，所以當然應該讓廣結善緣的人出線。那麼，是不是選舉的意義就是在於選出最有人緣、平常最注意（經營）人際關係的人呢？民主的眞諦到底是什麼？

開票時發現有一張選票的圈選章是蓋在兩個候選人之間；三分之二在一個名字上，三分之一在另一個名字上。沒有人能肯定的說這張票是誰投的，不過，「據說」投這張票的人是因爲不勝其擾，所以先後答應兩位候選人。因此，爲了遵守諾言，他兩個都支持……

純粹從技術上來看，這個故事透露出一點重要的訊息：在大範圍的選舉裡，不論是候選人和投票人，或投票人和投票人之間，彼此都沒有直接的接觸。誰投票給誰，只有自己知道；而且，事後也不會再密切相處。

可是，在小範圍的選舉裡，彼此之間平日就有非常密切的交往；言談舉止間，多少都會不經意的顯示出自己的好惡。因此，一旦採取投票的方式，很容易就變成涇渭分明的「靠邊站」——誰投給誰、沒有投給誰，彼此可能都一清二楚。對於日後還要天天碰面的交往互動，平添了許多額外的酵素！

不過，這個故事也具體而微的反映了，「校園民主」其實是一個很抽象的概念；雖然聽起來是誘人的口號，可是要充填有意義的內涵，卻不容易。

自由和平等

在共產主義和極權國家裡，也有選舉；而且，候選人通常只有一位，得票率也經常超過百分之九十！但是，生活在外面的人，卻會一笑置之；生活在這些政權裡面的人，往往會流傳出很多反諷嘲弄的笑話。因此，選舉，可能只是民主制度中的一個（小）環節。民主，可能隱含了許多其他重要的成分，也可能意味著需要一些很基本的價值來支撐。

下面的故事，就是對民主內涵的探索。

民主的基礎

前一段時間，校園裡某個系的系主任出缺，就以普選的方式選舉新的系主任。候選人有三位，不過焦點集中在其中兩位年齡、資歷相仿的老師。

這是大學校園裡的選舉，候選人和「選民」都（應該）是社會上最能以理智思維來取捨，而不受其他因素影響者；這應該是「君子之爭」。可是，也許對大家來說，選舉還是需要摸索學習的「新事物」；所以，在競選過程裡也發生了令人遺憾的一些曲折。

候選人之一在系裡從助教開始，服務已經超過二十年，在院裡和學校都有很好的人際關係；有他當家，對於系裡在向外爭取奧援上當然能得心應手。也許是在拉票時他把這個優點講得太順口了一些；另外一位候選人的支持者放出風聲，說他「賄選」——說他向系裡副教授保證，如果他當選，可以把升等的尺度放寬；在院裡和校方也都能護航過關！

同樣一件事總可以有不同的講法，被傳開「賄選」的那位候選人的支持者倒過來也放話，說另外那位候選人有恐嚇脅迫的嫌疑——因爲他們的說詞是：如果副教授們支持那位「賄選者」，等於是自己對自己在學術上「放水」；將來在提出升等時走著瞧！

雖然「賄選」和「反賄選」都和我無關；可是，站在事不關己、旁觀者的立場，我卻覺得有點困惑：以選舉來解決眾人之事號稱是「民主」的精髓。可是，選舉所（可能）隱含的威脅利誘，以及對當事人心理上的考驗折磨，難道是民主正常運作的一部分嗎？到底什麼是民主？民主的眞義是什麼？

稍稍在腦海裡咀嚼一下這些問題，我覺得有點迷惘，也有點惶恐……「民主」應該不只是「少數服從多數」吧！如果這就是民主的眞義；那麼，在任何一個時點上，社會裡最有錢的人只是極少極少數，難道其他人可以「少數服從多數」的把這些有錢人的財產充公或均分嗎？還有，選舉投票時，當選人獲得的票往往不到投票人數的百分之五十——還不包括那些沒有投票和不能投票的人口；即使如此，大家還都承認他（她）當選。這似乎也不是少數服從多數！

民主似乎也不只是以「選舉」來解決眾人之事。民主社會裡司法體系的各個環節通常不是由選舉產生的，可是，相信大家都同意：讓民主政治正常運轉，司法體系是很重要、不可或缺的一環。同樣的，大眾媒體也不是由選舉產生的，可是大眾媒體對民主政治更具有監督防腐的功能。所以，選舉應該只是民主政治的一（小）部分而已！

那麼，追根究柢，民主的本質到底是什麼呢？仔細琢磨琢磨，也許民主的眞義是在於人——相關的人——能在「自由」和「平等」的基礎上，摸索出一些眾人所接受、解決眾人之事的作法吧。最後的「作法」是什麼並不特別重要，（三權分立或五權分立各有利弊，中央集權或地方分權要看條件）；重要的是，參與者能在平等、自由的基礎上，無拘束、不受心理壓力或肉體脅迫的表達自己的意見。然後，經過溝通、協調、妥協、合作，得到的是什麼就是什麼——如果在平等自由的基礎上大家決定要由一個人完全代理（獨裁），這又有什麼不對！

如果在「平等和自由」的基礎上決定眾人之事是民主的眞諦；那麼，系主任似乎也不一定要由「選舉」來產生吧，不是嗎？

經濟學者常強調，最好市場裡有「競爭」。原因其實很簡單，因爲當買方和賣方都面對競爭時，等於彼此是處於平等的地位。（在壟斷的市場裡，只有一家廠商，買方和賣方顯然就不是處於相等的地位。）既然是處於平等的地位，經由自願性的交易，當然就得到雙方互蒙其利的結果。

在市場裡是如此，在政治過程裡也是一樣。不過，要維持政治過程裡的平等和自由，並不是一件容易的事！

方式

在民主政治裡，選舉代議其實只占了人們日常活動很小的一部分。而且，政府透過行政體系推展政務，司法機關透過本身體系維繫法治，都和選舉沒有直接的關係。可是，卻沒有人會表示，政府或法院不是民主制度的一部分。那麼，人們站在自由和平等的基礎上，透過哪些方式來體現民主的內涵呢？

下面這個故事，就是關於方式和手段的考慮。

到民主之路

雖然一般人在想社會問題時，會很自然的從「公平」、「正義」這些角度著眼；可是，如果要進一步的追問到底什麼是公平和正義，得到的可能就是一個困惑的臉龐和有點被激怒的表情……

約翰．羅斯（J. Rawls）教授在一九七一年出版《正義論》，這本書對於社會科學研究者產生了深遠的影響。在這本名著裡，羅斯用名聞遐邇的「差異原則」來界定一個他認為正義的世界：如果在一個世界裡，貧富之間的差距是能讓最不幸的份子得到最多的照拂，那麼，這個世界就是合於正義的！

雖然這個「差異原則」很有啓發性，可是長遠來看，羅斯的貢獻應該是在於他為思索問題提供了一個新的角度——他以「無知之冪」的觀點來討論原則性的問題：在思索社會問題時，為了避免一個人受到自己身分、地位、職業、性別等等因素的影響而有偏誤，最好試著從目前的身分中抽離出來。假設自己眼前有一層「薄紗」，一個人不知道薄紗掀起之後自己的身分或地位；那麼，既然將來自己有可能落在任何一種身分和地位裡，所以在思索規畫社會制度時，就可以摒除個人私利的考慮，而純粹從「公平」和「正義」的角度去斟酌。

羅斯的創見確實發人深省。不過，既然在思索問題時人事實上已經存在，也就（不可避免的）知道自己的身分；那麼，「無知之冪」由何而來？

布坎楠和塔洛克（G. Tullock）這兩位學者提出一種比較周到的看法：雖然在想問題時，人不可避免的已經知道自己的身分和地位，也就有本身利害的考慮；不過，未來總是充滿著不確定性。今天是高官巨富，明天可能已經是過眼雲煙而成爲布衣走卒。所以，只要未來存在著這種「不確定性」，那麼，一個人基於自利自保的考慮，就會設想出比較公平合理的制度——因爲自己將來永遠有可能成爲需要別人濟助的弱者。

布坎楠和塔洛克的觀點雖然比羅斯更有說服力；不過，人所面對的問題往往就在眼前，而不是在遙不可及的未來。那麼，在想問題時是不是有更直接、更平實的角度？

社會學者寇爾門提出了一個更具體生動的思考方式：在思索社會問題時，先從自己的立場（利益）去想；然後，再假設自己是一個立場（利益）完全相反的人，再由他（她）的角度去想。如果有某一種安排能被這兩個完全不同立場的人所共同接受；那麼，這顯然就是一種好的、而且是可行的作法。

把寇爾門的想法換一種說法，其實就是「己所不欲，勿施於人」的道理——你自己所不願意接受的安排，別人也不會願意接受；因此，這將不會是一種能眾議僉同的作法。

不論是羅斯的「無知之冪」、布坎楠和塔洛克的「不確定性」、寇爾門的「站在別人的鞋子裡設想」，對於思考公共事務都有相當的啓示。不過，這三種觀點事實上都隱含著以理服人的特性——透過說服的方式，希望別人能接受自己的想法，希望在觀念上大家能找出討論的交集所在。

然而，人畢竟是人，你的「己所不欲，勿施於人」很可能就和我的「己所不欲，勿施於人」不一樣；「講道理」有時而窮。在這種情形下，是不是還有其他可以憑依的準則呢？譬如，如果說民主的眞義就是在於「眾人在自由和平等的基礎上解決眾人之事」；那麼，當有人（大家）對「自由和平等」有很不一樣的解釋時，怎麼辦？

也許，追根究柢，「民主」就是一種「講理」和「說服」的過程。除了訴諸於人的「理性」，事實上別無所依。這一方面反映出人的脆弱性；但是，另一方面，或許這正反映出對人的信心和期許吧！

因此，民主政治所採納的方式，可以有非常多種；可是，無論具體的作法如何，都隱含了以講道理的方式來處理公眾事務。

最高指導原則

在有些民主國家裡，議會是上下兩院，有些國家則是單一國會；同樣的，有些民主國家是採總統制，有些則是採取內閣制。雖然採取的制度（工具）不同，可是絲毫無損於實現民主政治的內涵。那麼，在紛歧的表象之下，有沒有某種核心理念（或價值），是這些民主國家所共有的？

下面的故事，就是對民主政治核心價值的探索。

民主的精髓

二次大戰後，年輕的布坎楠剛從美國海軍退役；在芝加哥大學取得經濟學博士學位之後，到維琴尼亞州的一所小學校任教。沒多久，在大學裡主修國際關係、戰後曾在美國駐天津領事館服務的塔洛克，也因緣際會到同一所小學校遊學。

布坎楠和塔洛克雖然所學不同，但是兩個人很快的就找到了交集：對政治現象的探索。然後，他們截長補短，在一九六二年出版了《眾論》（*The Calculus of Consent*）——一本以經濟學的分析工具探討政治現象的論著。這本書不但開創了「公共選擇」這個新的研究領域，對經濟學和政治學都產生了深遠的影響；而且，由於這本書和往後的貢獻，布坎楠教授於一九八六年實至名歸的得到諾貝爾經濟獎！

在這本經典之著裡，到處可見兩人心血智慧的結晶。只要仔細看完全書，相信任何人對民主政治都會有一番迥然不同的體會……

因爲布坎楠是經濟學者，所以書裡很自然的就從經濟學的角度來認知和闡釋政治活動：在市場裡，買賣雙方一手交錢一手交貨。兩個人透過「交易（換）」不但均蒙其利、皆大歡喜；而且，更重要的，是「交易」隱含著雙方都是自願的，並且都同意交易的條件和內容。如果買賣雙方的任何一方有異議，互利的交易就無法達成。因此，交易意味著雙方之間有某種「共識」。

當然，「市場交易」不能解決人的所有問題，類似交通國防治安這些事只好交由「政治過程」來處理。在現代民主社會裡，這些事就是透過選舉代議、均權制衡這些安排來折衝。可是，在觀念上來說，政治過程也可能看成是一種「交易（換）」：我按時納稅以換得別人也按時納稅，我放棄爲所欲爲的自由以換取別人也放棄爲所欲爲的自由。因此，我們事實上可以由「交換」的觀點，而不是由傳統政治學強凌弱、眾暴寡的觀點來認知政治過程。

既然在市場裡的交換是雙方都蒙其利，政治過程裡的交換也應該是能讓所有的參與者都得到好處。民主社會裡是以表決的方式來解決眾人之事；因此，唯一能保證讓每一個人都獲利的表決方式就是「全體一致決」——除非自己同意，否則任何一個議案都不能通過，所以自己不會受損。因此，除非議案對自己有利，否則自己不會贊成，自己一定能從通過的議案中享受到利益。「全體一致決」就和市場裡兩人之間的交易一樣，能取得所有相關人的「共識」。

可是，雖然「全體一致決」在概念上很有啓發性，在實際運作上卻窒礙難行。每一個參加過會議的人都知道，三個和尚已經沒水喝了；要尋求眾人的「共識」，談何容易。布坎楠和塔洛克是聰明人，當然也體會到這一點。不過，這事實上正好襯托出他們對民主政治觀點的積極性：在處理眾人之事時，應該是採取能保證皆大歡喜的「全體一致決」。不過，眾人彼此之間溝通協商、爭執衝突等等，都要付出時間心力。要達到「全體一致決」的共識，成本非常可觀。因此，爲了避免耗費太多溝通協商的成本，就可以勉爲其難的不採取全體一致決；而以三分之二決或二分之一的簡單多數決替代。

因此，「全體一致決」是處理眾人之事的標竿。雖然因爲實際因素的考慮而「放棄」全體一致決；不過，那是不得不、是退而求其次的作法。在觀念上，要盡可能的照顧到所有人的利益。如果人在市場交易裡可以獲利，爲什麼在政治過程裡不能有同樣的期望？如果少數服從多數是民主的精義的話，那些「永遠的少數」難道不會揭竿而起嗎？

布坎楠和塔洛克所強調「全體一致決」的概念當然不需要限制在「表決規則」上；一般人對於民主政治的體制和對私有財產權的支持，都可以看成是在某種意義上實現「全體一致決」。不是嗎？

當然，有趣的問題是，如果社會裡沒有眾議僉同的共同基礎（共識），怎麼辦？答案其實很簡單：在有了共識、願意坐下來講道理之前，可能不可避免的會有一段混亂時期。在這段時間裡，強凌弱、眾暴寡，比拳頭大小和聲音高低。等到大家慢慢體會到，強弱眾寡都可能會易勢，拳頭聲音都不是恆久的依恃；這時候，才有可能大家彼此同意，摸索進入坐下來、講道理的階段。

再思投票的意義

在新興的民主社會裡，一般民眾初嚐民主的美味；除了有一絲好奇和猶豫，往往有更多的憧憬和期盼。在這種情懷之下，對於「公民投票」似乎有許多嚮往和堅持。然而，絕大數民眾所不了解的，是公民投票其實只是民主制度的一個小枝節；而且，這個枝節的存在和意義，其實是由許多其他條件所支持。

下面的故事，就是對公民投票的內涵，作比較深入的探究。

有關「公民投票」的「公民投票」

前一段時間，美國參議院在審議一個由總統提出的法案時，引發了激烈的爭執。支持和反對的雙方舌劍脣槍、合縱連橫之後，開始投票。開票結果：四十八票贊成，四十八票反對，四票棄權。

依參議院的議事規則，當雙方票數相等時，參議院主席——也就是副總統——可以投票。既然法案是由總統提出，副總統當然投下關鍵性的贊成票。主席投票之後宣布結果，還不忘記美式幽默的加上一句：行政部門以「極大的差距」獲得勝利！所有的參議員都鼓掌大笑，不論立場。

雖然這件事有點像是民主政治的「花絮」或「佳話」；但是，仔細想想，這件事卻寓有深意：即使贊成和反對雙方對「問題本身」的意見南轅北轍、互不相讓；可是，一旦投票表決，雙方對「表決結果」都一致遵從。因此，民主政治的重點，似乎並不在「投票」本身，而是在於大家對「投票」這種決定事情的方式，以及對「投票結果」的共識和支持。

事實上，這個觀點還可以作進一步的引伸，尤其是對於「公民投票」這種獨特而重要的決策途徑……

既然公民投票牽涉到社會所有的組成份子，議決的事項也可能有相當的爭議性，而表決的結果又往往有強制的約束力；因此，對於以「公民投票」的方式來處理某個議題，可能會有很多的人反對。所以，在以「公民投票」表決之前，應該先要決定：「要不要採取『公民投票』來議決某個議題？」

這個「要不要『公民投票』？」的問題，顯然必須先於「公民投票」本身而決定。可是，對於這個「先一步」的問題，又要採什麼方式來決定呢？如果是採取表決的方式，那麼是要採取二分之一的簡單多數決、還是三分之二或更多的嚴格多數決？這自然要先決定。可是，對於這個「先兩步」的問題，又要採取什麼方式來決定呢？當然，延伸下去，「先兩步」之前還有「先三步」、「先四步」、「先五步」等等的問題……

要解決這種「投票方式的投票方式的投票方式……」——專有名詞稱爲「無窮迴歸」——的問題，只能祈求在這一連串的表決機會中，能在某一點上取得全體的共識，得到大家的支持。譬如，只要「所有的人」都支持在某一個點上採取三分之二決，就可以採取三分之二的表決方式來進行下一個表決。一路表決回來，如果都通過，最後才是在大家都支持以「公民投票」來

> 議決的前提下，進行「公民投票」。
>
> 因此，「公民投票」絕不只是單純的投票而已，而是牽涉到投票前、投票本身、投票結果三個部分。除非絕大多數的人都支持以「公民投票」的方式來議決某些議題，都贊成投票過程本身（包括時間、方式、表決事項等等），都承認表決的結果；否則，當這些條件都不具備時，「公民投票」反而可能成爲引發社會動亂、誘發組成份子彼此猜忌對立的觸媒！
>
> 當社會上一部分人極力鼓吹以「公民投票」來解決某些爭議時，透露出的是一種警訊：很可能是因爲社會正常的典章制度（譬如選舉、代議）不能有效的反映和處理社會成員的心聲，因此希望能跨越這些其他的管道而直接由自己來作決定。在這種環境下，除了對準備公民投票的議題多加辯難澄清，更重要的應該是仔細檢討一下典章制度的良否，以及一般民眾對這套基本典章制度的信心。畢竟，典章制度到底能不能發揮作用，最後還是要看社會中絕大多數人願不願意支持這套典章制度。「公民投票」可以是（或應該是）現代民主社會典章制度的一環；可是，作爲一種解決問題或決策的方式，公民投票能否發揮功能，顯然要看社會組成份子的意向。
>
> 享受美國副總統一票之差「重大勝利」的，應該不是美國總統，而是所有的美國人……

二次世界大戰之後，出現了許多新興的民主國家。這些國家原來都是帝國列強的殖民地，也希望能透過民主制度而享受富裕繁榮的果實。而公民投票，就是經常被採用的方式之一。可惜的是，民主制度猶如曇花一現；這些國家很快落入部落派系傾軋或強人血腥獨裁的境地。對民主內涵的掌握和實現，也許需要相當的時間和耐心吧！

結語

在經濟活動裡，「市場機能」這個概念，很精緻的反映出經濟活動的核心精神。在政治過程或民主政治裡，如果要找出同樣的核心概念，可能就需要費一番思量。

投票選舉，只是民主很粗糙的表象。人們在自由平等的基礎上，處理共同的事務——這也許是民主的精髓之一。由另一個面向來看，以講道理和說服的方式（而不是其他方式）來面對問題，也是重要的體會。在最高的層次上，人們某種程度的「共識」，可能是維繫民主政治的基本條件。如果沒有某種共識，顯然不可能進入講道理的階段，也不可能有自由平等表達意見的機會。

因此，政治過程和民主政治的源頭，可能就是人與人之間某種形式的「交集」（共識）吧！

【第十二章】公平正義的經濟意義

在英國，著名的是名勝古蹟、歷史文物，但絕不是食物。英國名氣最大（也備受嘲諷）的食物，大概就是炸魚和薯條（Fish and Chips）。

炸魚，是一大塊鱈魚裹麵油炸；薯條，要比麥當勞的粗大很多。兩者都沒有加任何調味料，要自己灑上一些胡椒粉或沾一點番茄醬。典型的食之無味，棄之可惜。然而，說來奇怪，在經濟學的發展上，炸魚和薯條卻有不可忽視的關鍵地位。

諾貝爾獎得主寇斯在英國出生，在倫敦政經學院受教育，也在英國教了一段時間的書，然後才移居美國的芝加哥大學。他在一九六〇年發表的論文〈社會成本的問題〉，不僅是經濟學和法學這兩個領域裡被引用次數最多的論文，而且這篇論文公認是「法律經濟學」這個新興領域的奠基之作。

在這篇經典之作裡，寇斯舉英國歷史上的一個官司爲例：在一個住宅區裡，有位老兄開了一家炸魚薯條專賣店；雖然香味四溢，但是有人不滿，而且告到官府裡去。法院留下的判決書顯示，法官們是由對錯和因果關係著眼。寇斯卻不以爲然，他認爲：在考慮這個問題時，應該斟酌哪一種界定權利的方式，可以使「社會的產值」極大？

換言之，他認爲：衡量原告被告有理無理，不應從公平正義的角度著眼，而值得從經濟效率的角度評估！這個觀念上的轉折，不僅震撼了經濟學界和法學界，也開創了法律經濟學這個領域！目前，法律經濟學不但蓬勃發展，而且已經逐漸爲傳統法學界所接納，也正慢慢的在改變整個法學的風貌。更重要的是，在經濟學向政治、社會、法律等領域擴充的過程裡，法律經濟學是成果最爲豐碩的領域。

在這一章裡，我將先利用一個實際的案例，說明傳統法學和經濟學在分析角度上的差別。然後，我會試著闡明，公平正義的概念除了是一種價值，也是一種「工具」。最後，則是考慮，如何選擇較適當的工具。

法學傳統

我曾經受邀到某個單位介紹法律經濟學，這個單位有非常多的法律學者，結果少不了是一番脣槍舌劍。事後，主辦者（也是一位法律學者）告訴我，千百年來法學有非常光榮高貴的傳統；對於法律，法律人都有一種自然而然、無可名狀的驕傲。因此，一旦面對其他學科的挑戰，當然會有點義憤塡膺。

法律人覺得自豪，當然可以理解。和經濟、政治、社會等學科相比，法學至少具有兩點很特殊的性質。首先，如果把經濟學者、政治學者和社會學者全部剷除，社會照常運轉，人們還是會從事經濟、政治、社會等領域裡的活動。這些領域裡的學者和理論，可以說無關緊要。法學則不然，司法體系的運作和法學理論密不可分，法律學者的地位重要無比。而且，這些法學學者形成一個自足的封閉體系，本身就是至高無上的權威。法律學者說誰對誰就對、誰錯誰就錯；經濟學者說哪種牛奶好喝，有誰會搭理他？

其次，在其他學科裡，文字記載並不特別重要；可是，在法學裡，無論是採取成文法或不成文法的國家，文字記載都非常重要；法規或判例，都藉文字來保存。而且，文字的內涵，就是由法律學者來闡釋和決定，然後對社會一般大眾產生約束力。

這兩個因素結合在一起，使得法學有非常濃厚的歷史性、傳承性、規範性；同時，也使法律學者自滿，覺得自己是置身（依附）在一個尊榮無比的傳統之中。

法律經濟學

既然傳統法學自給自足，又有尊貴高雅的傳統，市俗（市儈）無比的經濟學能有什麼貢獻？多言無益，下面的故事，或許可以稍稍反映出經濟學對法律問題的特殊見解。

金手指的故事

生命是無價的嗎?這是個有趣的問題。不過，這當然是指人的生命；動物的生命是有價的——小犬曾在假日花市買了兩隻寄居蟹，大的三十塊，小的二十塊；所以，動物的生命不但有價，而且價格不一。

爲什麼「生命是否無價」這個問題有趣，是因爲這和一連串的法律判決有關。每隔一段時間，報紙上就會出現「金手指」或「金腳趾」的故事：有人在幾家不同的保險公司投保意外險，總保額往往逾億。然後，到大陸或越南的偏遠地區旅遊時，發生意外，削掉小指頭。因爲四肢傷殘是重大傷殘，所以會得到高額理賠；少了一（兩）根指頭，多了幾千萬的鈔票。保險公司認爲是惡性的重複投保，是詐欺，所以拒絕理賠。投保人告上法院，而法院一直判決原告勝訴，理由是：財產可能會過度保險（房屋值五百萬，投保火險五千萬，然後縱火而申請理賠）；可是，「生命無價」，所以不可能過度保險！

不過，人命眞的無價嗎?過去飛機失事，每位乘客賠兩、三百萬台幣；隨著經濟成長和民意高漲，賠償的金額愈來愈高。最近一次空難，每位遇難乘客賠新台幣一千兩百萬。另外，過失致死時，往往會根據死者的「終生所得」來賠償；因此，醫生律師賠得多，一般人賠得少。還有，消防隊員有職務加給，老師沒有——因爲消防隊員的生命要經常面對考驗和威脅。還有，買汽車時如果要加安全氣囊，要多花幾萬塊，但是對生命比較有保障。所以，事實上，生命是不斷的、以各種不同的方式、直接間接的被賦予某種價格。

一般人會認爲「生命無價」，只反映這是一個未經深思的概念，因爲一般人不需要去面對「訂價」的情形。一個例子足以烘托出中間的曲折：故宮博物院裡有許多「無價之寶」，萬一發生戰亂，試問要救人還是救古董？還有，如果法國國家博物館送給故宮一個法國國寶，故宮要回禮，那麼，在故宮眾多的無價之寶裡，是不是也有高下輕重的差別——我們可能把「翠玉白菜」送給法國嗎？因此，「無價之寶」和「生命無價」一樣，都是沒有經過仔細檢驗的概念：一旦面臨試煉，還是能分出一個大小先後。

當然，有人會認爲，即使因爲客觀因素的限制，不得不對生命訂價；可是，生命「應該」是無價的。可是，如果接受「生命無價」這個概念，那麼因爲生命太珍貴了，珍貴到不能有絲毫的閃失；所以，人類絕大部分的活動都必須停頓——開車可能會出意外喪生，登山也可能會失事喪命，看電影可能會遇上火災，開刀更不可行……因此，在應用上，「生命（應該）無價」是一個有意義的概念嗎？

回到過度保險的事例上，「生命無價」的概念，其實和人會不會過度保險沒有直接的關聯。如果闖紅燈是划算的，就會有人闖紅燈。如果高額保險有利可圖時，就會有人重複投保。而且，如果維持「生命無價，不可能過度保險」的原則，那麼，可以想像得到，會繼續有金手指和金腳趾的事件。保險公司敗訴賠償之後，可能不堪賠累，停止提供類似保險；也可能吸收損失，但是提高保費，把損失轉嫁到其他的投保人身上。無論如何，目前法院的判決，看起來好像是保護人的尊嚴，其實是誘發和助長人性的黑暗面，而且代價是由其他善意的一般民眾來承擔！

「生命無價」充滿了道德性的意味，卻沒有實際操作上的內涵。如果接受「生命無價」的觀點，保護動物協會的人恐怕會質疑：同樣是生命，爲什麼人命無價，而動物的生命卻是有價的？

不知道能不能幫寄居蟹投保意外險？

生命無價，聽起來令人肅然起敬；然而，作爲一種處理具體問題的原則，卻可能引發出令人遺憾的後果。相反的，如果不由生命無價這種抽象的理念出發，而只是比較兩種規則所造成的後果。然後，由成本效益的角度，或許反而可以比較平實的面對問題，希望能找到適當的對策。

當然，智識上有趣而且極有挑戰性的問題是：千百年來，幾乎任何社會，都以各自的公平正義理念來處理紛爭，也從來沒有和經濟學有任何瓜葛；可是，爲什麼現在經濟學家卻擺出一副「倚天一出、誰與爭鋒」的架勢？至少，法律經濟學者必須提出解釋，公平正義和成本效益之間的關聯是什麼？如果要由公平正義的思維過渡到成本效益的思維，邏輯又是什麼？

公平正義的邏輯

在原始的部落社會裡，當然也會有各種磨擦和糾紛；爲了能生存下去，各個部落裡會逐漸發展出各自的律法。殺人傷人害人的人要受處分或抵罪，幾乎舉世皆然。而且，因爲糾紛的因果關係明確，所以可以容易的以對錯善惡等名詞，來對行爲分門別類。而後，就利用對錯善惡（公平正義）這些概念，去處理其他紛爭和新生事物。

因此，抽象的來看，公平正義的概念，是一種「工具性」的概念；對公平正義的追求，並不是最終目標，而只是追求生存繁衍、乃至於富庶繁榮的手段而已。因爲資源有限，所以即使是在原始社會裡所形成的公平正義概念，背後都有經濟上的考量。譬如，傷害別人，使別人無法從事生產性活動（打獵捕魚耕種），對當事人或整個部落族群都不好。偷竊，也是如此；不過，有趣的是，對許多游牧民族而言，不允許偷自己族人的牛馬，卻可以偷搶別的部落裡的牛馬！換言之，公平正義的背後，都存在著某種經濟邏輯。

但是，當時間一拉長，公平正義的概念本身，可能變得非常直接了當，而且自成體系；公平正義背後的意義，可能反而變得隱晦不彰。下面的故事，就試著具體的勾勒出，由經濟學的角度，探究公平正義背後的考量。

智慧的火花

美國的蒲士納教授是受傳統的法學訓練，到芝加哥大學任教之後，有機會接觸經濟分析。在驚為天人之下，他完全接受經濟學的分析架構，並且加以發揚光大，也因而成為「法律經濟學」這個新興學門的開山祖師之一。

蒲士納教授曾經說過一句名言：「對公平正義的追求，不能無視於代價！」對於經濟學者而言，這句話完全合情合理；（譬如，值不值得把三級三審改為九級九審？）可是，對於受傳統法學訓練的法律學者來說，卻覺得錯愕和不可思議。其實，價格不只影響法律，也影響民主政治。

在選舉時，往往對於候選人有很多資格上的限制。可是，追根究柢，許多限制都是不必要的。譬如，限制縣市長一定要有高中（或大專）以上的學歷，無論在理論或實務上都說不過去。由理論上來看，高中畢業生不見得具有當政府首長的條件；而且，很多大型企業的負責人，並沒有高中畢業的學歷。因此，「學歷」和「能力」之間，沒有必然的關係。如果選民覺得，一位只有小學學歷的候選人各方面的條件都好；那麼，為什麼不讓選民自己作決定，並且承擔後果。而不是由行政部門事先設限，替選民作決定。

因此，對於候選人的資格作很多限制是不必要的；不但沒有發揮預期的功能，還可能無益反損。不過，有一點限制卻是有意義，而且值得愈嚴愈好：以台北和高雄這兩個院轄市的市長選舉爲例，參選人要繳新台幣兩百萬當作保證金。如果得票數少於當選人得票數的百分之十，就沒收保證金。

從公平（正義）的角度著眼，保證金的規定使「窮人」無法參選，等於是限制了一部分人參政的自由；而且，保證金的金額愈高，愈可能使選舉——和民主政治——變成「有錢人才能參加的遊戲」。保證金的設計，好像和民主政治人人平等的理念背道而馳！

可是，由另外一個角度來看，保證金的設計不但有其必要，而且金額最好不要太低。原因很簡單：在現代社會裡，大家都忙，沒有太多的時間和心思花在選舉投票上。不過，選舉過程本身就是一種教育的過程；社會大眾共同萃取一些資訊，共同體驗一些經歷。因此，政見説明會和電視辯論等等，都是選民觀察和學習的機會。

既然這些機會都很難得，當然值得作最有效的利用。因此，比較好的作法，就是讓確實有相當民眾支持——也就是眞正有機會當選的候選人——多露面，盡可能闡釋自己的想法、批評對手的政見等等。可是，哪些是有機會當選的候選人呢？保證金的設計，就具有篩選過濾的功能。除非你自己眞的有把握，除非你眞的是有足夠的民意基礎，能募得足夠的選舉經費、能繳出相當金額的保證金；否則，何必要浪費大家寶貴的時間，聽你一個名不見經傳的人侈言説夢。

當然，這並不意味著，選舉法規是要刻意的剝奪某些人參選的權利。關鍵在於，在重要的選舉裡，選民想看的是屬於「大聯盟」這種等級的候選人，而不是讓大小聯盟的球員一起競賽；

雞兔同籠也許有趣，卻是浪費時間、無法突顯焦點的作法。任何想參加重要比賽的球員，最好先從小聯盟（不重要）的比賽開始打起。如果能過關斬將，自然有機會在大聯盟裡上場露臉。直接跨過一連串的小聯盟而跳進大聯盟，不但對自己無益，對別人也不好。

因此，不僅追求公平正義要考慮代價，追求民主也是如此——最好能以有效的方式，追求民主這種價值！如果對民主的追求是如此，對於其他價值（愛情、友情……）的追求，是不是也值得仔細斟酌呢？

在研究所的課程裡，我常問法律研究所的學生：如果追求公平正義，會使我們邁向滅亡，那麼還值不值得追求公平正義？剛開始，總有研究生很激動，而且以捍衛法律爲己任。慢慢的，他們體會到，公平正義本身不是目的，只是手段而已。既然是手段，也就是工具，當然就值得試著選好的工具。

法律的領域

對法律的認知和闡釋，無論是由傳統公平正義或經濟分析成本效益的角度，都累積了可觀的智慧。而法律本身，對人的行爲當然有重大的影響。事實上，人和法律的關係是互動的：現存的法律影響和約束人的行爲，而人的行爲引發了新的問題，也因而導引出新的法律。所以，在任何一個時點上，一個社會裡的法律都有兩個部分。一部分是歷經考驗，已經成爲穩固不變的核心；另一部分，是正在形成或受到衝擊而正在變化的部分。

想得仔細一些，法律也可以由「光譜」的角度來認知：在光譜的一個極端，是一個人爲自己設下的「法律」；譬如，不抽菸、不喝酒過量等等，對於違規，自己也定下（未必執行）的罰則。其次，是人際相處時各種風俗習慣；違反風俗習慣，也會受到環境裡其他人的非議或懲罰。再其次，是見諸於文字（或判例形成的傳統）的法律；在現代民主國家，各種成文法裡最莊嚴的當然是憲法。

不過，抽象的來看，在憲法之外，還有各種宗教的戒律。宗教戒律的性質，顯然是法律學者和法律經濟學者很好的研究材料。有趣的問題是，在法律光譜上的這些點，並不是固定不變。有的風俗習慣，變成成文法；有的成文法，被推回風俗習慣的領域。光譜上這些點的位置，以及位置如何移動，都是智識上很有興味的研究題材。

下面這個故事，就微妙的反映了在法律光譜上的取捨。

令人傷心和傷神的難題

雖然我不常看電視，但回想起來，我也曾聽過那首「世上只有媽媽好，有媽的孩子像個寶」

的廣告歌；而且，當時並沒有什麼特別的感受，那只不過是眾多廣告歌曲之一罷了。直到後來看到報上的讀者投書，才知道有些觀眾很不喜歡那首廣告歌。

父母離異的人、母親過世或不在身邊的人，尤其是孤兒院裡的院童，看到那個廣告和聽到那首歌，除了有情何以堪的感傷，甚至還有一絲被刺傷的憤怒！

然而，同樣一首歌對有些人無關痛癢、甚至視若無睹，對另一些人卻有椎心之痛，這到底是怎麼回事。而且，既然對有些人造成傷害，這首歌是不是該被禁播呢？

就觀念上來說，同樣一件事對不同的人有不同的意義，可以說是很正常的。有人對臭豆腐愛之入骨，有人避之唯恐不及；有人不可以一餐無肉，有人卻是常年吃素。所以，好尚不符應該是常態。就以那首廣告歌來說，固然有人聞之悽哽；但是，從另外一方面來看，那首歌的溫情難道沒有撫慰母親辛勞、提醒子女孺慕、甚至挽回即將破碎家庭的作用嗎？因此，大家趣舍殊異本身並不是問題。

比較需要思索和斟酌的是問題的第二個層次：即使大家感受不同，但是確實有一部分人覺得受到委屈，廣告公司、電視公司或新聞主管機關是不是該採取什麼行動？

既然那首歌是廣告，所以最基本、最直接的反應，應該是對產品的因應。覺得不滿的人可以藉著拒買這種產品來表達好惡。如果拒買的人夠多，廠商自然不得不改弦更張。而且，這些人不但可以拒買抵制，還可以讀者投書，也可以打電話給廠商、廣告公司、電視公司等抗議。這些不同的單位爲了各自的市場占有率、形象、收視率的考慮，也許就會有所回應。可是，如果所有的這些都不能發生作用，是不是就該通過法律來限制這類的廣告歌呢？

一旦要嘗試以法律作強制性的規定，分寸的掌握就變得非常重要。對於自己不喜歡的商品或廣告，站在消費者或受委屈者的立場，當然可以作各種呼籲；可是，廠商和電視公司等也有決定要不要有所因應的自由。然而，一旦以法律的形式來規範行爲，廠商和廣告商就沒有選擇的自由，而不得不受約束。這麼一來，原來受委屈的消費者固然不再受委屈，可是，其他的消費者，加上廠商、廣告公司、電視公司等等的權利（益），卻受到抑制；這些其他的人變成「受委屈的人」。相形之下，原來受委屈的人所受的委屈一定比較嚴重嗎？

換個角度看，一個人的好惡是一回事，但是要把自己的偏好強加在其他人的身上是另一回事。一個人可能很反對離婚（或出賣肉體），但是，這並不表示一定就要干涉其他人這麼做的自由。如果法律可以限制別人離婚的自由，難道法律不會限制你我信仰、思想、言論的自由嗎？將心比心，你願意讓法律、讓解釋法律的人、還有讓制定法律的人，有那麼大的權力嗎？

這麼看來，也許可以把對那首廣告歌的愛憎和願意採取的措施稍微劃分開來——我不喜歡你講的話，但我願意盡可能的抑制我的不快，而盡可能讓你有暢所欲言的自由；因爲，我知道，對你言論自由的保障，事實上意味著對我自己言論自由和其他許許多多自由的保障！

不過，抽菸不也是這樣嗎？爲什麼可以播放傷人心的歌曲，而不可以在公共場所抽菸呢？

在法律的光譜上，自我要求、自我設限的戒律，相形之下是最鬆的一種。人與人之間的風俗習慣，除了約束自己，也約束其他人；但是，和法律相比，風俗習慣還是比較「軟性」，有較大的彈性。光譜上不同的點當然隱含不同的支持條件，也隱含對行爲不同的限制；因此，不同點之間的取捨，顯然是一個很微妙但也很重要的問題。

結語

對於法律，經濟學是由工具性、功能性的角度著眼。法律所反映的公平正義並不是目的，而只是追求或實現其他價值的手段。在諸多可能的手段（風俗習慣、行政命令、法律等等）之間，値得試著選擇較好的手段。由經濟學的觀點，所謂「較好」，自然是指成本較低而效益較高。

關於炸魚和薯條的糾紛，傳統法學可能會由對錯和權利的角度思索。寇斯的著眼點，則是希望能促進「社會產値」的增長。當然，社會產値是一個抽象的觀念。譬如，同一家炸魚薯條專賣店，位在住宅區裡和位在食品街上，所隱含的產値當然不同。因此，除了社會產値，還需要其他概念和材料輔助，才能發揮指引方向的作用。

不過，寇斯的故事，確實很有啓發性；他自己倒是一再強調，他有興趣的是經濟學，對法學並沒有太大的偏好。炸魚和薯條的故事，又成了學術思想史上的一段佳話和軼聞。

【第十三章】司法有價嗎？

——天平的諸多面向

幾年前我曾受一位法律系教授之邀，到他的班上介紹一些基本的經濟學觀念。我提到：「權利」的背後，一定有資源的付出；而資源的付出，一定牽涉到「成本」的問題。我以竊車的破案率爲例：百分之五十和百分之八十的破案率，隱含不同的人力物力支出；而這些人力物力的支出，是由納稅義人所繳的稅來支應。因此，關鍵的問題是：我們願意付出多少資源，來保障私有財產權。

記得，當時有一位在場的法律學者提出一個問題：如果把破案率定在百分之六十，是不是表示警察抓了百分之六十的小偷之後，就可以坐下來休息了？當然，這和我的原意有很大的出入；顯然，經濟學者和法律學者之間的溝通，還需要長期的努力。

這一章主要分成前後兩部分，在第一部分裡，我先澄清「權利」的意義；然後，是藉著法規的變化，進一步闡明權利的內涵，和支持權利所需要的條件。在第二部分，則是由經濟學的角度，分析司法天平所隱含的一些問題。

權利的界定

雖然很多人強調（或聲稱）「天賦人權」，可是在實際社會裡，權利並不是天生的，更不是必然的。作爲一個政治上的口號或推動社會進步的理念，也許天賦人權有其價值；但是，作爲一個反映社會現實的描述，天賦人權的說服力卻非常有限。

對於社會科學研究者（特別是經濟學者）而言，權利的背後一定有資源的付出，而資源的付出一定要面對「成本」的問題。簡單的一個例子：享受國民義務教育，可以是一種法律保障的權利，但是提供教育一定要有人力物力的付出。在決定要有多少學校、老師、設備等各個環節上，都不可避免的要斟酌成本問題。

下面這個故事，就反映出權利這個概念的重要面向之一。

多少柔情多少淚

爲了收集一個專案研究計畫的資料，我曾經到政府部門去拜訪一位教育單位的首長，預計訪談的時間是四十分鐘。

我準時赴約，見了面才發現他比媒體上看來還年輕。這是位專攻心理輔導和精神異常行爲出身的學者型教育首長，也是第一位由教師們投票行使同意權的教育工作者。他帶著中度的近視眼鏡，說話誠懇，一點都令人感覺不出有政府官員的架勢。

我把來意說明，然後我們就針對問題，迅速而有效的交換意見。後來，不知道談到哪個主題，他突然講到最近訪問美國的親身經歷：他到一所特殊教育的機構參觀時，看到一位肢體嚴重殘障的年輕人。這個十九歲的年輕人上半身肌肉萎縮，下半身只是一團肉塊。因爲他完全不能控制自己的四肢，也不能說話，所以在前額上安裝了一個特殊的光纖器。利用這個光纖器發射出來的光束，他可以讀、寫、說。結果，在這麼艱困的條件下，這個年輕在三位專職人員的照顧和協助下，竟然得到一個全國性的文學獎！

講完這個感人的故事之後，他就提到自己的政見之一，就是要大力推展特殊教育；要消極的維持人的尊嚴、積極的讓每個人都有開發潛能的機會。可是，對於他的構想，負責管錢的財政主計單位似乎不太熱中。

房間裡的氣氛有一點莊嚴、淒美，不過我忍不住講了一個有點殘忍的事實：現在台北市主要道路旁的人行道上，都已經鋪上了盲人用的導盲磚。這顯然是因爲經濟發展使大多數「正常人」都享有相當的物質生活之後，才有條件開始注意到少數殘障者的福祉。二、三十年前難道沒有盲人嗎？爲什麼那時候行人道上沒有導盲磚？

我的講法顯然和坐在我對面主人的觀點大相逕庭，他有點急切的張大了眼睛，連連搖頭說：當然不是這樣子的；十八、九世紀的歐洲經濟並不特別繁榮，可是特殊教育卻已經辦得有聲有色！

即使他語調裡已經有點急促，不過態度上還是溫文儒雅；我也就率直的反問他：在特殊教育裡，如果能有兩、三位醫護人員專職照顧一個孩童固然很好。不過，這應該是特例，或者應該是一般性的作法？對於其他（大多數）正常的小朋友，又該花多少人力物力呢？

我們談得興起，不過已經超過預定的時間，門外沙發上已有人等著見首長。我起身告辭，並且送給他一本我的文集。他笑著問：經濟學的東西我看得懂嗎？

在回研究室的路上，我忍不住回想起最後這段有點熱烈的對話……

教育首長根據自己的專業素養，強調特殊教育很重要，可是，抽象的看，一件事物的意義是由其他條件所襯托出來的。因此，在思索資源運用的問題時，就值得把各種可能的作法放在一起，在彼此對照之下，再作權衡取捨。特殊教育是不是重要，其實要和其他教育作比較：特殊教育和正常教育各應該占用多少資源？同樣的觀點，有人認爲國中教育很重要；可是，重要到什麼程度？因此，值得把國小、國中、高中放在一起考慮，各應該得到多少資源？範圍再擴大一些，就是「教育」和「非教育」的比較問題。教育很重要，環保是不是也很重要？國防呢？治安呢？所以，個別來看，每一件事都很重要；但是，站在像首長這種決策者的地位，就值得（或不得不）從較廣泛的角度來思索。而一旦把層次提高，問題的性質一定變成是「相對的」而不是「絕對的」！

有趣的是，當教育首長將來變成位階更高的首長時，不知道他還會不會一再強調特殊教育的重要。或者，如果有人主張資優生的特殊教育比資弱生的特殊教育更重要；都是「特殊教育」，不知道他會怎麼樣取捨？

其實，這個故事可以稍微延伸一下。沒有人會反對特殊教育的重要，可是重要到什麼程度呢？兩個非常現實的問題：首先，特殊教育固然重要，正常教育當然也不可忽視；那麼，在正常教育和特殊教育之間，經費如何分配比較好？其次，一旦決定了特殊教育經費的百分比，在資優教育和資源班（學習能力較弱的小朋友們）之間，又要如何分配經費？

和天賦人權的口號一樣，強調特殊教育很重要，並不困難；困難的是，在諸多權利之間，要如何取捨？而且，能不能為自己的取捨說出一番合情合理、能說服自己同時說服別人的說詞？

事實上，在諸多權利裡，背後所需要的資源有很大的差別。譬如，要支持言論自由，社會大眾毋須付出太多的資源；但是，要支持免於飢餓的自由，社會大眾可能就要繳納許多稅賦。這也許就是為什麼許多國家在作法上支持言論自由，但是只願意在口頭上宣稱支持免於飢餓的自由！

襯托權利的條件

在古早的時候，郵件往來不便，因此家書抵萬金；在網際網路盛行的二十一世紀，天涯不只是若比鄰，而是就在眼前的電腦螢幕上。兩相對照，過去農業社會裡人們所享有的自由，顯然和現在有天壤之別。權利變化的速度，確實令人訝異。不過，是哪些因素促成權利的變化呢？下面的故事，是藉著具體的事例，描述不同權利之間的消長。

「買路錢」的聯想

大家都知道在高速公上開車時，經過收費站要繳錢，而開車走一般的省道就不需要付買路錢。因此，每個駕駛人可以根據自己的判斷，選擇到底要走「收費」或「不收費」的道路；而且，這個選擇和道德上的是非對錯無關。

同樣的觀念是不是用來解釋台北市某些關於行人的規定呢？之前台北市議會通過一項交通法規，明訂在一些重要道路上行人必須走行人穿越道；如果直接跨越安全島過街，就要繳新台幣三百六十元的罰鍰，或立即接受兩個小時的「交通安全講習」。那麼，如果一個行人因爲趕時間或其他任何理由，就直接跨越安全島，而且心甘情願的繳這三百六十元的罰鍰；那麼，他（她）在行爲上是不是有什麼可議之處呢？

從觀念上來說，跨越安全島繳買路費可以說是完全「合法的」。法規裡等於是表明有兩種過馬路的方式：一種是走行人穿越道，這種過馬路方式的價格爲「零」；一種是跨越安全島，這種方式的價格爲三百六十元。就像在路邊攤和在百貨公司買東西有差別一樣，每個人可以根據自己的品味和好尚，決定要怎麼過馬路、付多少錢。不過，這兩種過馬路的方式都是合法的——因爲法條裡明確的規定穿越安全島要繳三百六十元。

這種說法雖然有點強詞奪理，但多少也能獨樹一格的自圓其說。可是，從另外一個角度來看，規定穿越安全島要繳錢的用意，不就是希望大家「不要」這麼做嗎？如果大家都認爲只要繳得起錢，就可以大剌剌的跨越安全島，難道不會造成對交通安全的困擾，對駕駛人和對自己都帶來不必要的危險嗎？

確實如此！但這事實上也就是「過路繳錢」的精神所在。仔細想想在這個法規還沒有通過實施之前的情景：在那個時候，穿越安全島不會被罰錢。那等於是過馬路只有一種價格——不論走行人穿越道或安全島，價格是一樣的，都是「零」。就是因爲在都會區裡人多車多之後，基於對行車安全的考慮，所以值得（或應該）讓「走行人穿越道」和「跨越安全島」這兩種行爲有不一樣的「價值」。和以前的情形相比，現在的「差別訂價」不是更能讓那些想穿越安全島的人先想一想，願意多花一、兩分鐘走行人穿越道，還是願意平白繳三百六十元？

更進一步的考慮是，爲了提高行車安全和改善交通秩序，如果沒有買路錢的設計，勢必要藉助於其他的方式：或者在重要街道安排交通警察，或者沿線加裝柵欄，或者廣設行人陸橋，或者以道德性呼籲訴請市民不要跨越安全島。這些其他的作法顯然也隱含著資源（物質上或心理上）的付出；而且，相形之下，還不一定比買路錢「以價制量」的設計來得有效！

這麼看來，「買路錢」的作法所反映的，其實是一種對於資源運用很深刻的體會：「價格」

不但有調節資源的功能，也具有影響行爲的性質，而且還是很「中性」的一種媒介！

據說某知名企業家在往返台北和桃園國際機場之間時，爲了爭取時間，所以車隊一路都高速飛馳，而且專走高速公路的路肩。這麼做雖然要繳「超速」和「行駛路肩」的罰鍰，但是，對他而言，罰鍰和所省下來的時間相比，還是合算。這種作風當然引人爭議；不過，這種現象背後所隱含的意義也許更值得思索：怎麼樣規畫法令規章和制度設施，使得「每一個人」都可以盡可能的發揮潛能、利己利人。

「買路錢」的意義，顯然不僅只於過站繳費而已！

在警政署的課堂上，我曾經討論上面這個故事，並且請問在座的中高階警官：如果我闖了快車道但是願意繳罰金，我是守法還是違法？經過一番非常激烈的討論，我的解釋是：在闖快車道這件事上，我的確是違反交通規則；但是，事後依法繳罰金，也當然是遵守法律。如果我拒繳罰金，甚至拿起武器來革命，那才是違反整個法律秩序。因此，如果闖快車道而願意繳罰金，其實還是支持基本的憲政秩序。

課程結束後，有一位高階警官在心得裡寫道：過去一直認爲自己是法律的守護神，現在則深切的體會到，自己其實是憲政秩序的守護神！而且，違反法律規定的人，可能是基於很多不同的理由，而不一定和道德上的高低有關。因此，以後執法時，可以更心平氣和的面對民眾。

天平上的視野

在法律還沒有成形之前，有一點像是林間小徑還沒有出現；大家各行其道，也沒有特別的對錯。等到經過一段時日，林間小徑形成之後，照著小徑走就要省事得多。法律的性質也很類似，在處理許多類似的官司之後，法院和法律學者可以慢慢歸納出一些原理原則。這些「法理」或「法原則」，就成為日後再處理其他官司的依據。

而且，在許多小的法理之上，可以再歸納出更具有一般性的中型法理；在許多中型法理之上，還有更具有原則性的大法理。在法學研究者的努力之下，整個法理，可以編織成一個樹枝狀的結構圖。對於律師、法官、法律學者（還有在準備考試，希望成為這些人的考生）而言，結構圖有助於思索和判斷。

不過，民法有民法的結構圖，刑法有刑法的結構圖；依此類推，還有行政法、婚姻法、民事訴訟法、刑事訴訟法等等。要把這些樹枝圖都畫清楚，顯然會使很多黑髮變白髮。怎麼辦？

俗氣無比而頭腦簡單的經濟學家，化繁為簡，把一切考慮濃縮化約為一個「Y」字型的枝椏：一邊是效率的原則，另一邊則公平的原則；而且，在這兩個原則之上（當兩者發生衝突時），還是由經濟學的成本效益來取捨。

法律經濟學者相信，只要腦海裡常存有這個Y型祕訣，就可以相當程度的一以貫之。下面的故事，就反映出提綱挈領的好處。

先見之明的從容

在台灣，目前婚外情（通姦）是觸犯刑法；但是，司法界和民意代表都在推動修法，將取消婚外情的刑事責任，而由民法等其他法律處理。主要的理由之一，是和刑法裡其他的行爲（殺人、傷害、詐欺等等）相比，婚外情在輕重上似乎並不對稱。

對於這個法律問題，經濟學（家）是不是也有意見呢？

自一九六〇年起，以寇斯、蒲士納爲首的經濟學者，利用經濟分析的工具，開始有系統的分析法學問題。經過近四、五十年的努力，「法律經濟學」不但是眾所公認的學門，而且已經產生了一位諾貝爾獎得主——寇斯，一九九一年。

今天，在法律經濟學這個領域裡，國際上已經有十種以上的專業學術期刊，而且還在持續的增加。不僅如此，蒲士納等法律經濟學者擔任美國聯邦法院的法官，具體的運用經濟分析的邏輯，一以貫之的面對複雜多變的各種法律案件。法律經濟學的發展，可以說是前程似錦。

對於傳統的法學分析，當紅的法律經濟學當然是有諸多微詞。主要的批評，是傳統法學依恃「法理分析」——對於不同類別的案件，習慣法慢慢形成各式各樣的「法理」；這些教條，就成爲日後處理類似案件的準則。譬如，海上遇到暴風雨，躲入私人港口；夜晚碰到小流氓，逃進私人花園。雖然都是未經允許而侵犯私人財產，但是有「緊急避難」的教條可以處理。

同樣的，傳統法學也發展出一些抽象的「教條」，譬如「水平公平」和「垂直公平」的概念——相同或類似的案例要等同處理，不同的案例要有差別待遇。因此，婚外情的情節和刑法裡的其他罪行輕重不同，應該受到不同的待遇。可是，這種論點顯然有邏輯上的盲點。因爲在二、三十年前，這種輕重不對稱的情形也存在；爲什麼那個時候婚外情是刑事案件？

相形之下，法律經濟學不是從「教條」上著眼，而是從（粗俗的）「成本效益」這個角度來分析。

在傳統的（農業）社會裡，人際關係單純，社會網路緊密且封閉。因此，在一個一個小村落和小社區裡，同樣的一群人一起出生、成長，一起經歷生老病死的過程。大概每一個人都認識環境裡所有的人，自己的一舉一動別人也知之甚詳。在這種環境下，爲了維持大家的和諧，自然會發展出一套嚴謹的禮儀規範。任何逾矩的行爲，都會受到譴責或懲罰。

因此，在封閉的社會裡，可以想像得到婚外情所造成的衝擊。當事人雙方、雙方的家庭，以及雙方的親友，都受到如同地震震波般的影響。爲了避免（防範）這種成本過大的事件出現，最好加重懲罰來防範。所以，過去以刑法來處理婚外情，不過是反映了特定時空下的條件。

當經濟發展形成都會區之後，傳統的人際網絡已經消失不見。比鄰而居的人可能不相往來，大家庭也已經是昨日黃花；而且，雙職家庭比比皆是。扣掉睡眠的時間不計，一個人在辦公室裡和異性相處的時間，往往要長過和自己配偶相處的時間。自己和異性同事談話的廣度和深度，也經常會超過自己的配偶。精神上的婚外情所在多有，肉體上的婚外情可能只是一線之隔。

在這種情形下，都會區裡一方面容易有婚外情，另一方面婚外情所造成的衝擊較小；所以，在這些條件下，婚外情不再是像過去一樣的洪水猛獸。既然影響（成本）不大，自然不須再以刑法侍候。

經濟分析的基本邏輯，其實非常簡單平實。可是，只要能掌握這些平實簡單的分析工具，卻能萬法歸宗的因應千奇百怪的法律問題，並且從容自在的享受先見之明的樂趣……

然而，世事難料，新生事物不斷的湧現；不論是根據傳統法學的樹枝圖，或經濟分析的Y字架，可能都會出現有時而窮的窘態。

二○○○年九月底，英國的生物科技學家宣布，可以把一對同性戀配偶的基因提煉出，然後成功的植入代理孕母的體內，再培育出他們的下一代。而且，代理孕母的基因，完全不會出現在新生兒的身上。這是生化科技上的進展，所衍生出的法律問題，當然還有待下回分解。

因此，如果法官手上出現了一個前所未有的燙手山芋，怎麼辦？下面的故事，就是處理這類法律糾紛的心得！

後見之明的奢侈

爲了「代理孕母」立法的問題，有段時間在媒體上引起相當熱烈的討論。神學院的教授基於胎兒尊嚴，表示反對；站在基本人權的角度上，法學教授認爲沒有必要禁止自願性的契約。女性主義論者似乎分成兩個陣營：贊成的似乎覺得，這麼做可以提升母親和代理孕母的地位；反對的似乎認爲，女性的子宮不得以任何理由出借（租）！

不過，除了這些想當然耳的觀點，是不是有其他的考慮呢？

在西方的法學思想裡，大致上可以分成兩類：以意識形態爲基礎的論點，和以習慣法爲基礎的論述。意識形態的論點，通常是先揭明幾個核心的價值（譬如基本人權或國家主權）；然後，以這幾個核心價值作爲最高的指導原則，再推論出一套理論。在判決個案時，就是以這套理論作爲取捨的依據。

相形之下，習慣法並沒有最高的指導原則，習慣法是由千百個類似的判例裡，慢慢歸納出一些原則；然後，在面對新的案件時，以這些原則爲基礎作類推適用。

所以，意識形態論述是一種由上而下的推論方式，是演繹法；而習慣法論述是一種「由下而上」的推論方式，是歸納法。演繹法體系完整，有最高的指導原則；歸納法龐雜多樣，不容易一以貫之。可是，習慣法最大的優點，是由經驗中萃取智慧；既然是以經驗爲基礎，往往比較切合實際問題。

在英國歷史上，曾經出現過這麼一件有趣的案例。英皇加冕是國家重要儀式，也是慶典，所以莊嚴盛大，非常壯觀。因此，爲了一睹盛況，遊行所經道路兩旁的陽台，早就被觀眾預訂一空。可惜，天不從人願，因爲英皇聖體違和，有一次加冕大典臨時取消。許多訂陽台的人反悔：既然儀式取消，當然用不上陽台，因此也毋須付款。可是，陽台主人也理直氣壯：爲了提供陽台，所以陽台須事先布置，而且不作其他的用途。儀式雖然取消，陽台還在，當然要依約付錢。

面對一連串的官司，怎麼判比較好？根據意識形態論述，並不容易從核心價值推論演繹到這個具體的問題。可是，習慣法裡卻有很多類似的案例，根據「不可預見的情境」和「不可歸責於簽約雙方的因素」等等原則，就可以有效的處理這些官司。因此，習慣法是經過時間考驗而凝結出的教訓，彌足珍貴。

不過，習慣法的優點，也正是缺點。如果沒有類似的前例可以援引，習慣法就有時而窮。譬如，移植人體器官，不過是最近幾十年才發展成功的科技。隨之而來的，就是器官買賣的問題。可是，對於這種牽涉範圍很廣的新生事物，習慣法裡並沒有類似的案例或原則可以直接援引。

怎麼辦呢？當代法律經濟學掌門人蒲士納教授發人深省的指出：對於類似的新生事物，法官最好戒愼恐懼的採取「打混仗」（muddle-through approach）的立場。既然每一個案件都有很多環節和很多面向，所以，最好先針對習慣法裡處理過的環節或面向處理，而不要直接處理核心的部分。等到打了夠多的官司之後，自然能慢慢過濾出糾纏利益的主要脈絡，然後再處理核心問題。

回到代理孕母的立法問題上，到現在爲止，西方先進國家都還沒有普遍的立法規範——即使已經打了很多官司、累積了一些經驗。對於錯綜複雜的權益關係和衍生的問題，我們的立法者有什麼條件能未雨綢繆的預爲之計呢？

就電腦科技的發展而言，美國可以說是領先其他國家。曾經有學者指出，原因之一是美國採取習慣法的傳統；對於電腦科技裡的新生事物，採取比較開放和有彈性的立場。相形之下，德國等國家採取概念法學的立場，希望用現有的法學概念、統御各種新生事物。結果，捉襟見肘、動輒得咎，反而阻撓了科技的進展。

天平的勢力範圍

當一件糾紛被送到天平之前，傳統法學或經濟分析自然可以臧否是非對錯；不過，天平的勢力範圍並不是無遠弗屆。除了清官難斷家務事，司法體系也往往畫地自限，不處理其他的問題。下面的故事，就反映了司法和政治的微妙分野。

「先見之明」或是「後見之明」

大家都應該感謝柯林頓。因爲有柯林頓和陸文斯基，白宮新聞不再是枯燥無味的政治軍事外交。不但媒體出版印刷等相關產業坐收漁利，甚至連DNA的科技都受到前所未有的重視！現在雖然事過境遷，在法學領域裡卻還餘波盪漾。大家注目的焦點都集中在一個問題上：該不該彈劾柯林頓？就法律上來看，這是一個很有趣的問題……

《哈佛法學論叢》每年都發行專刊，討論前一年裡最高法院所作的判決。依往例，論叢會邀請一位著名的法律學者提出綜合性的分析，放在專刊最前面，稱爲「卷首語」。一九八四年專刊的卷首語，是由芝加哥大學的講座教授伊斯特布克（F. Easterbrook）所執筆。這篇「卷首語」立論精闢，發表後被廣爲引用。

在這篇論文裡，伊氏提出三個指標，來評估最高法院判決，其中和本文有關的，是「事前分析」（先見之明）或「事後分析」（後見之明）的區分。他認爲，事前分析是一般性的通則，而事後分析則往往是針對個案和特例來考慮。因爲是通則，所以事前分析會影響到後續的行爲，也就是會響到「餅的大小」；相形之下，事後分析只考慮個案和特例，等於是斟酌「怎麼切餅」，而忽略了長期的影響。因此，伊氏覺得，長遠來看，以事前分析的角度作爲判決的依據比較好。

伊氏引用許多一九八三年的判決爲例，説明事前分析的重要；其中之一，就是美國内政部

「國家公園管理署」和公益團體「創意性非暴力聯盟」之間的官司。管理署明文規定，在華府特區的公園內，不准「露營」。但是，該署特許這個「聯盟」，可以在白宮附近的拉法葉公園設置兩座「象徵性」的帳篷營，以突顯「遊民」的處境和訴求。而且，該署還同意，示威者可以在帳篷中躺下。但是，聯盟得寸進尺，希望能讓示威者在帳篷中過夜：不但可以吸引眞正的遊民，而且更能眞實而深刻的反映無家可歸者的問題。管理署不同意，聯盟提出告訴。基於美國憲法第一修正案所保障的言論自由，華府地區法院認爲聯盟有理；案子送到最高法院的手裡，最高法院裁定，支持管理署的立場。

伊氏認爲，聯盟的論點（已經設有帳篷、也可以躺下，再允許示威者能闔上眼睛過夜只是一步之遙）是事後分析；以既成的事實作爲基準點，並且針對個案來考慮。可是，管理署的條文是通則，是適用所有的情形，而不是只針對這個聯盟。如果允許這個聯盟得寸進尺，可以預見後果：會有更多的人申請設營；會有更多的人在帳篷裡過夜；會有更多類似的訴求，而管理署核准與否的尺度會持續受到挑戰和引起爭議。因此，伊氏認爲，最高法院採取「事前分析」的觀點，是高瞻遠矚、好的裁決！

回到柯林頓的身上，情況其實非常類似。柯林頓任內政績可觀，美國經濟情勢大好；但是，他本身的僞證和妨礙司法也是事實。以事後分析的觀點來看，柯林頓即使有過，也不至於受彈劾。可是，由事前分析的觀點來看，宣誓下作僞證和妨礙司法是違反遊戲規則；如果他可以身免，那麼此例一開，後患無窮。事實上，問題很簡單，每個人都可以問自己兩個問題：一，在當初制憲時，制憲者知道憲法將適用在數百位總統身上；那麼，對於一個政績可觀（甚至功業彪炳）但妨礙司法的總統，該如何處理？二，如果不彈劾柯林頓，以後再有藉其他理由妨礙司法的總統，彈劾不彈劾？由事前分析的觀點來看，答案非常清楚。

不過，以上只是問題的法律面；既然彈劾案是由國會提出，所以政治面的考慮可能更爲重要。一旦牽涉到政治因素，柯林頓的魅力可能就和雷根以及可口可樂一樣，有那種「擋不住的感覺」！

無論如何，大家還是都應該感謝柯林頓。我很感謝他，因爲他，我才寫成這篇文章。上課當講義發，可以很生動的闡釋事前分析和事後分析的差別。也許，文章的題目應該改成「柯林頓對教育的貢獻」……

要區分先見之明或後見之明，有時候並不容易。不過，有一個大致上的取捨標準；如果只適用眼前或手上的個案，那麼通常是特例，也就是後見之明；相反的，如果適用於所有類似的情形，就通常是先見之明。當然，這個故事也透露出一個智識上有趣的問題：關於政治和法律的分野，哪些是先見之明的設計，哪些又是後見之明的善後措施？

結語

在越南淪亡之後的難民船上，或蘇聯瓦解後的某些東歐地區裡，只有叢林法則，而毫無公平正義可言。公平正義，只有在上軌道、穩定的社會裡，才是有意義的概念。

不過，即使在成熟的社會裡，對公平正義的追求，也必須考慮背後所付出的資源；而且，司法女神的長臂，顯然也只環抱有限的空間！

【第十四章】

司法女神的舉止

——公平正義的操作

經濟系館的地下室，是老師助理們的天地。不過，雖然是經濟系老師的助理，卻有許多背景不同的年輕人。

有一次，我請一位讀法律的助理幫忙找一份法律文件；他很熱心，找了許多相關資料。在談話裡，我也把法律經濟學的分析角度，解釋給他聽；有兩、三天的時間，我們論對得很激烈。然後，他告訴我，他幾年來所堅信不移的法學思想，一下子完完全全的崩潰了。因爲他正在準備考法官和檢察官，我有一點擔心，不知道他考試時將如何應答。還好，後來我在司法官訓練所，爲新錄取的法官和檢察官上課時，看到他聚精會神的坐在台下。可是，爲什麼法律經濟學有如此的威力，可以在三、兩天之內改變法律人的思維呢？

在這一章，我嘗試說明，經濟學在分析法學問題時的特殊視野。首先，我將強調經濟學所擅長、而傳統法學相形見絀的「行爲理論」；其次，我將說明在貨幣所衡量的價格之外，其實經濟分析更強調抽象的價格。最後，則是利用抽象的價格這個概念，處理如何選擇適當的規則——適當的價格！

行爲理論

有一位哈佛大學法學院的講座教授，在給我的信裡提到：傳統的政治學和社會學，在理論上並不嚴謹；但是，至少還有個理論，而傳統法學，連個理論都沒有！

對於傳統法學，這算是非常嚴重的指控，值得稍作澄清。傳統的法學論述，往往是根據一些「簡單自明」的道德理念；然後，再根據這些理念，推論出各種原理原則，作爲處理司法案件的依據。可是，人的實際行爲如何，會受到環境裡哪些因素的影響？如何影響？這些具體實際的問題，傳統法學理論幾乎完全不作考慮。

相形之下，市儈（俗氣）無比的經濟分析，卻慢慢的由人的經濟活動裡，得到許多重要的體會。逐漸的，經濟學者歸納出一套相當精緻而且眾議僉同的「行爲理論」；所有的經濟理論，都是根據這套行爲理論而來。當經濟學者進入政治、社會、法律等領域時，也運用這套經過千錘百鍊而屢試不爽的行爲理論，而且幾乎是無敵不摧，無攻不克。

下面這個故事，就是反映了行爲理論中重要的一環。

智慧的結晶

從我開始教書到現在，已經過了二十多年；不過，和大多數經濟學者不太一樣的，是我一直有機會在學校的推廣教育計畫裡授課。推廣教育的學員主要是各級政府的公務員和民意代表，而我教的也總是和經濟學有關的課程。

由於學員們有各種不同的背景，所以我幾乎是要從零開始，闡釋經濟學裡精緻的概念。因此，雖然我自己的學術論述往往是處理非常抽象的問題；可是，面對推廣教育的學員時，我卻必須以他們的經驗爲基礎，以他們所了解的語言來論述。經過多年的考驗，我發現推廣教育的教學經驗對我幫助很大，因爲要教懂對經濟學「目不識丁」的人，我不得不非常清楚精確的掌握各個概念，然後以日常生活裡的經驗和現象作爲佐證。這種在「抽象概念」和「實際現象」之間的來回馳騁，讓我對經濟學的精髓有更深刻的體會。

然而，在和學員們論對的過程裡，也少不了碰上千奇百怪、教科書和學術期刊裡絕不會出現的問題。曾經，我自信滿滿的闡釋經濟學裡的慧見之一：當價格上升時，購買量會下降。我提到，這種價格數量之間的反向關係，不只是反映在一般的經濟活動裡，在人類其他的活動裡也莫不是如此。譬如，如果公司的老闆能察納雅言，這就等於「講眞話」的價格比較低；那麼，就會有比較多的人願意講眞話。相反的，如果老闆是忠言逆耳，講眞話的價格一高，自然會少講點眞話！

講完之後，自己覺得又爲推廣經濟學理念略盡棉薄，不禁有點欣慰。誰知道，台下馬上有人舉手表示：可是，我們也看到有些奢侈品的價格上升，買的人反而更多；價格的反向關係是不是並不成立？話剛講完，馬上又有人放炮：在股票市場裡，往往看到股價愈高，買的人愈多；價格和數量的反向關係，眞的成立嗎？

如果這一連串的問題不是事前串通好，大概也相去不遠。無論如何，這可是對經濟學和對我的直接挑戰。如果我想維持經濟學和我的尊嚴於不墜，最好能講出一些講得過去的道理……

對於一般人來說，有些奢侈品是屬於可遠觀欣賞、但會保持距離的類別。可是，對於另外一些（通常比較有錢的）人來說，用奢侈品是一種突顯身分地位（但不一定是品味）的手段。因此，奢侈品變貴時，和一般商品的差距變得更大，更能突顯特殊性。既然買這些奢侈品的目的就是要突顯身份，所以價格上升之後，剛好更能發揮這種功能。也就是，價格上升之後，讓買的人更容易區隔自己和一般人；當區隔自己和一般人變的更容易（更便宜）時，當然要多買一些。這時候，貨幣價格上升，但是另一種抽象的價格——讓自己鶴立雞群的價格——下降。因此，價格和數量之間，還是反向的關係。

股票市場裡的現象，也是類似的情形。在千百種股票裡，當少數幾種股票的價格持續上升時，等於是透露出這種訊息：買別的股票不一定能賺錢，但是買這幾種股票會賺錢；所以，相對於其他的股票而言，這幾種股票代表的是賺錢獲利的機會。當賺錢獲利的機會變的比較容易得到（也就是比較便宜）時，自然要多買點這些機會。因此，股票的價格固然上升，但是「賺錢獲利」的價格卻下降。價格和數量之間，依然是反向的關係！

當然，這些精緻嚴謹的推論是事後想的，當時可是含混帶過。簡單的問題可以隨問隨答，麻煩的問題可要動動腦筋。抽象的來看，這是不是也算是一種價格數量的反向關係？

這個故事透露出關於行爲理論的幾點訊息：首先，價格和數量的反向關係普遍成立，（幾乎）放諸四海而皆準。其次，價格，指的當然不一定是貨幣上的價格，而可能是道德良知或其他價値上的高低。再其次，價量的反向關係，表示人的行爲會受到誘因的影響。最後一點，價量的關係，反映了人在行爲上有某種規律性。因此，在設計典章制度（包括法律）以及在執行法律時，最好能把這種規律性納入考慮；否則，不是事倍功半，就是欲益反損。

抽象的價格

了解價格和數量之間有反向的關係，而且價格不一定是貨幣價格之後，我們可以進一步的點明：法律，可以看成是一種約束、節制和影響行爲的「價格」。因此，闖紅燈的罰則加重時（闖紅燈的價格變貴了），就會有比較少的人闖紅燈；取締違規停車的行動放鬆時（違規停車的價格下降了），就會有比較多的人違規停車。

因此，一旦有行爲理論作基礎，在分析和思索法律問題時，法律經濟學者不是由道德上來論是非；相反的，是分析人的實際行爲是什麼，又會如何因應法律（價格）上的變化。經濟學者在法學領域裡長驅直入，憑恃的就是簡單平實的行爲理論。

下面的故事，就反映了行爲理論的應用。

最高指導原則

約好晚上和朋友在海鮮店碰面，一起喝啤酒；我先到附近的店家買一包瓜子和兩包酸梅（可以泡啤酒喝，美味無比）。走出店門時，順手把帶著的菸斗放進小塑膠袋。沒想到，「鏘」的一聲，菸斗掉在地上。

我仔細一看，原來店家給的袋子旁邊裂開，菸斗自然順勢滑出。我一邊慶幸，帶的不是昂貴的菸斗；一邊猶豫，要不要回店裡去抗議一下。

上了計程車之後，還在爲剛才的一幕遲疑，突然，幾輛機車由車旁竄出，超到我們的車前。我問司機，快車道不是禁行機車嗎？司機忿忿不平的說，地面上明明漆有「禁行機車」的大字，可是多的是違規的機車。而且，萬一機車和轎車擦撞、發生命案，倒楣的還是轎車，因爲法官總是判轎車司機過失致死。

我不再出聲，司機嘴裡還在咕噥，不過我卻想到剛才這兩件接著發生的事。如果我的菸斗摔斷了，是店家的責任還是我的責任？還有，機車在快車道違規行駛而出事，是機車的責任還是轎車的責任？

根據傳統的法學見解，要承擔責任的一方，就是造成「因果關係」裡原因的那一方。由「肇事者」負責，才符合公平正義的最高指導原則。因此，撞上機車的是轎車，所以要由轎車負責；店家的袋子有裂縫，菸斗才會掉落，所以店家要負責。比較精緻的見解，是按因果關係的比例來分攤責任。雖然轎車撞上機車是事實，不過機車違規在先也是事實，所以雙方都有責任。同樣的，袋子有裂縫是事實，自己不小心先看一下也是事實，所以兩方面都要承擔一部分的責任。

在傳統法學見解之外，新興的法律經濟學（以經濟學的架構分析法律問題）倒提供了另外一套思維模式……

傳統的法學見解認爲，「因果關係」非常明確：可是，經濟分析卻指明，當事人雙方往往是互爲因果。因此，轎車撞上機車，轎車固然是「因」；可是，機車先闖入快車道才被撞上，因此也可以說機車是造成事故的「因」。同樣的，袋子有裂縫是因，我把菸斗放進袋子也可以是因。既然因果關係可以從兩方面來看，由因果關係來界定責任，顯然不一定有說服力。

相形之下，經濟分析所採取的角度，是評估不同規則所引發的後果。如果把大部分的責任歸屬在轎車司機上，以後轎車會降慢速度，機車也會更肆無忌憚的騎入快車道。結果，不但喪失掉原來設置快車道的用意，以後還是會不斷有擦撞的意外。可是，如果把大部分的責任歸屬在機車騎士身上，以後就比較不會有機車駛入快車道；不但保持了快車道的車速流量，還降低往後發生意外的可能。

同樣的，如果把主要責任歸究在店家身上，而且要賠償客人的損失，以後很可能就會有人聲稱：昂貴的菸斗、手錶、手飾因爲袋子有裂縫而滑落摔斷。可是，是眞是假呢？相反的，如果客人也要負起一部分責任，雙方就都會有防範意外的意願，也就會有比較少的意外。

因此，經濟分析不預設立場，而是在比較不同的規則所引發的後果之後，作出最後的取捨。雖然結果可能和傳統的法學見解非常類似（甚至不分軒輊），可是推論的過程卻大不相同。傳統法學是從因果關係著眼，希望實現公平正義；經濟分析則是從長遠的角度來看，哪一種規則可以導致比較好的結果。

也許有人認爲，既然結論相同、殊途同歸，兩種分析並沒有本質上的差別。也許在這兩個事例上，確實如此；可是，如果問題是：同性戀配偶可不可以領養子女？對於這個棘手的問題，經濟分析還是可以提出論述；相形之下，由因果關係著手，傳統法學也能論述有據嗎？

由這個故事，至少可以得到一點重要的啓示：在決定規則時，不同的規則就比如不同的價格；面對不同的價格，一般人在行爲上就會有不同的因應。因此，在取捨規則時，值得先作評估，不同規則的涵義各是什麼。

原則和例外

不論是個人或社會，一旦在行爲上畫地自限，一方面會享受到好處，一方面也會受到束縛。譬如，自己規定自己一個星期要看完一本書，固然享受到閱讀的樂趣，但有時難免囫圇吞棗。同樣的，如果規定民眾要受義務教育，小朋友固然受到基本的薰陶，但是也就不能在家裡自修練功。因此，要發揮最大的功效，或不至於完全受制於規則，某種彈性是必要的。

對於法院而言，在操作法律這種規則時，在規則和例外之間的取捨，必然更爲愼重和微妙。下面這個故事，就是描述例外的意義和重要性。

天平的機械原理

有幾位小朋友，不知天高地厚的在鐵軌的轉轍器附近玩；不過，其中一位看清楚了告示，是待在火車不會經過的鐵道上；另外五位小朋友，則是在火車將來的鐵道上跑跳。沒過多久，長長一列火車果然疾駛而至；如果你是轉轍手，可以讓火車由原先的軌道上轉入另外一條；你會不會（應不應該）讓火車去撞那一位「對的」小朋友？

這不是眞人實事，而只是假設性的問題；精確一點的說，這是上課時班上同學提出來稀奇古怪、刁鑽尖銳、專門考驗老師——我——的問題。

我沒有考慮多久（不超過五秒鐘），就根據直覺的作出回應：當然，那一位小朋友是「對的」，而五位小朋友是「錯的」；可是，如果不得不作出取捨，我會救那五位小朋友，而讓火車撞上那位「對的」小朋友。事後，這五位小朋友的家長可以以各種方式，彌補那位小朋友的家人！

「可是，數量不一定有意義：說不定那一位小朋友是天才兒童或千金之子，而另外五個家庭一貧如洗，根本無法善後。怎麼辦？」

「讓那位行爲是『對的』的小朋友受難，在法理上說不過去：法律的取捨是根據對錯，而不是根據數量！」

第一種質疑比較容易回應：在另外那五位小朋友裡，也說不定有比爾蓋茨；因此，在面對這種抉擇時，我們事實上沒有太多的資訊，而只能假設那幾位小朋友都差不多。第二種質疑比較難回應，不過我還是試著添加一點分析：雖然那一位小朋友是對的，但是，在這種特殊的情形下，五條生命的價值顯然要高過一條生命的價值；這兩點彼此之間並不衝突，而可以同時成立。

「在法律上來看，對就是對，錯就是錯；如果法律不支持對的行爲，法的尊嚴將消失無蹤。以後，誰還願意做對的事？」

我靈機一動，不直接回應，而反問了一句：如果不是五位小朋友，而是一百位小朋友；那麼，在一對一百的情形下，難道我們還會堅持一是對的、一百是錯的，所以要犧牲那一百位小朋友嗎？這個問題一提出，我就察覺到教室裡有一種微妙的轉變。似乎，法律的立場也並不是那麼絕對的。

一旦跳開了原來一對五、對與錯的問題，我的想法變得更靈活。我在黑板上開始畫圖：先畫一個小方塊，代表那一位小朋友；再畫一個大方塊，代表那五位小朋友。那一位小朋友是對的，所以在小方塊上加添上一小塊；那五位小朋友是錯的，所以在大方塊裡塗去一小塊。如果把這兩個方塊看成是秤錘，放在天平上，也許一加一還是重過五減一；可是，如果不是五位小朋友而是一百位小朋友，是不是還是一樣呢？

看看同學沒有反對的意見，我提出了結論：我認為五位小朋友比一位小朋友來得重要，並不是關鍵所在；更值得注意的，是在邏輯思維上如何認知和分析這個問題和類似的問題。

這是課堂上的論對，自己覺得處理得還不算太離譜。隔天再想起這一段辯難，脈絡更為清晰……

在傳統法學裡，「公平正義」是最高的指導原則；是非對錯和公平正義不但是同義字，而且一清二楚，毫無模稜兩可之處。既然那一位小朋友是對的、是守法的；那麼，其他的因素都不重要，法律就應該支持他！可是，在法律的天平上，其實還含有是非對錯之外的因素；在一般的事例裡，也許其他的因素並不重要，也就毋須考慮。然而，在特殊的情況下，除了是非對錯，其他因素的分量（重量），可能要壓過單純的是非對錯。天平的高低，不能再以單純的是非對錯為準，而必須更廣泛的考慮其他的相關因素。

一個好的經濟學者，除了要考慮局部也要考慮全面，除了要注意直接效果也要注意間接效果；一個好的法律學者，顯然也當如此！

在非常的情況下，當然值得容許例外；不過，堅持規則而排除例外，才能發揮規則的功能，同時可以避免誘發奇奇怪怪的例外。下面的故事，就是強調維護規則的重要。

其情（不）可憫？

在報章雜誌的社會新聞裡，經常出現令人同情的故事：一個年輕人，因為成長在破碎的家庭，所以缺少親情，個性古怪；因為經濟情況不好，又沒有受過完整的教育，所以也就沒有一技之長。結果，一旦經不起誘惑或慫恿，涉世未深的年輕人犯下殺人越貨的重案。

在法庭裡，年輕的臉龐帶著無助、怨恨、困惑、惶恐的表情，其情確實可憫。可是，在量刑時，法官是不是該考慮這些背景因素，以減輕其刑？

其實，這不只是社會新聞裡的翦影，而是學理上所探討的重要課題。在蒲士納教授的經典鉅著《法律的經濟分析》裡，有一章專門討論刑法；而在這一章課文後面的習題裡，就有這麼一題。不過，蒲士納的問法倒有點出人意外：當有人提出「其情可憫」的說詞時，法官應該加重其刑、維持不變、還是減輕其刑？

初看這個問題時，可能會覺得有點奇怪；減輕其刑還有道理，爲什麼要加重其刑呢？可是，略加思索，也許可以稍稍體會到蒲氏的用心。

當有人提出其情可憫的諸多理由時，可能確實值得考慮「加重其刑」。雖然這有點違反常理，可是原因很明確：既然貧困環境使年輕人容易步上歧途，因而犯案，造成對其他人的侵犯或傷害；因此，站在社會整體的觀點，就值得加重懲罰，以儆來者。這麼作等於是放出一種訊號：所有情況不佳的人，必須要付出額外的努力，以求改善自己、添增自己的人力資本；否則，不但犯過要受處分，而且處分會加重。因此，加重懲罰具有宣示警惕的作用，能防範於未然。

不過，由另一方面來看，一旦過錯已經發生，對當事人而言，情況可能確實令人同情；在逆境下，一個人所能承擔的責任的確有限。因此，減輕其刑不但合理，而且具有教化的功能，可以鼓勵自新。

所以，當有人提出其情可憫的理由時，加重處分和減輕處分都有某種道理；既然一正一負、一加一減，孰輕孰重其實很難判斷。那麼，爲什麼不把事情單純化：一旦犯錯，就事論事的以「過錯」本身作爲量刑的主要依據，而毋須把其他因素牽扯進來。因此，蒲氏的題目，等於藉著襯托對照的方式，呈現出一種很精緻的思維方式。不過，除了啓發思考，蒲氏的這個題目事實上有更抽象的意義……

站在目前這個時點上，過錯已經發生。往後看，是「善後」的問題；往前看，是「防範」的問題。善後的重點是除弊，而預防的目標是在興利。如果目標是善後除弊，當然可以——應該——針對當事人特殊情況，斟酌剪裁。可是，如果目標是預防興利，這是對社會整體，個人的境遇不再是重點；而且，以社會整體爲主時，個別的當事人還必須承擔了額外的責任，才能成爲社會興革演化的教材。因此，法律的兩大功能——「懲罰」和「遏阻」——就反映了往後看和往前看的考慮；懲罰是善後的補救措施，而遏阻則是著眼於未來長遠利益的處置。

抽象的來看，往前看和往後看所著重的，等於是兩種不同的價值。在個別的問題上，也許會突顯出善後除弊的面向；可是，站在旁觀者的立場來看，對社會長遠的利益而言，遏阻興利的考慮可能更爲重要。

無論如何，由蒲氏的這個習題裡，可以體會出法律的精義所在。「懲罰」和「遏阻」代表的是兩種不同的價值。在某些問題上，兩種價值可能是朝同一個方向變動；這時候，輕重的拿捏可能比較簡單。可是，當兩種價值是呈反方向的變動時，兩者之間的權衡就變得敏感微妙。好的法學研究者（或好的法官），就是能在這兩者之間作出愼重穩健的裁量和取捨。

當父母處罰犯錯的小朋友時，往前看顯然要比往後看來得重要；當社會處分犯錯的個人時，往往也是如此！

由故事裡可以看出，懲罰是針對犯錯的個人，遏阻是針對還沒有犯錯的其他人；這是兩種價值，而這種價值的輕重，以及這兩者之間的取捨，都不是容易處理的問題。對不同的社會而言，在不同的時空環境下，可能就會有不太一樣的抉擇。

結語

經濟學者發現，當市場裡的價格上升時，人們就會少買些商品。這種俗不可耐的體會，當然卑之無甚高論。不過，如果用抽象一點的角度來看市場，「市場」就是人們交往互動的場所。這麼看來，學校、家庭、工作場所等都是某種市場。再作一點引申，違反法令規章的人，也是在「違法行爲」的市場裡和市場外活動。既然在市場裡活動，自然行爲上會受到價格高低的影響。因此，一旦接受這種觀念上的轉折，經濟學所發展出的整個分析架構，都可以搬過來探討違法行爲。法律經濟學的蓬勃發展，正反映了這種轉折在智識上的興味和在分析上的潛力！

經濟學帶給法學研究的養分，最主要的是體系完整的「行爲理論」；由行爲理論的角度，可以分析人在面對不同的誘因（價格）時，會如何因應。其次，經濟學的分析重點，包括市場活動和價格機能；在分析法學問題時，市場活動和價格機能成了很好的「參考點」，可以作爲比較和對照的基準。最後一點，法律隱含諸多規則，而各個規則都有其功能上的效益和成本。當偶爾違規的效益大於成本時，也許就值得接受違規的例外。當然，太多的例外，就會使規則失去作用，反而喪失了原先設立規則的初衷！

【第十五章】以管窺天？
——思維經濟

一九九九年五月到二〇〇〇年五月間，我應邀爲聯合報（台灣四大日報之一）的副刊撰寫專欄。經過一陣思索，我爲專欄定的欄名就是「思維經濟」：由經濟學的角度，探討人的行爲和社會現象。

隔週刊登的專欄，也激起了一些迴響。不過，無論是直接或間接，我聽到幾乎是同樣的意見：過去不太了解經濟學，以爲是極端的枯燥和無趣；看了專欄的文章，才知道經濟學其實十分生動有趣，而且和每個人的生活息息相關。對我而言，浸淫經濟學已經二、三十年；我能深切的體會到，經濟學不僅博大精深，更重要的是隱含一種十分獨特、也十分精緻的思維方式。

在前面的九章裡，是由經濟學的角度，以各三章的篇幅，分別處理了社會學、政治學和法學裡的問題。在這一章裡，則是以前面各章的材料爲背景，希望具體歸納出經濟分析的特殊觀點。前半部，是說明這種特殊的著眼點；後半部，則是闡明如何運用這種簡潔有效的經濟分析。

你的房屋，我的房屋

你的房屋和我的房屋，指的不只是肉體上居住的地方；更重要的，應該是指你我在觀念上和思維上，安身立命的取捨吧！

下面這個故事，就是由一個淺顯的事例裡，具體而微的反映了經濟分析的特殊角度。

遠庖廚之後

學校裡陸陸續續的在蓋宿舍，然後按老師的新級年資計點分配。我們等了七年多，終於配到了一戶位在五樓的公寓。

因爲是新蓋好的房子，所以裡面空無一物；我們免不了請人稍作設計，添些書櫃衣櫥之類的設備。我對這些事所知不多，也沒有興趣，因此，一切大小決定都由一家之主的內人負責接洽處理。忙了幾個月以後，終於大功告成；我們有了喬遷之喜。

搬進新居沒多久，我就發現了附近環境的特色：離家不到二十公尺就是一個小型的市場，方圓兩、三百公尺之內有四家便利商店和不下三、四十家大小餐館。對於我這種不事生業，喜歡逐水草而食的人來說，這裡簡直是人間天堂！

有一天和內人在客廳裡聊天，她說，如果能把後面的陽台打掉、把餐廳往後移，那麼，客廳和餐廳相連、再延伸後將是很大的一個空間。我突然靈機一動，說：「反正附近吃東西地方這麼多，如果把廚房打掉，空間不是更大。」她馬上回了一句：「雖然附近餐館多，總有些時候是要在自己家裡開伙。有哪個家是沒有廚房的？」我好辯成性，當然不甘示弱：「以前農業社會裡哪一個家裡沒有幾畝田？二、三十年前哪個家裡沒有自己的院子？」她不置可否，但以一種奇怪的眼光看著我，我也就沒有再多發謬論。

晚上到附近的七號公園去跑步時，我邊跑邊想廚房的去留問題……

我當然知道，即使附近的餐館再多，二十四小時營業的便利商店再近，總不可能完全取代自己家裡的「廚房」。而且，到外面去吃飯、買東西，總要花時間來回上下，要穿戴得像個樣子；自己在家裡可以自在隨興得多。不過，這顯然是一個權衡比較的問題：「有廚房」有很多好處、也有一些缺點，「沒有廚房」有很多缺失、但也有一些優點。所以，持平的態度並不是以有廚房的好處來否定沒有廚房的缺失，而是把「有廚房」和「沒有廚房」這兩種安排放在一起比較。心平氣和的列出這兩種「可能性」所有的優缺點，評估一下各個優缺點的輕重大小，而後再選擇整體來說比較好的安排。不論最後的取捨如何，都隱含著利弊共存、各有得失的結果。享受「有廚房」的好處就意味著承擔有廚房的缺點，以及不能享受到「沒有廚房」的優點和避免面對那種安排的缺失；反過來看，也是一樣。

不過，有沒有廚房只是一件小事，重要的是由這件小事上所透露的訊息：「廚房」本身並沒有什麼絕對的價值，廚房的意義、內涵和功能其實是由其他條件所襯托出來的。住在荒郊野外的人，當然需要自己動手作湯；沒有廚房不行。對於住在小吃街、便利商店附近的人而言，環境中的這些條件在相當程度上提供了「廚房」功能；因此，也就可以在某種範圍裡取代自己家裡廚房的地位。對於那些膝下無子女或子女已大的雙親家庭而言，更可以仰賴環境裡的資源。所以，即使現在想來「沒有廚房」是不可思議的事，當環境裡主觀客觀的條件進一步的變化時，誰說未來的家庭一定要有自己的廚房。

「家有庖廚」的聯想還有一點很有趣的含意：人對環境裡人事物的認知往往習以爲常，不加思索。由小到大的成長過程，一個人會自然而然的接觸和接受很多訊息；而後，在行爲上也就以那些訊息作爲認知和取捨的標準。可是，當環境裡的事物發生變化以後，這些訊息的意義事實上值得重新思索和界定！

想清楚了「家裡不一定要有廚房」的曲折之後，我想也許下次我可以向一家之主建言。不過，如果她回一句「家裡也不一定要有丈夫」怎麼辦？我一個踉蹌，差點絆倒自己……

這個故事最重要的含意在於：在面對取捨時，一旦選了其中之一，一方面可以得到這個選擇的好處，但是另一方面也要承擔這個選擇的缺失。同時，選了這個選項，一方面無法得到其他選項的好處，但是另一方面也避免了其他選項所隱含的缺失。

當我受邀到校外去闡釋經濟學時，常用這個故事當起頭。討論時，經常有人把焦點放在有沒有廚房的得失；還有許多人追問，我們家後來到底有沒有廚房。不過，我想闡明的，其實是經濟分析的內涵。

相對和襯托

雖然在經濟學的文獻裡，並沒有太多關於「相對」這個概念的討論。因為，一旦表明「相對」的立場，往往受到來自道德哲學家的批評；認為支持相對等於在道德上沒有原則，甚至很可能是虛無主義的同路人！不過，心平氣和的想，人的行為就是一連串的取捨，而取捨的本質，其實必然和相對密不可分。

在取捨時，相對的意義有兩層。一方面，在兩個或更多的選項之間，彼此顯然是處於相對的地位。看電影和看電視之間，意義是相對的；工作和休閒之間，自然也是如此。另一方面，每個選項的意義，也是相對於許多相關的條件。因為，抽象的來看，事物本身的意義其實是被充填的。因此，看電影的意義，是由電影院、觀眾、電影本身、同伴等等因素所充填。同樣的，工作的意義，是由工作本身、場所、同事、互動等所有大小細節所決定的。

下面的故事，就是以選舉為例，描述相對的意義。

相對的好壞

前面的故事，是關於家裡的廚房：因爲附近有很多餐飲小吃，所以家裡可以不要有廚房；把廚房打掉，空間可以作爲他用。

雖然表面上是描述廚房的問題，不過故事的重點其實是在闡明一種分析問題的方式：一般人想問題時，往往是針對某種作法（以A來代表）的利弊得失來考慮。可是，廚房的故事卻隱含著，比較周全的方式不是只考慮這種作法（A），而是要以其他的作法（以A'來代表）作爲對照。

A—A'的結構，可以說精緻的反映出經濟學的分析方式。完全競爭（A）比壟斷（A'）好，是因爲競爭能減少浪費、提升效率；買西瓜（A）或是買香蕉（A'），要看自己的偏好和兩種水果的價格。因此，幾乎所有經濟學裡的問題，都可以利用A—A'的對照來分析處理。而且，A—A'的組合，正好又契合法學裡「原告——被告」的結構。因此，近四十年來，經濟學（家）大舉進入法學領域分析法律問題，而且成果輝煌，可以說和A—A'的分析方式有直接間接的關係。

有趣的是，A—A'的結構不只能分析經濟問題、法律問題，顯然也可以用來處理選舉時候選人之間的對峙。A—A'所代表的，不就是「陳水扁——馬英九」和「吳敦義——謝長廷」嗎？（當然，如果加上A''等等，就可以納入其他的候選人。）不過，追根究柢，這種A—A'的分析方式，到底內涵爲何？

首先，就像一道菜有色香味等不同的特性一樣，每一件事有很多不同的面向；每一個候選人有許多不同的身分、經歷、才能、特質等等。其次，在諸多面向上，通常是有正有負、有好有壞；也就是，每一個選項（A或A'）都是利弊參雜的——有誰能選出一個候選人全是優點，沒有任何瑕疵；或是全是缺點，沒有半點好處？

再其次，既然每一個候選人都是利弊參雜，各有優劣；所以，最後的選擇，必然權衡利弊得失下的取捨。而且，一旦選A，一方面得到A的諸多好處，但是也要承擔A的諸多缺失；同時，選A而不選A'，固然不能享受到A'的優點，但是也避免了A'隱含的缺失。所以，選A，有得有失；不選A'，有失但也有得。

最後，也是最重要的一點：對每一個人而言，A和A'所隱含的利弊得失並不相同；價值判斷，總是主觀的。選舉投票，是以一種很特別的方式，把大家的主觀偏好匯總在一起，然後分出當選和落選。不過，無論當選與否，都不表示有客觀上的優劣，更和「眞理」無關——如果贏的人手裡握有眞理，我們要怎麼解釋支持落選的人（不論是誰）的那幾十萬票？難道這些人都錯了嗎？事實上，在支持雙方的陣營裡，都有各行各業的傑出人士，也有千千萬萬個和你我一樣明事達理的人。我們都是根據自己所認知的A—A'，在權衡取捨後投下自己的一票。

在更高的層次上，A—A'的結構不只可以用來考慮候選人之間的取捨，更可以用來思索政治過程裡的其他問題。在具體的政策上，固然可以這麼考量：發老人年金（A），或是不發

（A'）；蓋核能電廠，或是不蓋。在抽象的「遊戲規則」上，更是值得這麼仔細斟酌：要採單一國會（A），還是要採雙國會制（A'）；要五權憲法，還是要三權制衡。這一連串的問題，都不見得是像「陳水扁——馬英九」和「吳敦義——謝長廷」之間的選擇那麼容易。而這些問題也正突顯了，要找到較好的答案並不容易——我們最好有一套好的思維模式，來因應我們所面對的各種大小問題。

諾貝爾經濟獎得主諾斯的專長是經濟史；在研究各個社會的興頹榮枯之後，他得到的啓示是：長期來看，決定一個社會能不能繁榮富庶的，不是有沒有英明的領袖或先進的科技；歷史上的贏家，往往是在那個社會裡大多數的人具有好的世界觀。

諾斯所指好的世界觀，約略是指好的思維模式、好的分析問題的方式！

由故事裡，透露出兩點值得深思的理念：首先，經濟學者由研究經濟活動（經濟史），最後歸結到思維方式上；這反映了智識探索上的曲折和趣味。其次，思維模式，指的就是面對各種現象和各種問題時，認知和思索的方式。經濟學的思維模式平實簡單，但是和直覺式、想當然耳式、風俗習慣式的思維模式相比，還是有相當的距離。

被動和主動

當眼前有兩本書時，要選哪一本書，當然是比較「被動」的選擇；因爲，可以選擇的物件，已經確定不變。

不過，即使在這種情形下，選擇還是有某種「主動」的成分。因爲，即使選項已經確定，人要如何認知眼前的各種選項，還是由人來決定。因此，人可以由自己來決定，要如何認知眼前的事物，並且賦予何種意義。

下面的故事，就是進一步剖析經濟分析的立場。

A—A¹——之一

早上在研究室看書時，接到一個電話，是中央某部會的一位主管打來的。放下電話，我饒有興味的回想這一段有趣的曲折。

幾個月前，經建會舉辦了一個「金斧獎」的評審活動。目的是在中央各部會裡，找出最能大刀闊「斧」求新求變的具體作法，加以表揚。這麼做，是希望發揮示範效果，共同推動「政府再造」的工程。

因緣際會，我也受邀擔任評審；於是，和另外兩位專家一起，看了中央部會裡的四個參賽單位。其中之一在作簡報時，非常自豪的表示，他們簡化工作流程的作法已經廣受肯定。不但得到行政院長的褒揚，還經常應邀到各單位去作示範。由簡報資料來看，他們把跨部會的工作流程重新調整簡化，確實令人耳目一新。

二十分鐘簡報完，由評審委員發問請益。輪到我的時候，我只問了一個簡單的問題：爲什麼不把流程作XXX的調整?負責的官員馬上提出解釋，說明困難所在。但是，說著說著，他也開始自問，爲什麼不作那樣的調整?然後，經過大概十五分鐘左右熱烈的討論，大家有了共識，而他們也有了新的目標。主管作結論時表示，原來以爲只是一場例行的簡報，沒有想到會激發出新的想法；對於新設定的目標，一定會全力以赴。

他們很高興，我也很高興。簡單估算一下，進一步調整工作流程之後，每年大概有三萬民眾受惠，每個人可以省下新台幣一千元，總數就是三千萬新台幣；當然，這還不包括他們所付出無形的心力時間，以及政府本身所省下的麻煩。

早上的電話，就是這個單位裡的一位主管打來的：他邀請我參加他們的年度評審，評估一下本身所屬各單位「簡化工作流程」的績效。似乎，他覺得我當初言之有物，也許能幫上一點小忙。

我覺得有趣，是回想自己的經歷：大學畢業當完兵就出國讀書，回國後就在學校裡教書，從來沒有在社會上闖蕩過江湖，而且研究的課題和教學的課目，都是以理論爲主。可是，我在學校推廣教育的各級政府官員，似乎不覺得我是只知理論不知人間甘苦的書呆學究。甚至，我還一直強調抽象思考的重要：如果只知道自己的業務，嫻熟各種相關的法令規章，當然可以對手邊的事駕輕就熟。可是，如果明天換到一個性質完全不同的單位，是不是還能應付裕如、揮灑自如呢？

相形之下，我強調的「抽象思考」像是一把萬能鑰匙，能開啓形形色色、五花八樣的大門。譬如，今天是交通局的局長，處理的是交通部門裡的問題。明天可能變成教育局長，處理的是完全不一樣的事務。可是，抽象的來看，無論是交通局或教育局，處理的其實都是資源運用的問題。如果有一套好的思維方式，就可以一以貫之的面對不同「樣貌」的問題。然而，雖然樣貌不一，本質上都是價值的衝突、競爭、妥協、取捨。

事實上，我所主張的「思維方式」也非常簡單。其中重要的一點，是「對照」和「襯托」的意義。無論是眼前具體的事物或腦海裡抽象的概念，本身並沒有必然明確的內涵；這些事物和概念的內涵，是被充塡和被決定的。透過和其他類似以及相關事物和概念的對照和襯托，才反映了這些事物和概念的意義。而且，經由對照和襯托，我們總是可以試著去探索潛在的、其他的、更好的可能性。我在那個中央部會裡的意見，其實就是這個簡單想法的運用而已！

以我的一招半式闖江湖，不知道能不能經得起考驗；也許，時間可以讓很多事情變得比較清晰……

這個故事透露出，A—A¹的結構，等於是把人所面臨的問題（情境、選項等等）抽象化、圖解化。然後，把自己的思維過程，像畫連環圖般的呈現出來；希望能明確、精緻、有效的掌握每一個步驟，並且能歸納出有意義的結果。其實，除了「被動」的在眼前的選項之間取捨，經濟分析還隱含了非常主動積極的意義。在目前的選項之外，還可以試著想出其他更好的替代方案；經濟政治社會文化科技等等各個領域裡的新產品和新發明，其實就反映了經濟分析所隱含的主動創新精神。

下面的故事，是經濟分析的理論和實務之間的聯結。

A—A¹——之一

我自認為是一個拙於表達的人，不擅辭令、更不會講笑話；因此，即使偶有演講的邀約，我多半婉拒藏拙。不過，如果是「對話式」的演講，我倒很樂於貢獻一得之愚。

我會先提供一些自己寫的短文，由邀請單位先印發給參加的人員（公私立機關的幹部或主管）；然後，碰面時我和出席的人一起討論文章的內涵。雖然這種作法有點後現代（顛覆既定的演講模式），不過效果似乎很好。

幾次「演講」，我都是以「遠庖廚之後」這個故事作開始。文章裡，我描述自己搬到學校宿舍後，因爲發現附近有很多餐飲店，所以和內人商量把廚房改作其他用途。幾乎沒有例外，參加的人會發言指出各種理由，強調廚房的重要和不可缺。而我也總會帶著興味的慢慢說明，我想表達的其實是一種分析問題的方式。

一般人在想事情時，往往是針對這件事斟酌利弊得失；可是，其實這是一種不太完整的思維方式。比較好的方式，是把這件事情（A）和類似的事情（A'）放在一起。藉著襯托比較，才能烘托出A的意義。

對於這種思維方式，我簡稱爲A—A'的分析架構。而且，時日一久，自己也對A—A'不斷有新的體會。

有一次應邀到台中的漢翔公司，和高階主管討論經營理念。在台北機場候機時，我耐心看朋友送我的一本書：英特爾總裁葛洛夫（A. Grove）所寫的《十倍速時代》（*Only the Paranoid Survive*）。看著看著，我突然眼睛一亮，差點笑出聲來。

在中譯本的第四十三頁，作者談到影響一個企業競爭力的因素。葛洛夫引述競爭力大師邁可．波特（M. Porter）的觀點，把決定企業競爭力的因素分成五種。而且，他強調第五種競爭力最重要：對於任何一個企業而言，要經常思索，和目前的作法（產品）相比，有沒有更好的「替代方式」！

一到漢翔公司，我就迫不及待的舉著葛洛夫的書，和出席的高階主管們分享我的發現：我在遠庖廚文章裡所強調A—A'的分析架構，正是葛洛夫所特別著重的，要以現況爲基準，去思索更好的「替代措施」。因此，雖然我完全沒有實務經驗，但是由學理上得到的體會，卻和競爭力大師以及世界頂尖企業領導人的心得無分軒輊。似乎，由理論上和實務上著手，會殊途同歸的萃取出同樣的智慧結晶！

我當然有點得意，也忍不住作了一些即席的發揮……

對於一般性的問題，A—A' 顯然有相當的實用性。譬如，大學畢業之後到底是要工作或繼續求學、下午五點以後是要加班還是回家親子活動、要吃路邊攤還是要進餐廳吹冷氣。生活裡所面臨的每一個問題，幾乎都可以用 A—A'（和 A''、A''' 等等）來分析。A—A' 的架構，具體而微的捕捉了人們所面對問題的性質。而且，A—A' 所反映的，是一種權衡和取捨。人們通常不是在找眞理，而只是在眾多可行的作法裡，選擇相較之下比較好的「利弊組合」而已。

不過，對於企業家而言，A—A' 的結構卻有一層更深的涵意。當一般人面對工作或求學、買車或買房子的選擇時，A—A' 都很明確具體。可是，對於企業家而言，替代方案 A' 卻往往是虛幻的、想像的。企業家把目前的作法（產品、流程）A 當作基準點，然後根據市場裡的主客觀條件，試著琢磨出不一樣的、更好的作法。一旦替代方案 A' 被市場接受，企業家就能由這種「創造性的破壞」裡，享受鮮美的果實。因此，對於企業家而言，需要發揮更大的想像力和創造力，去追求潛在的 A'！

其實，不僅企業家是如此，經濟學者也是一樣：我們總是以現有的理論 A 爲基礎，試著探究出更好的理論 A'。以小喻大，老師、民意代表、父母等等，在某種意義上是不是也都在試著

找出更好的 A'……

這個故事提醒我們，其實每一個人都可以是求變求新求好的企業家。A—A' 的結構雖然簡單，但是用處非常廣。隔一段時間，每一個人都可以坐下來、靜下來想一想：在自己目前的生活上、想法上，有沒有可能重新組合，得到更好的替代方案？

我在推廣教育班上教過的一位政府官員，負責一個大單位的公共事務。換言之，他的責任，就是負責使整個單位——一棟很大的大樓——能夠正常運作。有一次，他將一份自己擬的簡報給我看，問我的意見。我發現，他把簡報分成好幾個大項：機電部分、安全部分、餐飲部分等等，然後在各項下列出他的工作成果。

我想了一陣之後告訴他，他目前的安排技術性的成分太重，爲什麼不試著換一種方式。既然利用整棟大樓的人有三種人：洽公的民眾、各所屬單位的工作同仁，以及各單位之間的協調聯繫。如果把他所完成的事分別歸入這三類，長官在聽簡報時，不是更能了解他的作爲和意義？他欣然接受，而且聽說新作法的效果還不錯。

結語

從一九六〇年起，經濟學者開始進入法律政治社會等領域，以經濟分析的工具，探討傳統上屬於這些其他學科的問題，而且得到極其豐碩的成果。

相反的，法律政治社會等其他領域，卻很少有相對的擴展。也許，經濟分析能夠長驅直入其他學科，確實是因爲在分析方法上有些長處。在經濟分析上，行爲理論的發展已經有相當長的歷史；相形之下，在分析方法上，卻是受到較少的重視。以A—A'的架構，其實可以相當程度的反映經濟學的分析方法。

很多學生在過年過節時寄卡片給我，而卡片上只有A—A'這個圖樣。我想，他們大概是從A—A'之中，得到一些智識上和實用上的收穫吧！

【第十六章】站在巨人的肩膀上

在學校裡，每個學期我除了教大學生和研究生，大概總會教一班推廣教育的學員。無論課程名稱和班別，在學期一開始，我也總是會提出課程的兩大目標（有時會說是「兩大保證」）；希望學期結束之後，每個人可以自己檢驗一下，是不是達到了這兩個目標。

第一個目標，是試著培養抽象思考的能力；由經濟學的角度，建構一套能分析社會現象的理論。第二個目標，就是試著站在巨人的肩膀上，享受遼闊的視野。我會特別說明，巨人是指思想上的巨人，也就是那些得到諾貝爾獎的經濟學家。如果能體會並掌握他們思想的精髓，就可以以他們的思想爲基礎，享有高瞻遠矚、一覽無遺的樂趣。

每到學期末，課程快結束時，總有許多學生學員告訴我：剛開始聽到「抽象思考」時，覺得不可思議、無從感受。可是，到學期末時，卻是悠遊在經濟學大師思想的園圃裡，其樂無比。

這一章是本書的最後一章；一方面是總結，一方面也嘗試作一些引申。首先，是以金字塔來比擬一個學科的結構；然後，是解釋經濟學這座金字塔的結構。接著，是探索經濟學金字塔的最頂尖。最後，則是點明經濟分析所得到的智慧，以及運用經濟分析的樂趣和興味。

金字塔的祕密

每年公布諾貝爾經濟獎得主時，總有一些免不了的議論：誰太早得獎、誰早該得獎等等。而且，在幾十位經濟獎得主之間，也有高下輕重之分。不過，能得到經濟學的桂冠，一定是對經濟學有重大的貢獻，影響並啓發了後續的發展。

尤其是在眾多的諾貝爾獎得主裡，有少數比較特別的幾位，他們的理論不僅有開創性的貢獻，而且也豐富了經濟學最核心的部分。經過這些大師們的揮灑，深奧的經濟理論變得生動平實，並且充滿了智識上的趣味。如果能領略這些大師們學說的內涵，一方面掌握了經濟學的核心，一方面也具備了在抽象思考上益智論對的才識。

下面的故事，就是反映出智識活動的性質和所隱含的趣味。

科學之鑰和心中之尺

曾經有人把老師分爲四級。第一級的老師能「告知」：告訴學生A是A，B是B；第二級的老師比較好，能「解釋」：解釋給學生聽，爲什麼A是A，B是B；第三級的老師更好，能「示範」：除了言教，還可以親身示範給學生看；第四級是大師，除了告知、解釋、示範，他還能「啓發」！

忝爲老師之一，我覺得自己大概是介於「解釋」和「示範」之間；差強人意，但顯然還有成長的空間。不過，告知、解釋、示範和啓發的劃分當然不只適用於老師；每一個人都可以自問：對於部屬、同事、朋友、乃至於子女，自己能做到這四級中的哪一級？另外一點，這四級多少有些循序漸進的層次，不能掛一漏三。因此，雖然有些演說家、小說家、心靈改革家、布道家、居士，能以動人的言詞或文字觸動眾人的心弦；可是，如果沒有示範、解釋、告知，那麼即使有啓發，也將只是情緒上一時的起伏，會是過眼雲煙的表象而已！

幾年前，我搬進學校的宿舍，住在公寓的五樓；只知道對面住的是一位電機系的李老師。偶爾碰面，點頭問好，過年過節，彼此也有粽子水果之類的往還，但也僅只於此。後來不知什麼原因，我們互贈彼此的著作，然後一連串有趣的事就漸次出現……

首先，自然而然的問題：一個經濟學者的著作，電機系的教授會有興趣看嗎？同樣的，一個電機系教授關於發明原理的大作，會對經濟學者有意義嗎？

我把書送給李老師後沒多久，他就告訴我：書寫得很好，他已經把我的書介紹給他的學生；而且，他覺得我在分析問題時，思考的角度和他書裡的某些原則是相通的！當我看李老師的書時，也有同感。更有趣的，是當我們談起學生（聽眾）們對課程的反應時，竟然發現幾乎是一樣的：學生告訴他，上了他的課才知道什麼是「獨立思考判斷」；學生也告訴我同樣的感覺。有一位大公司的高級主管在聽他演講時潸然淚下，事後告訴李老師：如果能早幾年聽到他的演講該有多好！我在推廣教育教的學生沒有掉眼淚，不過也告訴我同樣的感覺。

爲什麼呢？是什麼因素使自然科學和社會科學對人產生這樣的衝擊？這兩種看來截然不同的科學又有什麼共同點呢？

經過一段時間的琢磨，我有一些心得：不論是在自然科學或社會科學裡，每一個學科就像一座小的金字塔。政治學是一座金字塔，經濟學也是；物理學是一座金字塔，數學也是。每一座金字塔的最底層，是這個學科裡各式各樣的問題；底層之上，是分析處理這些問題的主要理論；在各種理論之上，是更抽象的理論；而每一座金字塔的最頂尖，就是最重要、最能反映這個學科精神、也最能貫穿整個學科的核心觀念。

對不同的學科而言，核心觀念可能不一樣。不過，既然所有的科學都是由人來摸索探究，人還是最後的主體；而人在思維斟酌的極致，還是（或只不過是）一個「觀念」。並且，在「觀念」的層次上，可能各個學科是相通的——可以由一個金字塔跳到其他金字塔上。因此，好的老師不但能掌握自己學科這座金字塔頂尖的核心觀念，而且還可以像導遊一樣，帶領學生在自己的金字塔裡從容遨遊；甚至，還可以指引學生如何由自己的金字塔過渡到別的金字塔，享受知識殿堂裡的盛宴——李老師顯然就是這麼一位老師！

當然，就自然科學和社會科學而言，可以看成是由許多小的金字塔組成的兩座大金字塔。自然科學所探討的是自然現象裡的規律性（因果關係），而社會科學所探討的是人文現象裡的規律性。人文現象是由「人」的各種行爲所呈現，而自然現象是由「物」的各種行爲所呈現。既然人的行爲是受到各種價值所影響，所以社會科學這種金字塔的結構是由價值體系（心中之尺）所支配；相形之下，「物」的行爲是受到各種物理化學等等的法則所影響，所以自然科學這座金字塔的結構是由自然定律所支配。如果闡釋得宜，當然可以由自然科學這座金字塔的頂尖，跳到社會科學這座金字塔上；反之，亦然。不過，一旦進入不同的領域，屬於這個領域特有的材料，還是需要有好的老師來告知、解釋、示範和啓發。

因此，我們又回老師的身上。聽李老師演講是一個很特殊的經驗；李老師所剪裁的材料生動有趣，鶴髮（？）童顏（！）的李老師吸引住每一個人的眼光和精神。隨著一張張幻燈片的起起落落和李老師認眞投入的解說，告知、解釋、示範、啓發的感受逐一浮現。當李老師換上最後一張幻燈片時，銀幕上出現的是一個斗大的字；讓人意外、驚奇、回味無窮，並且深深感佩於李老師的人文胸懷。

表面上看，李老師的書是嘗試闡釋「發明創造」這座小金字塔的頂尖；可是，事實上這些內容是一把科學之鑰，能開啓很多很多、大大小小的金字塔。因此，這是智慧的結晶，值得慢慢的咀嚼、琢磨。慢慢的讀、慢慢的想、慢慢的運用、慢慢的試著讓書中的觀念成爲自己的一部分，成爲自己安身立命的依據⋯⋯

在李老師的最後一張幻燈片上，是一個大大的「德」字；我初看時覺得十分驚訝，後來覺得有趣，最後則是覺得意味深長。李茂煇教授的書名，是《跨越發明的門檻、增進創意的祕訣》，由台北的松崗出版社發行，而且已經再版了好幾次。

經濟學的金字塔

就經濟學的金字塔而言，底層是個別的研究課題，中層是各種理論，而最頂尖則是核心的分析概念。兩百多年來，在無數經濟學者投入心血之下，這個金字塔不但愈來愈穩固紮實，而且隨著內容愈益豐盛，體積自然不斷的向外膨脹。

不過，整個金字塔的精神，卻一直是歷久彌新的：經濟學（者）相信，對於人的行為和社會現象，我們可以以一種旁觀者的心情和身分，試著作合情合理、前後一貫的描述和分析。

下面的故事，就是對這種精神的描繪。

一以貫之的道

有機會在學校附設的推廣教育上課，教各級政府的一些中上級行政人員。學員們多半在三十五歲到五十歲之間，都已經有相當的閱歷，在上課討論時也多能以實務經驗侃侃而談。

我教的是經濟學，希望能提供學員們一種和他們所習慣的不太一樣的世界觀。因爲學員們比大學生和研究生成熟得多，所以我覺得教起來很輕鬆。不過，和大學生和研究生相比，這些學員們最大的問題，就是他們好像已經有一些成形的觀念……

最常有的，是一種可以稱之爲「章回小說式」的世界觀：雖然邁入二十一世紀；不過，我們身處的世界基本上還是像過去三國演義、水滸傳、七俠五義、四郎眞平等等這些章回小說和漫畫裡所描述的一樣。勝者爲王、敗者爲寇；天下大勢合久必分、分久必合；帝王之業就在於縱橫捭闔、統率群倫……

抱持著章回小說式世界觀的人往往很講義氣、也重道德。朋友有難、義無反顧；忠孝之家、必有餘慶。不過，社會上大部分的人都不是帝王將相，平常生活裡也不是常有群雄並起、捷足先登者得之的局面。而且，一旦追問爲什麼要「講義氣」？爲什麼要重「道德」？章回小說式的世界觀好像就有點捉襟見肘，不知道該怎麼應對。

另一種也很常見的是「義和團式」的世界觀。這種世界觀有好幾種層次，最粗糙的是直覺式的排外：西方文明重物質、中國（或東方）文明重精神；物質爲末、精神爲主；所以應該以中華五千年文化精髓爲本，以抵禦（或制伏）西方文明的浪潮。比較精緻的是一種反省式的觀點：過去中國社會的地位是「仕農工商」，商居最末是有道理的。今天西方資本主義社會產生貧富差距懸殊、環境資源受到破壞、年輕人縱情享樂等等，都是強調資本主義的後果。我們毋須唯西方馬首是瞻，而應該思索適合我們自己的道路。

不論粗糙或精緻，義和團式的世界觀基本上排斥源於西方的一切，包括科技、市場經濟、西方所發展出的社會科學（還有英文教科書）。不過，我常請教有義和團傾向的人：人類歷史上典章制度發展得最深厚、一般社會大眾享有最多的經濟和政治自由的，往往就是以資本主義市場經濟爲主的國家。今天台灣民眾的政治權利愈來愈完整，是因爲我們已經累積了足夠的物質基礎，可以在享有經濟上溫飽富足之外，進一步爭取政治上權利；還是純粹是「民主鬥士」的貢獻？我通常看到一些不服氣、但又講不出道理來反駁我的臉龐。

比較沒有草莽氣、也比較不排外的是一種「蜻蜓點水式」的世界觀：人生所面對的人事物太多和太雜，所以只好以一些由經驗裡提煉出的生活智慧來認知和應對。在家裡當然還是父慈子孝兄友弟恭，但是在工作環境裡，（如果需要）也可以以瑪麗、約翰來彼此稱兄道妹。還有，不一定要「以德報德、以直報怨」、「人不知而不慍」；在這個人吃人、人咬狗的世界裡，爲了提高（或保持）自己的競爭力，不妨採取「以牙還牙」、「自我推銷」的策略……

對於生活裡的各個環節和人生際遇中的各種情況，蜻蜓點水式的世界觀都有點點滴滴、自我一格的智慧來因應。不過，這些小智慧只是片斷瑣碎的「點」，而不是彼此聯結、互相互應的「網」；在這些個別點的背後，也沒有一個更根本的道理一以貫之。

和這些不同的世界觀相比，我在課堂上所反覆鋪陳的觀念其實很簡單：我們所看到的任何社會現象都不是憑空出現，而是有意義的。因此，值得試著去了解形成這些現象背後的原因是什麼。而且，人的基本特性就是「自利」和「理性」：人是能思索、會思索的一種生物，人會試著去追求自己的福祉。根據這種對人的特性所具有的認知，再琢磨推敲一下環境裡存在的一些條件，往往很容易的就能解釋我們所觀察到的現象。所以，從人是理性和自利這兩個簡單平實的概念出發，我們可以一以貫之的認知、了解、掌握和分析我們所面對的這個世界。

當然，人是理性和自利的這種觀點很不見容於推廣教育的學員們，每一班我都要花相當多的心力、口舌、時間去說服。不過，經過一個半月左右的排斥和掙扎之後，學員們似乎就開始慢慢的受到影響。有很多學員告訴我，自從上了這門課以後，視野變得比以前寬廣，自己簽公文時都感覺得出來這種轉變。有的學員說，自己覺得比以前成熟，連辦公室裡的同事都覺察出一些轉變。

我聽了當然很欣慰（和得意）。不過，我自己卻偶爾會懷疑：現在我對於自己的觀點有相當的信心；可是，五年或十年之後，我是不是還維持著同樣的世界觀……

這個故事，提醒我們兩點：首先，每一個人都可以自問，自己所憑藉的思維方式是什麼？有沒有改善調整的空間。其次，在社會科學裡，從一九六〇年起，經濟學者開始向政治、法律、社會等領域擴充，而且成果輝煌。主要的原因，就是經濟學的分析架構簡單平實，以人的行為特質作為理論的出發點。既然人在生活的各個面向上（領域裡）都是自求多福，經濟學的分析角度當然就享有一以貫之的優勢和樂趣了。

金字塔的頂尖

在經濟學裡，如果要提出一個最重要、最核心、也最足以反映經濟學精髓的分析概念，很多經濟學者都會回答「成本」這兩個字。確實如此；成本這個概念不只是金錢貨幣上的成本，而且可以是良知道德等其他價值上的成本。

事實上，在人的任何一個取捨選擇裡，都含有成本的概念；選了其中之一，被放棄沒選的就是（機會）成本。不過，往深探一層，人們所以會有選擇取捨，就是因爲所面對的選項之間有差別。如果眼前是兩本一式一樣的書，選擇並沒有太大的意義；如果工作和休閒沒有差別，就沒有區分的必要。依此類推，對有些人而言，生和死其實也差別不大——也就是「生不如死」的狀態！

因此，選擇和成本背後，其實還有「相對」這個更根本的概念；如果選項之間「相對」上沒有差別，就不會有成本的問題，選擇（和其他行爲）也就失其意義。

下面這個故事，就是處理「相對」這個抽象的概念。

分別心

我在家裡的地位不高，可以說是有以致之。

內人專長是文學戲劇，對人性充滿了體諒悲憫的情懷；我的專長是經濟學，對人性總是帶著一種赤裸裸的調侃。她教的文學作品強調特殊性，每一個人都是完整而且特別的個體；我教的經濟學是社會科學，著重人類行爲裡的共通性和規律性。當然，這只是學科之間的差別，和我的地位沒有直接的關聯。影響我地位的，主要是我的奇談怪論。

有個晚上，我又洋洋自得的告訴她在課堂上的一段：談到人性自利時，我旁徵博引：買水果時有誰是「利他」的揀最不好的買？捐錢給慈善團體時，是不是自覺頭頂上有一個小光環……最後，我忍不住有點語不驚人不罷休的看著學生們說：各位有沒有想過，在星雲大師和證嚴法師這兩位大德之間，他們在腦海裡是不是曾經出現過這個念頭──希望自己是台灣最得道的高僧，而不是另外那位？

就像在課堂上講時同學的反應一樣，內人噗哧笑出聲來。不過，她馬上加了一句：難怪人家說你佛性愈來愈少，這眞是造業；而且，即使兩位大師心裡眞的閃過一較長短的念頭，他們的境界和一般人相去何止萬里？

我不願意再發謬論，免得自討沒趣，進一步影響自己的地位，所以就噤聲不語。不過，聽她這麼一講，我可是在腦海裡激起一連串的思維……

和一般人汲汲營營於自己的事業家小和自己的喜怒哀樂相比，那些付出心力時間金錢來造橋鋪路行善的人，當然非常令人敬佩。而除了自己的操持，還致力於宣揚佛教以教義渡化眾人的傳道者，自然更是功德無量。能夠統率群倫、自成體系、進而把教義發揚光大的大師，福德更不可勝數。

相形之下，一般人的自私自利，是在言行舉止上區分出「自己」和「別人」。而且，在絕大部分的情形下，照顧自己的利益要優先於照顧其他人的利益。一個社會能正常運轉，事實上要靠大多數人自私自利；否則，如果每個人都爲別人的事和別人的家小著想，很難想像這種社會如何運轉。因此，絕大多數的人在絕大多數的時候是自私自利的，正爲自私自利的存在提供了非常充分的理由。

和一般人的思維相比，佛教裡宣揚的是另外一種世界觀。因爲生老病死的無常，喜怒哀樂不過是過眼雲煙；因此，比較好的方式，是參透世事人情的相對性，而毋須在情緒上有任何起伏。如果能不受眼前表相的牽絆，就可以在情緒起伏上「歸零」——心如止水，波紋不興。

對於生活裡充滿了苦厄困頓和要經常面對生離死別的人來說，心情歸零確實是一種好作法，能使各種苦難變得不再是那麼嚴重，也就是比較容易忍受。即使心情不能完全歸零，但是默唸幾句佛號，也可以幫助自己面對眼前的苦難。佛教能撫慰千千萬萬個受創人的心靈，眞是有以致之。

可是，「歸零」的作法也有時而窮。既然佛教的教義有益人心，值得發揚光大；因此，總要透過適當的方式和合宜的人，去宣揚教義。這麼一來，組織和人事當然不可少。可是，由誰來發號施令呢？誰站在第一線，誰又負責後勤支援呢？顯然，必須要有一套作法可以分出能力高低和才情多少。要分出高下，自然不再是「歸零」，而是要有分別心！因此，雖然在智識的層次上，佛教的教義非常高妙精緻；不過，這畢竟是人所發展出來的思維，所以還是不能掙脫人的因素。

相對於內人的清明高雅，我一向自覺混濁無比；不過，如果我和她一樣脫俗無塵，恐怕相處起來很難各行其是、各得其所吧！

追根究柢，行爲的基礎是先有認知，才會有判斷和取捨。「認知」，幾乎必然隱含差別；否則，如果沒有差別、一切如一，也就不需要判斷思索和取捨了。當然，這個故事也隱含著，即使人們不太容易（或不太可能）達到佛教最高的境界，完全抹去分別心；但是，在相當的程度上，還是可以有意識的調整自己的認知。事物之間的相對高下和差別，並不是客觀存在的，而是由自己所主觀決定的。因此，差別的多少和高下的程度，還是由自己來取捨。

經濟學的智慧

無論是經濟學的精神或核心觀念，當然必須能實際操作；如果不能運用到具體的問題上，以分析人的行爲和社會現象，那麼再精緻的理論，也只不過是象牙塔裡的益智遊戲而已！

下面的故事，就是把抽象的理論先分解，再轉換成可以操作運用的技巧。

經濟學無用論？

自從十多年前回母系開始教書以後，我除了教大學生和研究生，也教了許多學校推廣教育學員的班次。

推廣教育的學員，都是來自各級政府的民意代表和中高級行政主管。雖然背景五花八門，可是經過一學期四個半月對經濟學的浸淫——這是我的形容，他們可能會以強迫推銷、洗腦之類的字眼描述——往往有皆大歡喜、美不勝收的成果。

因爲學員們的背景不同，所以我不可能以數學模型、圖表公式這些作爲教學的材料；我必須以他們所熟悉的名詞、所親身經歷的社會現象爲基礎，再和經濟學的智慧結合。經過多年的考驗，我慢慢歸納出經濟學的四點重要結論：

第一，人是理性、自利的；

第二，存在不一定合理，但是存在一定有原因；

第三，好的價值要出現，是有條件的；

第四，一件事物的意義，是由其他事物襯托而出。

雖然這四點望之無甚高論，卻都寓有深意，值得一再沉吟……

首先，追根究柢，社會現象是由人的行爲所組成；因此，要掌握社會的脈動、了解社會現象背後的因果關係，一定要先摸清楚人的行爲特質。對於經濟學者而言，經過長時期的觀察分析，體會到人的兩大特質：一方面，人是會思索判斷的生物；另一方面，人總是希望能添增自己（自己的家人朋友等等）的福祉。所以，人是理性而自利的。

其次，雖然每個人的行爲都是基於理性和自利，可是許多個個人的行爲匯總之後，卻不一定會有合情合理的結果。譬如，每個人都希望垃圾場不要設在自家後院，人人如此，結果垃圾場無處可去。或者，爲了希望自己升遷或當選，所以可能會不計手段拉下同事朋友。社會現象的出現，都有背後支持的條件——存在不一定合理，但是存在一定有原因！

再其次，每個人都希望有好的家庭、好的居住環境，在事業上有好的發展，而且活在好的國家社會之中。可是，好的家庭，不是憑空出現，而必須有相關條件的支持——父母子女的互動，經濟和非經濟因素的配合等等。小的價值，尚且如此；大的價值，須要更困難的條件來支持。因此，好價值的出現，是有條件的。

最後，一般人由生活經驗裡，都體會到某些理所當然的原則；譬如，孝順父母、尊敬師長、努力工作、照顧家庭等等。可是，這些原則會出現，其實都是相對於環境裡的條件；當環境的條件改變之後，自己原先所認定的原則、自然會隨之而變化。（譬如，原先是孝順父母，等自己有兒女之後，是先孝順子女再孝順父母！）因此，事物的意義，是相對於環境裡的各種主客觀條件，是相對的而不是絕對的。

推廣教育的學員們一再告訴我，這「四大定理」威力無窮；對於他們在工作上和家庭裡所面對的問題，幾乎都有一以貫之的奧妙。能有這種成果，我當然很高興。不過，在四大定理之外，我知道其實還有一些值得繼續探索的曲折。

抽象的來看，對於人的行爲和社會現象，經濟學者像是事不關己的旁觀者；由冷眼觀察裡，歸納出一些幾乎是放諸四海而皆準的因果關係。四大定理，可以說就是其中（我認爲）非常精緻有趣的部分。然而，經濟學者所歸納出的慧見，雖然可以相當程度的解釋社會現象「是什麼」和「爲什麼」，但是並不處理「該如何」的問題。

換一種說法，經濟學可以分析諸多價值之間的衝突（環保和經濟發展、事業成就和親子關係等等），可是往往不指明到底哪一種價值比較好。在這種意義上，經濟學者是社會現象的旁觀者、而不是參與者，是人類行爲的剖析者、而不是指引者；可以根據材料而整理出許多後見之明，但是所提出的見解卻不是指引未來的先見之明。

相形之下，《小即是美》（*Small is beautiful*）這本書，卻是試者跨出經濟學者所不能或不願的那一步。在書裡，作者明確指出他認爲好的價值，並且論述這種價值的可貴之處。對於生活在資本主義市場經濟裡的許多人來說，鎮日在金錢遊戲和功名利祿裡打轉，心已爲形役；這本書返璞歸眞、走向自然的訴求，當然是一個清明有趣的參考座標。

也許，當經濟學（者）累積更多的智慧之後，可以在「四大定理」之外，再揭示一、二指引方向的明燈吧?!

當然，《小即是美》這本書所提出的觀點雖然有趣，我卻覺得沒有太大的說服力；坊間有太多類似的書籍，都在嘗試指引人生。這些論述都各自闡揚某種特定的價值，但是往往沒有爲這種價值作充分而完整的說明——在哪些條件下，這些價值才可能被環境中的條件所支持？

經濟學的趣味

雖然我知道經濟學的內涵非常有趣，在學理上也累積了極其可觀的智慧；但是，我並不是一個「言必稱經濟學」的經濟學者。

不過，既然我是經濟學者，而不是政治學者或心理學者，我當然是站在經濟學的立場，盡可能的由這個學科的角度來探討和分析各種問題。由其他角度所作的分析，是其他學科學者的責任，而不是經濟學者如我者的責任。

下面的故事，就反映了經濟思維對人的影響。

我是體育老師

有一次參加聚會時，和坐在旁邊的人閒聊。他問我在那裡高就，我說在學校教體育；他問我專長是什麼，我回答：「體操！」他加了一句：「嗯，小眾文化。」我點點頭，不再作聲。

如果他再追問，我會解釋，其實我教的是「頭腦體操」；不過，確實是小眾文化。

一般人對經濟學的印象，大概脫不了關於商品勞務、貨幣所得、圖表公式等等。可是，在浸淫經濟學多年之後，我能清楚的體會到，經濟學其實隱含一種非常特別的思維方式：既然各種社會現象都是由人的行爲所組成，所以值得先釐清人的行爲特質；而後，以此作爲基礎，可以試著分析經濟、政治、社會、法律等各個領域裡的問題。我所反覆鋪陳的，就是歷來經濟學者所歸納出的智慧結晶——以經濟學的角度，一以貫之的分析各種社會現象。上個學期，我因緣際會的教了很特殊的一班，學員都是警政署裡的高階警官。能在警政署裡服務，當然都有幾把刷子。而且，這些位居要津的高階警官，每一位都是資歷顯赫、叱吒風雲、三頭六臂的人物。

當經濟學碰上高階警官，結果如何？答案是：很有趣！

有一次上課，介紹完探討社會現象的幾種分析技巧後，我問：一旦發生刑案，我們看到的是事後的現象；如果要重建刑案發生當時的情景，最好採取哪一種分析技巧。我剛講完，大夥兒還在思索，一位副署長不加思索的答道：要用主要球員分析法！既然正確答案已出，我就請另一位學員完成推論：社會現象的發生，都有支持的條件；因此，看到一個社會現象，就值得逆推回去，找出支持這種社會現象的幾個主要條件（主要球員）。

同樣的，當刑案發生後，從現場的血跡分布、傷口位置、傢俱擺設、門窗狀態等等，可以逆推回去，希望能夠歸納出，造成這種現場狀況的幾個主要因素；然後，再按圖索驥，去找符合這些因素的嫌疑犯。

他講完之後，我很高興、副署長們很高興、大家都很高興。一方面，不但經濟學能和警察所面對的問題聯結；另一方面，警官們對自己長官明快正確的判斷，心悅誠服！

另一次上課，談到經濟學的需求法則——價格和數量呈反方向變動——我以歧視爲例：當歧視的價格愈高時，人們就會少買點歧視。有位學員質疑，歧視和價格有什麼關係？

我開始解釋：歧視，就是一個人在偏好上畫地自限；譬如，我只能抽三五牌洋菸。可是，如果我調職到窮鄉僻壤，買不到洋菸。這時候，我要維持原來只抽三五牌的「歧視」，顯然愈來愈困難（價格／成本愈來愈高）；因此，或者我會少抽點菸，或者我會退而求其次的抽其他廠牌的菸。

講到這裡，我突然福至心靈的腦中一閃，就順口而出：在軍隊和監獄裡，同性戀的比例很高；這種現象，也可以用價量的反向關係來解釋。在正常社會裡，大多數人只對異性有興趣，這也是一種「歧視」。在監獄和軍隊裡，因爲只有同性，要維持原來的偏好不太容易；因此，有些人就放棄歧視，退而求其次的轉向同性！

講完之後，我很高興，大家也很高興。經濟學的智慧結晶，又再次的得到印證，而且是在令人驚訝和不可思議的事例上。

課程結束後，每位高階警官交了一份心得。許多人表示，這趟智識之旅，讓他們對經濟學驚豔，也對他們的思維方式造成很大的衝擊和震憾。在報告裡，有一位高階警官畫龍點睛的這麼破題：「課前我用經驗習慣面對環境，課後我以理論智慧感知一切！」

棒哉斯言！能有這種成果，我覺得自己是一位還算不錯的體育老師。

故事末尾那兩句話，眞是晶瑩剔透。寫的人告訴我，那是他想了兩天才想出來的。我很喜歡那兩句話，到處逢人便講！

當然，對我來說，有機會和社會經驗極其豐富的優秀警官「過招」，我也覺得很幸運。我曾多次表示，一個老師可能要修很久的福德，才有機會教到這麼特別的一班。

結語

在經濟學裡，既然有二、三十位得到諾貝爾獎的巨人，到底要向哪位或哪幾位巨人頂禮膜拜，然後開始向他的肩膀攀爬呢？

我的體會是，可以由任何一位巨人開始，邊讀邊想他的作品。等讀熟了之後，再由另一位巨人開始。接觸過三、兩位之後會慢慢發現，自己好像是由不同的面向攀爬，但是爬的是同一座金字塔，殊途而同歸。一旦到達到頂峰，同樣都有美景盡收眼底的情懷！

當然，在（人文）社會科學裡，還有社會學、政治學、法學、乃至人類學、史學等一座座不同的金字塔。攀登任何一座金字塔，相信在智識上也都有同樣的挑戰和興味。

附錄二

人生裡的兩支魚竿

結束浙江大學的短期訪問／教學工作之後，我來到武漢；在華中科技大學的經濟學院，將待六週。杭州有西湖，武漢有東湖，都是旅遊勝景，我覺得運氣很好。

前兩天週末，上午在招待所寫了些東西，下午決定到東湖邊走走。招待所旁就有個體戶，把私家車當計程車開；不到十分鐘，就由校園來到東湖中央附近。東湖面積遼闊，據說是大陸最大的城中湖。湖面最寬的地方，幾乎看不到對岸，有點像是面對大海的感覺。我順著湖邊的楊柳，慢慢走，享受湖光山色。

離岸邊二、三十公尺，就有魚群在水面翻攪。由凸出的背鰭來看，可能都是身長幾十公分的大魚。湖中有魚，湖邊自然有人垂釣；供給和需求，總是會巧妙的搭配。在湖中心附近，多年前鋪設了一條公路，連接兩岸。公路兩旁，一邊是葉茂花盛的夾竹桃，一邊就是綿延幾百公尺的垂釣客；每個人繳人民幣拾塊，可以釣一整天。

絕大部分釣客是男性，而且多半中年以上。他們用不同的餌，有的用甘藷混麥片，捏成小球，有的就用蚯蚓或蛆。比較特別的，是他們的釣竿特別長，大概有十一、二公尺。這麼長的釣竿，當然不好用手撐；所以在水裡還立了兩個金屬支架，撐起這支長長的弧形釣竿。我走走停停，看看各人魚簍裡的斬獲，也希望看到一竿而起，魚兒躍出水面的景象。魚簍裡最大的魚，是隻紅鯉，大約四十公分長。

走著走著，我有一個小小的發現。甩出大魚竿，在水裡架好之後，釣客們多半坐在小板凳上，抽菸聊天；但是，有一、兩位釣客，除了大魚竿，還用一支小魚竿，釣岸邊的小魚。岸邊的水淺，用的浮標小，鉤子也小；但是，小魚很多，十來公分長，不停的上鉤，所以忙得很。兩支魚竿，一大一小；大的放長線釣大魚，小的放短線釣小魚。雙管齊下，各有所長，互有斬獲，我覺得很別緻有趣。

傍晚回到校園裡，腦袋裡一直出現大小魚竿的畫面。晚上在操場跑步時，稍稍一聯想，覺得兩支魚竿各別苗頭的作法，還頗有一些含意。

我在大學裡任教，除了教學，研究也是重要的一環；還好，這是興趣所在，所以也不以爲苦。不過，研究不是自說自話、閉門造車，必須得到業內同行的肯定才算數。我知道，某些自然科學的同儕，每篇論文四到十頁不等，主要是說明實驗結果；由投稿到發表，短則三個月，長則半年。經濟學裡，可不是如此。每篇論文平均二、三十頁，投稿半年之後，能接到評審意見，已經是謝天謝地了。如果運氣好，一篇論文退稿次數不多；由投稿到刊登，兩年到三年已經算是非常順利。

我研究的範圍，接近經濟學的思維方式和方法論；不用數學和圖表，而以概念思維爲著力點。論述的內容，多半是看了大量的文獻之後，才有一得之愚。由構思到落筆，時間更是漫長。記得有一篇論文，論證在布坎楠和寇斯這兩位諾貝爾獎得主之間，對寇斯定理（Coase Theorem）看法的異同。這篇論文的中文稿，在一九九三年刊載；修正成英文稿之後，最後在《理論和制度經濟學論叢》（*Journal of Institutional and Theoretical Economics*）刊出，已經是二〇〇三年。整整十年的光陰，才讓一篇論文露面。所以，對我而言，每一篇論文的撰述和投稿，就有一點像是用那支大魚竿在釣大魚；大魚不常上，一旦上鉤就成爲經濟學文獻的一部分，流傳久遠。

在等待大魚上鉤的漫漫長日裡，怎麼辦呢？我就寫些非學術性的文稿，美其名曰「經濟散文」。藉著散文的筆調和長短，向一般讀者闡釋經濟學的思維方式。因緣際會，耕耘幾年之後，有點小小的名氣，還在報刊上有自己的專欄。文章寫成到刊出，不要三個月，最多四、五天。看到報刊上的鉛字，一樣有小小的快樂。

台灣有一句諺語：沒有魚，蝦也好。對我來說，不完全是如此。散文和論文，猶如小魚和大魚；我用不同的釣竿，編織起學術生涯的架構。目標是釣大魚，但是釣小魚可以保持頭腦靈活。而且，由小魚（散文）裡，有時後還可以發展成可觀的大魚（論文）。

說來好笑，兩支魚竿的聯想，還不只暗合學術生活的脈動；在投資理財上，一樣有異曲同工之妙。幾年前在香港客座教書時，週末常和同事朋友去爬山。有一次，一位六十出頭的長者同行，聽他一直講廣東話，我想大概彼此不會有什麼互動。沒想到，由太平山頂（The Peak）下山時，兩人剛好走在一起，我沒話找話講，問他在哪一個行業。知道他在金融業之後，我表示自己在《信報》常發表文章。他眼睛一亮，說自己在《蘋果日報》也有專欄。後來才知道，李庚（Alex Lee）是金融界很受人敬重的長者；在專欄文章裡，他屢屢站在弱勢團體的角度論述。不過，這是後話。

既然有共同的興趣，話匣子一打開就不可收拾。他提起在金融界工作數十年的心得：投資，就是要看長期。一旦找到好的投資標的，就要牢牢抓住不放；日積月累之後，獲利將會非常可觀。如果經常進出，往往是賺小賠大，沒有功勞也沒有苦勞。我問：如果都是長期投資，不是太沒有參與感了嗎？「如果心裡癢癢的，就把百分之七十的投資放長期，用百分之三十的資金小炒短炒。」

現在想來，這不也是用兩支魚竿在釣魚嗎？釣大魚的放長線，釣小魚的放短線；長線是投資，短線則是滿足荷爾蒙。長短並濟，各擅勝場。似乎，同時用兩支魚竿釣魚，在人生裡還有很多發揮的空間！

【附錄二】

一本書的啓示

一位報社的編輯多次邀約，希望我能寫篇文章，談談對自己影響最大的一本書。我一直沒有應邀，因爲心裡總有點排斥和抗拒。

心裡不豫的理由，主要有兩點：一方面，雖然自己絕不是學富五車，但是幾十年來也確實看了一些書，要從裡面挑出單單一本，我覺得有點困難。另一方面，從閱讀裡，我確實獲益匪淺，心智和思維上，都受到很大的啓發。但是，要指明「對自己影響最大的一本書」，似乎有點長他人志氣、滅自己威風的味道。

不過，仔細想想，邀約所隱含的挑戰其實合情合理，沒有必要迴避。我已經想清楚，如果要挑一本對我影響最大的書，我會說：那是一本小書，作者是大名鼎鼎的諾貝爾獎得主布坎楠，出版社卻是名不見經傳的「夏威夷大學出版社」。

布坎楠在一九八六年獲獎之後，接受各地的邀約，發表一連串的學術演講，《政治經濟學論文》（*Essays on the Political Economy*）這本書，就是他在夏威夷大學的系列演講，經編輯而成書，由大學出版社在一九八九年印行。其中的一篇講詞，名爲「論工作倫理」（On the Work Ethic）。

即使事隔多年，這篇講詞的內容，我還記得很清楚。在美國，每年二月初的盛事，是美式足球的冠軍爭奪賽「超級盃」（Super Bowl），電視的現場轉播，總是吸引百萬千萬計的觀眾。布坎楠也不例外，他同樣喜歡看超級盃，不過雖然美式足球正式的比賽時間只有六十分鐘，可是把犯規、傷停、暫停、中場休息等時間加在一起，至少要三個小時以上。

布坎楠覺得，在電視機前花這麼長的時間，有點罪惡感，因此，他就從後院揀了一些核桃，一邊看電視一邊敲核桃、挑核桃仁。然後，他問自己這樣一個大哉問：爲什麼看超級盃，自己會有罪惡感？有點像牛頓問自己：爲什麼這顆蘋果會掉在自己頭上？

經過思索，布坎楠的體會是：如果一個人長時間嬉戲而不工作，自己固然沒有生產力，對其他人而言，也無法透過「交換」而彼此互蒙其利。因此，他認爲，西方社會強調工作倫理，剛好和資本主義的精神相呼應。資本主義社會之所以能創造出源源不絕的財富，就是一般人在思想觀念上，已經塑造出對工作積極正面的態度。

在星期天看電視，布坎楠心裡還是有罪惡感，這種工作和休閒不分的想法作法，想必很多人期期以爲不可。畢竟，工作歸工作，休閒歸休閒。美國最高法院的某位法官就曾表示，每年一定要度假兩個月，因爲：他可以在十個月裡，做完十二個月的事，但是他不能在十二個月裡，做完十二個月的事。不過，對布坎楠而言，由自己的罪惡感聯想到工作倫理、乃至於和資本主義的關聯，這種以小見大的思維，確實令人佩服。我相信，能有這種聯想和發現，他自己一定也很得意。

對我而言，布坎楠的故事還有兩點特別的啓示。由生活上的小事，他得到靈感，而後有學理上的體會，再以學術論述的方式發表，而論述的內容，其實是尋常的智慧，老嫗能解。因此，諾貝爾獎得主的思維曲折，並不是遙不可及的絕峰萬仞，值得常常提醒自己，有爲者亦若是。另一方面，由生活瑣事，他可以聯想到抽象的學理，反過來說，社會科學裡的各種理論，總是可以在生活經驗裡找到印證。也就是說，不要在抽象的理論裡打轉，最好是試著由大千世界裡，體會學理的現實意義。

這些年來，這兩點啓示直接間接的影響我。諾貝爾獎得主是經濟學者裡的巨人，然而，巨人還是人，只要用心思索，爬上巨人的肩膀，並不是登天之難。到日前爲止，在國際學術期刊上，我已經發表十篇以上的論文，討論布坎楠、貝克和寇斯這三位大師；或是在研究主題（subject matter）上，或是在分析方法（analytical approach）上，臧否他們的觀點。

另一方面，在生活裡思索學理，我的經驗更是活潑精彩、妙趣橫生。這些年來，除了學術論著，我一直試著以散文的方式，闡釋經濟分析的理念和趣味。數以百計的「經濟散文」，當然不是硬邦邦專有名詞和術語的堆砌。大部分時候，我是由生活裡的柴米油鹽、日常生活的耳聞目見開始，再連結到學理上的思維。一個具體的例子，可以反映其餘。

幾年前，台灣發生一個特殊的事故，引發一場官司。某個靈骨塔裡存放著許多骨灰罈，但不幸發生火災，燒毀了一些骨灰罈。骨灰罈的家屬悲痛難抑，要求賠償損失。可是，肢體和人命受損，已經慢慢有一套賠償的標準，而骨灰罈損毀，可是不折不扣的新生事物。特別是在民意高漲的時代，要如何賠償和善後呢？

當初在報紙上看到這則新聞時，我也困惑了一陣子。後來，我提醒自己以生活經驗為準，在腦海的資料庫裡找一些類似的情境，作為思索的參考座標。果然，這麼一轉折，馬上聯想到類似的例子：靈骨塔保管骨灰罈，是一種服務性契約，就和衣物送洗、銀行裡租保管箱一樣。一旦服務性契約出了差錯，就可以以行規來賠償——通常是賠服務費用的某個倍數。而後，再一延伸，就可以想到一個光譜：一個極端，是幼稚園托兒所；另一個極端，是衣物送洗和銀行保管箱。骨灰罈，顯然就是介於這兩種極端之間。

我把這個例子，寫進《熊秉元漫步法律》這本書裡，書裡還有其他數十個官司和實例，但是作序的兩位法學重鎮，竟然不約而同的，在序裡都提到這個實例，而且對於從生活經驗著手的思維方式，大表讚揚。

對於我的經濟散文，有些讀者／書評表示：好則好矣，但是太過瑣碎，太過生活化了一些。對於這種批評，我從來沒有回應，因為我知道，他們批評的不只是我，他們也批評了諾貝爾獎得主布坎楠！

國家圖書館出版品預行編目資料

我是體育老師／熊秉元 著 -- 二版. -- 臺北市 ：商周出版：
家庭傳媒城邦分公司發行； 2013.03 面： 公分
ISBN 978-986-272-325-8（平裝）
855 102001465

我是體育老師

作　　者／熊秉元
責任編輯／陳玳妮

版　　權／翁靜如
行銷業務／李衍逸、蘇魯屏
總 編 輯／楊如玉
總 經 理／彭之琬
發 行 人／何飛鵬
法律顧問／台英國際商務法律事務所　羅明通律師
出　　版／商周出版
城邦文化事業股份有限公司
台北市104民生東路二段141號4樓
電話：(02) 2500-7008 傳眞：(02) 2500-7759
E-mail：bwp.service@cite.com.tw
發　　行／英屬蓋曼群島商家庭傳媒股份有限公司城邦分公司
台北市中山區民生東路二段141號2樓
書虫客服服務專線：02-25007718・02-25007719
服務時間：週一至週五09:30-12:00・13:30-17:00
24小時傳眞服務：02-25001990・02-25001991
郵撥帳號：19863813　戶名：書虫股份有限公司
讀者服務信箱：service@readingclub.com.tw
城邦讀書花園：www.cite.com.tw
香港發行所／城邦（香港）出版集團有限公司
香港灣仔駱克道193號東超商業中心1樓
電話：(852) 25086231　傳眞：(852) 25789337
Email：hkcite@biznetvigator.com
馬新發行所／城邦(馬新)出版集團【Cité (M) Sdn. Bhd. (458372U)】
41, Jalan Radin Anum, Bandar Baru Sri Petaling,
57000 Kuala Lumpur, Malaysia
電話：(603)90578822　傳眞：(603) 90576622

封面設計／李東記
排　　版／新鑫電腦排版工作室
印　　刷／韋懋印刷事業有限公司
總 經 銷／高見文化行銷股份有限公司 電話：(02) 26689005
傳眞：(02) 26689790　客服專線：0800-055-365

■2013年3月5日二版
定價 260元

Printed in Taiwan
城邦讀書花園
www.cite.com.tw